L'ÉVEIL DES BELLES AU BOIS

DÉJÀ PARU
CHEZ *POCKET*

Chansons pour J.R.R. Tolkien

1. L'Adieu au roi
2. Sur les berges du temps
3. L'Éveil des Belles au bois

SCIENCE-FICTION

Collection dirigée par Jacques Goimard

TROISIÈME RECUEIL DES CHANSONS POUR J. R. R. TOLKIEN

L'ÉVEIL DES BELLES AU BOIS

RÉUNIES PAR MARTIN H. GREENBERG

TRADUITES DE L'AMÉRICAIN PAR E.C. Meistermann

POCKET

Titre original :

After the King-Stories in honor of J.R.R. Tolkien

L'édition française de cette anthologie sera complète en trois volumes

ISBN 2-266-05209-8

LA COMMUNAUTÉ DU DRAGON

(The Fellowship of the Dragon)

PATRICIA A. MCKILLIP

Un grand cri parcourut le pays : la reine Céladone avait perdu son harpiste. Elle envoya ses messages au nord, au sud, à l'est, à l'ouest ; nous chevauchâmes des jours et des jours à travers boue et pluie pour nous retrouver toutes cinq à Trillium ; de là, nous partîmes pour Carnelaine. Le monde était venu jusqu'à sa glorieuse cour, car si nous vivions trop loin d'elle pour entendre la musique de son fabuleux harpiste, nous avions entendu dire qu'à chaque nouvelle lune elle lui donnait des gants en toile d'or et lui emplissait la bouche de joyaux. Nous nous tenions dans la salle d'apparat parmi ses courtisans étincelants et écoutions ses appels à l'aide ; Justine, qui est celle d'entre nous qui résout les énigmes, chuchota :

— Qu'est-ce qui est invisible mais omniprésent, rapide comme le vent mais dépourvu de pieds, possède de nombreuses langues bavardes mais aucun visage ?

— C'est facile, soufflai-je. La rumeur.

— La rumeur, cette bête timide, dit qu'elle appréciait ses mains pour davantage que la musique de son instrument et qu'elle lui emplissait la bouche avec bien plus que de simples joyaux.

J'en fus à peine surprise. Céladone est aussi belle de près que de loin ; et ce depuis des années, grâce à un don de sorcellerie qu'elle a hérité à la suite d'une histoire assez douteuse du côté maternel et qu'elle n'est pas du genre à laisser inexploité. Elle avait fait un mariage honorable, s'était montrée fidèle, avait bien élevé ses héritiers. A la mort de son époux, dix ans auparavant, elle le pleura avec l'efficacité généreuse qu'elle avait appliquée à son mariage et au trône. Sa chevelure marquait dans quel sens soufflait le vent et c'était un sens magique que possédaient l'argent, la cendre et l'or pour circuler à la cour. Quand nous fûmes assez près pour nous agenouiller devant elle, je vis que le harpiste n'avait pas pour cause un vain désœuvrement, mais qu'il lui courait encore dans les veines.

— Vous cinq, c'est vers vous que se porte le plus ma confiance en cette cour, dit-elle doucement. Je compte sur vous. (Ses yeux, aussi verts que son nom, étaient sévères ; je vis les ridules de peur et de colère autour de la bouche.) Certains en cette salle, peut-être parce que j'ai manqué de sagesse ou de tact, préféreraient voir le harpiste mort plutôt que de le secourir.

— Savez-vous où il se trouve ?

Elle baissa la voix ; c'est à peine si je pus l'entendre, bien que les chevaliers jaloux derrière moi aient dû stopper les battements de leur cœur pour saisir sa réponse.

— J'ai sondé l'eau, le cristal, le miroir : les images sont toutes semblables. Le Trempteur Noir le retient prisonnier.

— Oh, parfait.

Elle se pencha pour m'embrasser : nous sommes cousines, mais parfois je suis plutôt comme une fille égarée et souvent c'est elle qui est une mère égarée.

— Retrouve-le, Anne, me dit-elle.

Nous nous relevâmes toutes les cinq et quittâmes la cour.

— Qu'est-ce qu'elle a dit ? demanda Danica tandis que nous montions en selle. Elle a bien dit le Trempteur Noir ?

— Chut !

— C'est une montagne, avança Fleur.

— C'est un dragon sanguinaire, dit sèchement Danica.

Et je soufflai avec colère :

— Vous ne pouvez pas vous empêcher d'annoncer notre destination au monde entier ?

Irritée, Danica fit faire volte-face à sa monture ; des

paons, avec plus de hâte que de grâce, écartèrent du chemin leurs traînes fines. Justine paraissait intriguée par ce problème. Christabel, qui avait un rhume, commenta avec stoïcisme :

— Ce pourrait être pire.

Que pouvait-il y avoir de pire que d'être réduite en cendres par un dragon en colère, elle ne put nous l'indiquer. Fleur, qui aimait la harpe, était émue.

— Il nous faut nous hâter. Le malheureux.

Elle se redressa et lança son cheval à la suite de Danica. Nous avançâmes plus posément à travers la cour grouillante et retrouvâmes nos compagnes à l'extérieur de la porte, regardant vers l'est et l'ouest le ciel gris et menaçant, comme s'il était issu des narines d'un dragon.

— Par où ? demanda Fleur.

Justine, qui sait ce genre de choses, tendit le bras. Christabel se moucha. Nous nous mîmes en route.

Bien entendu, nous fîmes demi-tour pour retraverser la ville et perdre les chevaliers qui nous avaient suivies. Nous les regardâmes à travers la fenêtre d'une taverne tandis qu'ils s'engageaient sur la mauvaise route à un croisement. Danica, dont l'humeur balance entre le soleil et l'ombre comme un jour d'automne, se laissait charmer par la description que lui donnait Fleur de l'objet de notre quête.

— C'est un magnifique harpiste et nous ne devrions épargner aucun effort, car il n'a pas son pareil en ce monde et, si la reine Céladone nous récompensera par de l'or et des honneurs, il nous immortalisera par une chanson.

Christabel lança en direction de son nez une haleine chargée de vin fortement épicé.

— Quelqu'un connaît-il le nom de ce harpiste ?

— Kestral, répondis-je. Kestral de la Courre. Il est arrivé ici il y a un an, au moment de la mort du vieux Thurlow.

— Et où se trouve le Trempteur Noir ? demanda Christabel, pleine de bon sens.

Nous nous tournâmes toutes vers Justine, qui parut pour une fois mal à l'aise.

— Vers le nord.

C'est une femme mince aux cheveux noirs et à la voix tranquille, avec des yeux comme la tempête. Elle pouvait étaler les faits comme une route interminable, ou les cimenter pour en faire un mur de briques. Je ne voyais guère ce qu'elle nous préparait, cette fois-ci.

— Justine ?

— Eh bien, vers le nord, répéta-t-elle d'un air vague, comme si cela expliquait tout. Au-delà de la frontière, tout est enchanté. Il se produit de drôles d'événements. Nous devrons nous montrer prudentes.

Nous restâmes silencieuses. Le tavernier arriva avec notre souper. Danica versa un vin d'un blond de miel semblable à celui de ses cheveux et parut non pas irritée mais songeuse devant cet avertissement.

— Quel genre d'événements ?

— Il est évident que les dragons s'emparent des harpistes, déclarai-je. Les dragons qui ont le goût de la musique.

— Le Trempteur Noir n'est pas du genre musicien, énonça simplement Justine. Nombreux sont les contes, mais qui sait lesquels sont dignes de foi ? Et nous connaissons à peine mieux ce harpiste que les terres du nord.

— Son nom et le fait qu'il joue bien, explicitai-je.

— Il joue magnifiquement, souffla Fleur. A ce qu'on dit.

— Et il a attiré l'attention de la reine, ajouta Christabel en mordant dans son pilon de poulet. Il ne doit donc pas être trop mal. Bien que, chez les bons musiciens, cela ne compte guère.

— Et il est parti pour le nord, signala Justine. Pour quelle raison ?

— Pour trouver une chanson, suggéra Fleur.

Malgré tous les dons qu'il possédait, cela ne semblait pas improbable.

— Ou une harpe, avançai-je. Une harpe magique.

Justine hocha la tête.

— Gardée par un puissant dragon. Cela est possible. Ce genre de choses se produit, au nord.

Fleur écarta son plat et sombra sur ses poings posés sur la table. Elle est mince comme un fétu, mais dotée d'un appétit de maréchal-ferrant ; l'amour, je le vis, lui fit oublier le dernier de ses panais. Elle a une chevelure pâle et bouclée comme un mouton, ainsi qu'une voix magnifique et caressante ; ses yeux sont petits et ses dents de travers, mais sa voix passionnée et musicale avait prouvé que Christabel avait raison bien plus souvent que n'avait besoin de le savoir le mari de Fleur. Comment Christabel, robuste et terre à terre, qui remarquait à peine les hommes ou la musique, pouvait comprendre ce genre de choses, je ne savais trop.

— Bien, annonçai-je alors. En route pour le nord.

Nous nous égarâmes dans le pays qui porte le nom de « Rappelle-toi-quand », car nous nous connaissions depuis l'enfance où nous étions présentes à la cour de Carnelaine, puis membres de la compagnie de la reine en nous attirant les pires ennuis avec nos idéaux, et à présent nous nous retrouvions, vieilles amies fidèles. Nous nous couchâmes tôt, enchantées par nos souvenirs, et nous levâmes bien trop tôt en nous demandant manifestement pour quelle raison nous avions quitté foyer, coin du feu, mari, enfant, chat et édredon confortable pour cette morose compagnie. Christabel reniflait, Fleur babillait, j'étais maussade. Comme toujours, seule Justine était supportable.

Nous repartîmes pour le nord.

Plus nous avancions, plus le paysage devenait sauvage. Nous menions bon train, dormant sous les arbres ou dans d'obscures auberges, car il est facile de se rappeler cinq femmes en armes, et des chevaliers dangereux pour le harpiste autant qu'empressés auprès de la reine ne manquaient pas de nous suivre à la trace. Lentement, les grandes roches noires qui marquaient les limites des marches venaient à notre rencontre. Jusqu'à l'après-midi ensoleillé où nous atteignîmes l'ombre qu'elles projetaient.

— Et maintenant ? demanda Danica, nerveuse. On s'envole pour franchir tout ça ?

C'étaient d'énormes excroissances rocheuses sortant de

la forêt comme des os de la peau. Elle regarda Justine et nous l'imitâmes. Son visage avait une expression bizarre, comme si elle reconnaissait quelque chose qu'elle n'avait vu qu'en rêve.

— Il doit y avoir une route, dit-elle doucement.

Nous nous trouvions dans une épaisse forêt ; des arbres anciens marchaient devant nous, à côté de nous, sur nos flancs. Même eux n'avaient pas trouvé le moyen de grimper ces pics.

— Où, Justine ? demandai-je.

— Nous devons attendre le coucher du soleil.

Nous trouvâmes une clairière où la route que nous suivions tournait brutalement pour trottiner vers l'ouest le long d'un ruisseau. Christabel et Danica allèrent chasser. Fleur vérifia nos provisions et raccommoda un accroc dans sa cape. Je soignai les chevaux. Justine, qui était partie en exploration, revint avec des champignons, des noix et quelques pommes sauvages. Elle prit une autre brosse et m'aida.

— C'est encore loin ? lui demandai-je, inquiète pour nos provisions dans une étendue inconnue, pour nos chevaux, pour le rhume persistant de Christabel, et quelque peu soucieuse pour ce harpiste. Justine ôta de la bourre sur la crinière de son cheval. Une ride traversa son front lisse.

— Peu après ces pics, répondit-elle. C'est seulement que...

— Seulement quoi ?

— Il faudra être prudentes.

— Nous sommes toujours prudentes. Christabel est capable de ficher une flèche dans tout ce qui bouge, Danica sait...

— Je ne veux pas parler de ça. Ce que je veux dire, c'est que le monde présente un visage différent au-delà de ces pics. (Je la regardai d'un air intrigué ; elle secoua la tête, fixant les montagnes, à la fois méfiante et captivée.) Parfois réel, parfois irréel...

— Le harpiste est réel, le dragon est réel, affirmai-je froidement. Et nous sommes réelles. Si je peux m'en souvenir, tout ira bien.

Elle me toucha l'épaule en souriant.

— Je pense que tu as raison, Anne. C'est ta tournure d'esprit terre à terre qui nous ramènera chez nous.

Mais elle se trompait.

Le soleil, en se couchant derrière un banc de nuages maussades, laissa un message : un ultime trait de lumière heurta devant nous ce qui ressemblait à la pierre solide et la fendit. Nous vîmes une légère route blanche qui sortait des arbres pour pénétrer dans la base de deux grosses roches : la lumière semblait écarter un mur de pierre, comme le battant d'un portail. La lumière faiblit alors et nous nous retrouvâmes en train de fixer la pierre et de mémoriser le paysage.

— C'est un profil de femme, dit Fleur. La route passe sous l'arête du nez.

— C'est un chat à une oreille, suggéra Christabel.

— La route passe à l'ouest de la roche la plus haute, dit Danica avec impatience. Il nous suffirait de partir dans cette direction.

— Les montagnes auront changé à maintes reprises avant cela. La route sort de la pointe de cheveux formée par les arbres. C'est le point le plus élevé de la forêt. Il nous suffit de suivre la lisière.

— La pointe est inversée, murmura Danica.

Je haussai les épaules.

— Le harpiste a trouvé la route. Elle ne doit pas être bien difficile.

— Peut-être avait-il suivi un sentier magique, suggéra Fleur.

— Il fendit la pierre avec sa harpe, annonça Christabel d'un ton compassé. S'il est assez malin pour cela, il peut se débrouiller pour sortir de la gueule du dragon et nous pouvons faire demi-tour pour retourner nous coucher dans nos lits.

— Oh, Christabel ! se lamenta Fleur, sa voix semblable à une flûte suave. Asseyez-vous. Je vais préparer du thé aux herbes avec un peu de miel sauvage ; vous dormirez sur des nuages, cette nuit.

Nous bûmes toutes le thé aux herbes, avec de l'eau-de-vie et le miel qu'avait découvert Fleur, mais seule cette dernière réussit à dormir durant l'orage. Nous nous levâmes humidement à l'aube et plongeâmes dans une interminable forêt dégoulinante pour arriver à la disparition des arbres et de la pluie, seul le soleil inattendu illuminant une route blanche comme l'ivoire qui s'enfonçait devant nous dans la grande levée de roche.

Nous quittions les contrées connues.

J'ignore où nous avons dormi, au cours de cette première nuit : là où nous sommes tombées de nos chevaux, je pense. Au matin, nous vîmes la montagne du Trempteur Noir, un palais construit pour un dragon, flanqué de falaises, de colonnes déchiquetées, de murs à pic qui grimpaient dans les nuages. Comme nous descendions vers ce château, le nuage enveloppa la montagne et le dissimula. La route, qui ne voulait rien avoir à faire avec les dragons, tournait à l'orée de la forêt et prenait la mauvaise direction. Nous entrâmes sous les arbres. La forêt de ce côté-là était très ancienne, les arbres si hauts, leurs branches verdoyantes si épaisses que nous avions de la peine à distinguer le ciel, et plus encore le repaire du dragon. Mais je possède un excellent sens de l'orientation, basé sur l'endroit où le soleil se lève et se couche, et il nous évita de nous perdre. Le lieu était silencieux. Fleur et Christabel tenaient leurs flèches prêtes pour les décocher sur un oiseau ou un cerf, mais nous ne vîmes rien qui possédât deux ou quatre pattes : rien que des araignées, apparemment aussi anciennes que la forêt, qui tissaient leurs toiles à l'instar d'une énorme tapisserie complexe parmi les arbres.

— Quelle tranquillité, souffla Fleur. Comme si une musique allait retentir d'un instant à l'autre.

Christabel lui adressa un regard larmoyant et renifla. Mais Fleur avait raison : ce calme paraissait bel et bien magique, une intention sortie de la tête d'un individu. Tandis que nous tendions l'oreille, la pluie reprit. Nous l'entendîmes crépiter d'une branche à l'autre longtemps avant de la recevoir.

La nuit tomba de la même manière, en s'insinuant lentement à partir du ciel invisible ; nous n'avions rien chassé, il pleuvait, nous n'avions pas de feu. Silencieuses, nous continuâmes de chevaucher jusqu'à la nuit presque totale. Nous finîmes par nous arrêter, tant que nous étions encore capables d'imaginer nos visages.

— Le harpiste a traversé tout cela, dit doucement Danica.

Ce que le fastidieux amant sans visage de Céladone avait réalisé, nous le pourrions également.

— On a des herbes, du miel et encore de l'eau-de-vie, annonça Christabel.

Fleur, qui souffrait le plus de la faim et possédait l'énergie d'un oiseau-mouche, resta coite. Justine leva brutalement la tête.

— Je sens une odeur de fumée.

Je vis alors la lumière : deux yeux carrés, un autre rond au milieu des arbres lointains. Je poussai un soupir de soulagement et n'éprouvai aucune pitié pour quiconque dans cette tranquille chaumière était sur le point de nous trouver sur le pas de sa porte.

Mais la maîtresse de la chaumière ne parut point déconfite de voir cinq voyageuses en armes, dégoulinantes et affamées, désireuses d'envahir sa demeure.

— Entrez, dit-elle. Entrez donc.

Comme nous franchissions la porte à la queue leu leu, je vis tous les oiseaux et animaux absents dans la forêt qui faisaient le tour de la pièce : daim, sanglier, cerf roux, lièvre et palombe. Je clignai les yeux et ils devinrent immobiles : des créatures de fil, de peinture et de bois, brodées sur les rideaux, sculptées sur le dossier des chaises, peintes sur les poutres. Avant que j'aie pu parler, les odeurs nous assaillirent et je sentis Fleur tituber contre moi.

— Mes pauvres enfants. (Si nous avions un certain âge, elle était suffisamment vieille pour pouvoir dire cela.) Humides, épuisées et affamées.

Elle-même avait tout d'un petit oiseau : un peu de la pie dans les yeux curieux, un peu du bec d'épervier dans le nez. Ses cheveux semblaient fins et blancs comme une toile d'araignée, ses phalanges comme des troncs d'arbres gonflés. La voix était aimable, de même que la vaste cheminée et les odeurs qui sortaient de la cuisine. Même sa jupe était brodée d'oiseaux.

— Asseyez-vous. J'ai fait cuire du pain et dans le four la tourte à la viande est presque terminée. (Elle se retourna pour touiller un peu ce qui cuisait dans une marmite sur le feu.) D'où venez-vous et où allez-vous ?

— Nous sommes de la cour de la reine Céladone, répondis-je. Nous sommes venues chercher son harpiste. Est-il passé par ici ?

— Ah, fit-elle, son visage s'éclairant. Un homme de haute taille aux cheveux dorés, avec une voix assortie à son talent de harpiste ?

— On dirait, répondit Christabel.

— Il a joué à mon intention des chansons adorables. Il m'a dit qu'il devait trouver une harpe bien particulière. Il n'a rien mangé et a disparu avant le lever du soleil. (Elle remua encore le contenu de la marmite.) A-t-il disparu ?

— Le Trempteur Noir le retient prisonnier.

— Oh, c'est terrible. (Elle secoua la tête.) Il a de la chance que des amies viennent ainsi à son secours.

— Il est l'ami de la reine, dis-je en m'entendant à peine comme l'odeur de la marmite s'enroulait autour de moi, et nous sommes les siennes. Qu'avez-vous préparé ?

— Une petite nourriture pour mon oiseau.

— Vous avez trouvé un oiseau ? demanda Fleur d'une voix faible en s'efforçant de se montrer sociable. Nous n'en avons vu aucun... Que lui donnez-vous ? Cela semblerait assez bon pour un humain.

— Oh, non, vous ne devez pas y toucher ; ce ne sont que des aliments pour les oiseaux. Je vous réserve des mets délectables.

— De quelle sorte d'oiseau s'agit-il ? demanda Justine.

La femme tapota la cuillère sur le bord de la marmite et la plaça en travers de la circonférence.

— Oh, un petit rien. Une pauvre petite créature affamée que j'ai trouvée. Vous avez raison : la forêt contient bien peu d'oiseaux. C'est pour cela que je couds et que je peins des oiseaux et des animaux, pour me tenir compagnie. Il y a du vin, ajouta-t-elle. Je vais vous le chercher.

Elle partit. Danica arpenta la pièce. Christabel resta assise à côté du feu, indifférente au fumet de la marmite qui bouillonnait sous son nez enchifrené. Justine venait de ramasser un petit verrat en bois et l'examinait nonchalamment. Fleur errait, pâle comme un nuage ; je gardais l'œil sur elle pour veiller à ce qu'elle ne bascule pas dans le feu. La vieille femme, semblait-il, éprouvait des difficultés à trouver des tasses.

— Comme c'est étrange, souffla Justine. Il a l'air terriblement réel, jusqu'à la plus petite soie.

Fleur s'était approchée de la cheminée et regardait dans la marmite. J'entendais le contenu qui frissonnait. Elle eut un regard insistant en direction de la cuisine, mais nous n'avions toujours rien d'autre à manger que des promesses. Elle eut soudain la louche dans la main, pour touiller, m'imaginai-je.

— Ce doit être un bien curieux oiseau qui mange des champignons, commenta-t-elle. Et on dirait aussi... (Justine posa le sanglier en bois si brutalement que je sursautai, mais Fleur porta la louche à ses lèvres.) Du mouton, dit-elle joyeusement.

Puis elle disparut : il ne restait plus qu'une alouette frénétique qui voletait parmi les poutres, lançant l'un après l'autre des cris de supplication pour qu'on lui rende la liberté.

La femme reparut.

— Mon oiseau, s'écria-t-elle. Mon joli.

Je fus sur pied, l'épée tirée, avant même d'avoir refermé la bouche. J'abattis mon arme, mais la vieille sorcière ne s'était pas attardée pour livrer bataille. Un épervier captura l'alouette entre ses serres ; la porte s'ouvrit brutalement et les deux oiseaux disparurent dans la nuit.

Nous courûmes dans les ténèbres, abasourdies et horrifiées. La porte se referma derrière nous en claquant comme une gueule. Le feu se réduisit à deux petites flammes rouges qui nous regardaient comme des yeux par les fenêtres noires. Elles n'émettaient aucune lumière ; nous ne voyions rien.

— Foutue vieille araignée aux cheveux filasses ! lâcha Danica avec fureur. Horrible sorcière putride !

J'entendis un coup sourd quand elle frappa un arbre ;

elle émit un juron de douleur. Quelqu'un martelait méthodiquement la porte et les fenêtres ; je devinai que c'était Christabel qui assiégeait la maison. Mais rien ne cédait. Elle gémit de déconvenue. Je sentis un contact et levai mon épée ; Justine annonça rapidement :

— C'est moi.

Elle me posa la main sur l'épaule ; je me sentis trembler.

— Et à présent ? demandai-je simplement.

C'est à peine si j'arrivais à parler ; j'avais besoin d'action, mais nous étions aveugles et tâtonnions dans les ténèbres.

— Je ne pense pas qu'elle les tue, dit Justine. Elle les transforme. Écoutez-moi. Elle finira par ramener Fleur dans sa demeure. Nous trouverons quelqu'un qui nous expliquera comment la libérer de cet enchantement. Quelqu'un doit bien le savoir, dans cette contrée sauvage où règne la magie. Et tout le monde n'est pas cruel.

— Nous resterons ici en attendant le retour de la sorcière.

— Je doute qu'elle revienne tant que nous serons là. Même si nous trouvons un moyen de la tuer, nous risquons de ne récupérer qu'une Fleur brodée.

— Nous resterons.

— Anne... dit-elle, et je m'écroulai au sol, avec l'envie de jurer, de pleurer, désireuse au moins de déchirer les ténèbres arachnéennes qui me collaient aux yeux.

— Pauvre Fleur, chuchotai-je. Elle avait simplement faim... Harpiste ou non, nous la secourrons quand nous saurons comment le faire. Elle sera notre priorité.

— Oui, acquiesça-t-elle avant d'ajouter songeusement : — Le harpiste a échappé à la sorcière, semble-t-il, mais pas au dragon.

— Comment pouvait-il être au courant ? demandai-je amèrement. Par quelle magie ?

— Peut-être avait-il déjà rencontré la sorcière dans une chanson.

Le matin nous trouva éparpillées parmi les racines, telles les reliefs de quelque bataille perdue. Du moins voyions-nous clair. La maison s'était envolée ; seules restaient deux plumes couleur feu. Nous nous levâmes sans mot dire, sentant tangiblement l'absence de Fleur, tendant l'oreille pour écouter son bavardage matinal. Nous nourrîmes les chevaux, mangeâmes du pain dur comme de la pierre avec du miel et bûmes chacune une gorgée d'eau-de-vie. Puis nous abandonnâmes Fleur et montâmes en selle.

La grande forêt finit par se clairsemer, se transformer en chênes dorés, qui s'ouvraient çà et là autour de larges prairies où nous distinguions à nouveau le ciel et le grand pic noir. Nous traversâmes un village, né comme un champignon, ni amical, ni menaçant, ni excessivement curieux. Nous y trouvâmes une auberge et quelques provisions et, après le village, une route menant à la montagne du dragon, tracée, nous dit-on, avant que ce fût devenu le repaire du dragon. Oui, nous dit-on également, un harpiste était passé par là... Il semblait n'avoir guère fait impression sur les villageois, mais c'étaient des durs à cuire, pour vivre ainsi dans l'ombre du dragon. Lui aussi avait demandé sa route, posé des questions au sujet du Trempteur Noir, de certains contes sur l'or, les harpes magiques et autres bribes de tradition paysanne. Mais, depuis des décennies, personne d'autre n'avait emprunté cette route qui donnait droit dans la gueule du dragon.

Nous nous y engageâmes. La montagne devenait plus claire, dominant tous les arbres. Nous guettions des ailes de dragon, des flammes de dragon, mais si le Trempteur Noir volait, il ne le faisait pas en plein jour. La pluie s'était calmée ; un parfum de roses fanées et de bois ancien en plein soleil semblait souffler sur notre chemin. Nous campâmes dans l'une des larges clairières herbeuses où nous regardâmes la pleine lune se lever, transformer la clairière en lait et graver le repaire du dragon sur les étoiles.

Sans Fleur, la nuit paraissait ensorcelée. Nous parlâmes d'elle, puis de chez nous ; nous parlâmes d'elle, puis des bavardages de la cour, puis d'elle, du harpiste, de ce qui avait pu l'arracher à Céladone pour tomber entre les griffes d'un dragon. Comme nous parlions de lui, il sembla que sa musique tombait des étoiles et que le clair de lune dans le bois de chênes s'était transformé en or.

— Chut ! dit sèchement Christabel.

Somnolentes, nous nous tûmes pour écouter. Danica bâilla.

— Ce n'est qu'une harpe. (Elle avait une ouïe indifférente : Fleur était plus persuasive au sujet du talent du harpiste que ne le méritait celui-ci.) Rien que le son d'une harpe dans les bois.

— Quelqu'un est en train de chanter, annonça Christabel.

Je haussai les sourcils, avec l'impression que dans cette nuit paisible et doucement odorante, tout pouvait se produire.

— Est-ce notre Kestral disparu ?

— Qui chante dans un arbre ? se moqua Danica.

Christabel restait immobile et raide.

— Taisez-vous, dit-elle brutalement.

Justine, allongée sur le ventre, occupée à jeter des branchettes dans le feu, lui jeta un regard surpris. Danica et moi nous contentâmes de rire devant la colère de Christabel.

— Vous n'avez pas de cœur, dit-elle en se mouchant férocement. Malgré cette beauté, vous continuez de bavasser.

— Très bien, dit Justine, apaisante. Nous allons écouter.

Mais, l'esprit dérangé, Danica et moi ne pouvions rester tranquilles. Nous nous racontâmes des histoires tapageuses d'amours anciennes tandis que Christabel s'efforçait d'écouter et que Justine l'observait avec curiosité. Elle paraissait bizarrement émue, notre Christabel ; fiévreuse, songeai-je, à cause de toute cette pluie.

Au clair de lune, un homme sortit des arbres en bordure de la clairière. Il avait des cheveux blancs comme le lait, de larges épaules ; un manteau doré était déployé sur le dos de son cheval. Au-dessus de son visage dans l'ombre, il portait une curieuse couronne : un cercle de pointes en or inégales, comme les bois d'un cerf. Il n'était pas armé ; il jouait de la harpe.

— Ce n'est pas notre harpiste, commenta Danica. A moins que le dragon ne lui ait blanchi les cheveux.

— C'est un roi, dis-je. Mais pas le nôtre.

Un instant, un bref instant, je l'entendis jouer et je sus qu'il aurait pu fendre les eaux, faire parler les oiseaux. Je repris mon souffle ; des larmes me montèrent aux yeux. Danica prononça alors quelques mots et j'éclatai de rire.

Christabel se leva. Son visage n'avait plus rien de familier au clair de lune. Elle ôta ses bottes, libéra ses cheveux, les laissa retomber dans son dos ; tout ceci tandis que nous regardions, riions et jetions de temps à autre un coup d'œil indifférent au harpiste des bois qui attendait.

— Vous êtes d'inqualifiables rustres, annonça Christabel avec un reniflement. Je vais lui parler et lui demander de venir s'asseoir avec nous.

— Vas-y donc, fit Danica en mastiquant un brin d'herbe. Peut-être pourrons-nous le ramener à Céladone à la place de l'autre.

Je me roulai par terre en riant. Quand je me mis à m'essuyer les yeux, je vis Christabel qui marchait pieds nus sur la prairie pour rejoindre le harpiste.

Justine se leva. Un petit vent taquin souffla sur mes pensées. Je me dressai à son côté en continuant un peu de rire, mais prête à la retenir si elle sortait du cercle de lumière formé par notre feu. Elle observait Christabel. Danica fixait le feu songeusement, souriante. Christabel se tenait devant le harpiste. Il ôta la main de ses cordes et la tendit vers elle.

Dans le silence soudain, Justine s'écria :

— Christabel !

Toute la lumière dorée de l'univers s'effrangea. Un nuage en aile de dragon caressa la lune ; la nuit plongea vers Christabel, qui prit la main et grimpa sur la monture ; je vis ses jolis cheveux d'or roux voler librement dans le dernier rayon de lumière. Puis l'impassible et courageuse Christabel avec ses taches de rousseur et son nez enchifrené prit le roi harpiste par les épaules et ils s'engagèrent dans le sentier de lumière qui disparaissait pour pénétrer dans un monde au-delà de la nuit.

Nous la cherchâmes jusqu'à l'aube.

Au lever du soleil, nous nous entre-regardâmes,

hagardes, muettes. Les grands chênes avaient englouti Christabel ; elle avait disparu dans la chanson du harpiste.

— Nous pourrions aller chercher de l'aide au village, proposa Danica avec lassitude.

— Leurs yeux ne sont pas plus perçants que les nôtres, lui répondis-je.

— Le harpiste de la reine est passé par ici sans mal, fit Justine, songeuse. Peut-être connaît-il cette contrée du roi des bois.

— J'espère qu'il vaut tous ces efforts, marmonna Danica d'une voix irritée.

— Aucun homme ne les vaut, dit simplement Justine. Mais tout ceci sera vain si le Trempteur Noir le tue avant que nous l'ayons retrouvé. Peut-être sera-t-il capable de nous faire quitter les terres du nord en toute sécurité.

— Je n'abandonnerai pas Fleur et Christabel, dis-je sèchement. Je m'y refuse. Vous pourrez ramener le harpiste à Céladone. Je resterai ici jusqu'à ce que je les retrouve.

Justine me regarda ; ses yeux étaient embrumés par le manque de sommeil, mais ils voyaient parfaitement l'embarras dans lequel nous étions à présent.

— Nous ne te laisserons pas, Anne. S'il ne peut nous aider, il faudra qu'il retrouve son chemin tout seul. Mais s'il peut nous être utile, nous devons abandonner Christabel pour le secourir.

— Alors, allons-y, dis-je simplement en détournant les yeux des chênes.

Une brise frissonna comme un rire à travers les feuilles dorées.

Nous chevauchâmes longuement et péniblement. La route replongeait dans la forêt, remontait de petites collines, nous ramenait sur le flanc de la grande montagne noire. Nous nous arrêtâmes dans son ombre. La tanière du dragon se déplaçait sous nos yeux ; des colonnes de pierre s'ouvraient dans des passages, leurs murs de granit se fendaient et se creusaient comme les rayons d'une ruche, comme des palais des vents, ouverts sous tous les angles mais conduisant dans l'obscurité, dans le cœur caché du dragon.

— Là-dedans ? demanda Danica. (Aucune peur dans sa voix, uniquement son habituelle impatience d'agir.) On frappe, ou on se contente d'entrer ?

Une rafale parcourut alors les pierres, pliant les arbres en se ruant sur nous. J'entendis les pierres vibrer comme des cordes de harpe ; j'entendais la voix du dragon. Nous fîmes tourner nos montures, nous nous aplatîmes sur leur dos tandis que le vent mauvais nous recouvrait. Danica se calma et demanda :

— Entre-t-on ensemble ?

— Oui, répondis-je. (Puis :) — Non. J'y vais en premier.

— Ne sois pas téméraire, Anne, fit Danica, irritée. Si nous entrons ensemble, au moins saurons-nous où se trouve chacune de nous.

— Et nous aurons l'air malignes, oui, dis-je amèrement, emprisonnées avec le harpiste, attendant que les chevaliers de Céladone viennent à notre secours. (Je me tournai vers Justine.) Existe-t-il un secret, une énigme qui permette de survivre face aux dragons ?

Elle secoua la tête en signe d'impuissance.

— Cela dépend du dragon. Je ne sais rien du Trempteur Noir, à part qu'il est fort probable qu'il ne garde pas le harpiste uniquement pour son talent.

— Nous irons à deux, décidai-je. La troisième attendra.

Elles ne discutèrent pas ; il semblait n'exister aucun système parfait, hormis celui où aucune n'entrerait. Nous tirâmes à pile ou face : deux paons et une Céladone. Justine, qui eut droit à la reine, ne parut guère heureuse, mais les pièces étaient inflexibles. Danica et moi la laissâmes à nous guetter avec les chevaux, abritée parmi les branches verdoyantes. Nous grimpâmes silencieusement la pente nue en essayant de ne pas faire rouler de cailloux. Nous devions regarder où nous mettions les pieds, choisir notre chemin pour éviter de glisser. Danica, les yeux fixés sur le sol, s'arrêta soudain devant moi pour ramasser un objet.

— Regarde ça, souffla-t-elle.

Je m'exécutai, m'attendant à une corde de harpe brisée ou à un bouton d'ivoire portant le profil de Céladone.

C'était une émeraude grosse comme l'ongle du pouce, taillée à la perfection. Je la contemplai un moment. Puis je prononçai :

— Le trésor du dragon. Nous sommes venues pour trouver un harpiste.

— Mais, Anne... en voilà une autre... (Elle gratta parmi les vulgaires cailloux pour la récupérer.) Une topaze et là... un saphir...

— Danica, l'implorai-je. Tu pourras emporter toute la montagne, une fois que tu auras occis le dragon.

— J'arrive, dit-elle, haletante. (Mais elle avait escaladé la pente en biais, en direction d'un autre éclat de gemme.) Encore une. Elles sont si belles, et à la disposition totale de quiconque veut les prendre.

— Danica ! Elles seront tout aussi disponibles à notre retour.

— J'arrive.

Je me retournai, résignée par sa soudaine pulsion de pie voleuse.

— Je monte.

— Un instant, n'y va pas seule. Oh, Anne, regarde ici, c'est un diamant. Je n'en ai jamais vu d'une si belle eau.

Je retins mon souffle, lui accordai ce moment privilégié. Le voyage avait été tellement long et pénible que je trouvais impossible de lui refuser un plaisir inattendu. Elle s'agenouilla, tâtonna sur le côté d'une roche pour attraper ce qui brillait aussi purement que l'eau au soleil.

— J'arrive, m'assura-t-elle, le dos tourné vers moi. J'arrive.

Alors la roche se souleva du sol. Une espèce de racine en forme de fourche bosselée qui chuchotait méchamment la prit par la main et ses cheveux de miel pour l'attirer dans son terrier. La roche retomba lourdement, la terre se colla à ses flancs comme si elle n'avait jamais bougé.

Je restai le regard fixe, abasourdie. Je ne me rappelle pas avoir traversé la pente, mais seulement d'avoir martelé la roche de mes mains, puis du pommeau de mon épée, en lançant des cris de fureur, jusqu'à ce que tous les éclats sous mes pieds se mettent à onduler et qu'une lame douloureuse me renvoie sèchement parmi les arbres en contrebas.

Justine accourut pour m'aider. J'étais écorchée, ensanglantée, occupée à jurer, à pleurer ; il me fallut un certain temps pour retrouver quelque cohérence.

— Est-il possible de tomber dans un piège aussi stupide et sans imagination ! Une piste de joyaux ! Il est probable qu'ils ne sont même pas réels et Danica s'est fait enfermer sous la montagne pour une poche remplie de charbon ou de crottes de dragon...

— Elle ne restera pas tranquillement prisonnière, dit Justine. (Elle avait un teint cireux.) Qu'est-ce qui s'est emparé d'elle ?

— Une petite créature difforme... un lutin, un troll des montagnes... Justine, elle est là-dessous toute seule dans ces ténèbres remplies d'êtres qui chuchotent... Je n'arrive pas à croire que nous ayons été aussi bêtes !

— Anne, calme-toi, nous la retrouverons.

— Je ne me calmerai pas ! (Je l'agrippai par les épaules et la secouai.) Ne va pas disparaître aussi et me laisser dans l'obligation de te rechercher...

— Non, je te le promets. Anne, écoute-moi. (Elle écarta de mon visage les cheveux qui retombaient dessus.) Écoute-moi bien. Nous la retrouverons. Nous retrouverons Christabel et Fleur, nous ne quitterons pas cette contrée tant que...

— Comment ? hurlai-je. Comment faire ? Justine, elle se trouve sous une roche compacte !

— Il existe des moyens. Il existe toujours des moyens. Ce pays pose sans arrêt des devinettes, mais toutes les devinettes ont des réponses. Fleur se transformera d'oiseau en femme, nous trouverons un chemin pour sortir Christabel du pays du roi des bois, nous arracherons Danica aux lutins des montagnes. Il existe des moyens de réaliser tout cela, il suffit que nous les découvrions.

— Comment ? hurlai-je de nouveau, car il me semblait que, plus nous nous enfoncions dans ce pays, plus nous avions des ennuis. A chaque tournant, l'une de nous disparaît ! Tu seras la suivante...

— Non, je te le promets...

— Ou alors, ce sera moi.

— Je connais quelques devinettes, lança quelqu'un. Peut-être puis-je vous aider.

Nous nous séparâmes, aussi surprises que si un arbre s'était mis à parler : peut-être était-ce l'un d'eux, dans cette contrée exaspérante. Non, il s'agissait d'une femme. Elle portait un manteau noir avec un liséré argenté ; ses cheveux ivoire, ses yeux pers et sa figure grave et calme sous la capuche étaient d'une grande beauté. Elle avait une curieuse crosse de bois noir noueux incrusté d'un joyau du même violet pâle que ses yeux. Elle parlait doucement, sans être surprise par notre présence ; peut-être qu'en ce lieu plus rien ne la surprenait. Elle ajouta, devant notre silence :

— Je m'appelle Eirellecros. Le dragon représente pour vous une grande menace ; il faut que vous le sachiez.

— Nous sommes venues secourir un harpiste, dis-je amèrement. Nous étions cinq, quand nous sommes entrées dans ce pays.

— Ah.

— Connaissez-vous ce dragon ?

Elle ne répondit pas immédiatement ; à côté de moi, Justine était bizarrement silencieuse. La crosse remua ; le joyau allait de gauche et de droite comme un œil aux aguets. La femme qui avait pour nom Eirellecros finit par annoncer :

— Vous pouvez me demander tout ce que vous voulez.

— Je viens de le faire, répondis-je, éberluée.

La main de Justine se referma sur mon bras ; je la regardai. Son visage était blême ; dans ses yeux brillait une lumière étrange et intense que je reconnus : elle avait perçu quelque chose d'intangible et le sondait. A ces moments-là, elle était inaccessible.

— Eirellecros, dit-elle doucement. Je m'appelle Enitsuj.

La femme sourit.

— Qu'est-ce que tu fais ? lâchai-je dans un souffle.

— C'est un jeu, répondit Justine à voix basse. Une question contre une réponse. Elle nous dira tout ce qu'il nous faut apprendre.

— Pourquoi faut-il que ce soit un jeu ? protestai-je.

Elle et la femme se regardaient fixement, incroyables

combattantes sur le point de s'engager dans une délicate bataille d'intelligences. Elles semblaient absorbées l'une par l'autre, curieuses, sourdes comme des pots. J'élevai la voix.

— Justine !

— Vous voulez récupérer le harpiste, je suppose, dit la femme.

Je compris alors son nom et fermai les yeux.

Justine hocha la tête.

— C'est pour cela que nous sommes ici. Et si je perds ?

— J'ai besoin de toi, répondit simplement la femme. Comme apprentie. (La femme sourit à nouveau, sans menace ni méchanceté.) Pendant sept années.

J'en eus le souffle coupé.

— Non. (J'avais peine à parler. Je me saisis du bras du Justine, je la secouai.) Justine, Justine, je t'en prie !

Un instant, je retins, sinon son regard, du moins son attention.

— Tout va bien, Anne, dit-elle avec douceur. Nous allons récupérer le harpiste sans bataille, et secourir également Fleur, Christabel et Danica.

— Justine ! hurlai-je.

Au-dessus de nous, toutes les colonnes et corniches de pierre firent écho à son nom ; de grands oiseaux aux ailes hérissées sortirent des arbres. Mais, à la différence des oiseaux et des pierres, Justine ne l'entendit pas.

— Tu es l'hôte de cette contrée, dit poliment la femme. Tu peux poser la première question.

— Où se trouve la route du pays du roi des bois ?

— Le cerf blanc dans la chênaie suit la route conduisant au pays du roi harpiste, répondit Eirellecros. Si tu le suis du matin jusqu'à la nuit, sans armes et sans repos. Qu'est-ce que le *chant de Dudirc* et sur quel instrument fut-il joué pour la première fois ?

— Le *chant de Dudirc* fut la dernière chanson d'un poète assassiné adressée à celle qu'il aimait et il fut joué à son amante dans son grand donjon sur un instrument de plumes, quand tous les oiseaux de la forêt qui l'entendirent lui chantèrent sa lamentation, répondit rapidement Justine.

Je soufflai un peu ; toute sa vie elle nous avait raconté des histoires semblables.

— Qu'est-ce qui prend au piège la sorcière du bois de la frontière pour lui donner sa vraie forme et comment peut-on lui arracher son pouvoir ?

— La sorcière de la frontière peut être prise au piège d'une cage en fer ; sa baguette magique est la louche avec laquelle elle tourne sa magie. Qu'est-ce qui commence par le feu, se termine par le feu, et passe par le noir et blanc ?

— La nuit, répondit Justine.

Je connaissais personnellement la réponse. Le visage de la femme resta impassible, avec un sourire de lune descendante.

— Où se trouve la voie menant aux racines de cette montagne et que craignent le plus ceux qui y résident ?

— La voie est le feu, qui fend leurs pierres, et c'est la lumière qu'ils redoutent le plus. Qu'est-ce qui arrive toujours mais n'est jamais là, possède un nom mais n'existe pas, est plus long que le jour mais plus court que le jour ?

Justine marqua un temps d'arrêt pour ciller.

— Demain, répondit-elle. (Et elle ajouta :) — En hiver.

La femme eut son sourire charmant. Je lâchai un souffle discret.

— Qu'est-ce qui nous protégera du dragon ?

La femme étudia Justine comme si elle répondait à l'une de ses propres énigmes.

— La courtoisie, dit-elle simplement. Où est caché le vrai nom du Trempteur Noir ?

Justine resta coite ; je sentis ses pensées voleter comme un oiseau qui cherche un perchoir. Le silence se prolongea ; un doigt glacé glissait sur mes os.

— Je l'ignore, dit enfin Justine.

Et la femme répondit :

— Le nom du dragon est caché dans une devinette.

Justine lut dans mes pensées ; sa main se serra sur mon poignet.

— Ne lutte pas, me souffla-t-elle.

— Ce n'est pas...

— La réponse est licite.

La femme fronça les sourcils songeusement.

— Désires-tu apprendre autre chose ?

Elle posa sa crosse avec légèreté sur l'épaule de Justine, tourna le joyau vers son visage blême. Le joyau émit soudain un éclat d'améthyste, comme s'il la reconnaissait.

— Je m'appelle Sorcellerie et telle est la voie que je suis. Tu m'accompagneras sept ans durant. Après cela, tu pourras décider de rester auprès de moi.

— Dites-moi, l'implorai-je, désespérée, comment la secourir. Vous m'avez dit tout le reste.

La femme secoua la tête en affichant son bref sourire lunaire. Justine finit par me regarder ; je lus la réponse dans ses yeux.

Je restai muette et la regardai s'éloigner de moi, des larmes m'envahissant les yeux, incapable d'implorer ou de jurer parce qu'il y avait eu un jeu dans le jeu et que j'étais la seule à avoir perdu. Justine me jeta un dernier regard, mais elle ne me vit pas véritablement, elle ne vit que la voie qu'elle avait suivie toute sa vie.

Je me retournai pour affronter le dragon.

J'escaladai à nouveau la pente, seule. Nul joyau ne capta mon regard, nulle voix ne chuchota ma voix. Même le dragon ne m'accueillit pas. Comme je déambulais parmi les colonnes, les cavernes et les salles de pierre, je n'entendis que le gémissement du vent à travers les ossements gigantesques de la montagne. Je m'enfonçais davantage dans la pierre. Les couloirs étaient éclairés de couleurs papillonnantes dues aux sécrétions du dragon. Ça et là, j'apercevais une écaille arrachée par la pierre ; certaines émettaient des étincelles bleu-vert-noir, d'autres de la couleur du feu. Je vis même une écharde de griffe, dure comme la corne, plus longue que ma main. Je sentais parfois l'odeur du soufre, ou de la fumée, mais surtout de la pierre que le vent érodait sans cesse.

J'entendais la musique d'une harpe.

Je finis par retrouver le harpiste, assis jusqu'aux chevilles dans des joyaux et de l'or, à l'intérieur d'une caverne obscure, paresseusement occupé à pincer sa harpe d'une main. Il resta sans voix quand il me vit. Comme on le disait, il était grand, la chevelure dorée, mais aussi sale, crasseux et rendu amer par la captivité. Même ainsi, on comprenait pour quelle raison Céladone voulait le récupérer.

— Qui es-tu ? souffla-t-il tandis que je foulais les trésors pour le rejoindre.

— Je suis Anne, la cousine de Céladone. Elle a envoyé sa cour pour te secourir.

— Il t'a fallu bien longtemps, grommela-t-il avant d'ajouter : — Tu n'aurais pu arriver seule jusqu'ici.

— Tu l'as bien fait, dis-je sèchement en examinant la chaîne qui le retenait. (Même Fleur aurait réussi à la détacher du mur en quelques instants.) C'est de l'or, malléable. Pourquoi n'as-tu...

— J'ai essayé, répondit-il en me montrant ses mains écorchées. C'est la magie du dragon. (Il m'arracha la chaîne des mains.) Ne te donne pas la peine d'essayer. La clé est là-bas, près du mur. (Il regarda derrière moi, hébété, cherchant mes compagnons imaginaires.) Es-tu seule ? Elle n'a pas envoyé ses chevaliers pour combattre ce monstre ?

— Elle n'avait pas suffisamment confiance en eux pour être sûre de celui qu'ils tueraient, répondis-je brièvement. (Il resta silencieux tandis que je traversais la salle pour dénicher la clé parmi les broches, les tasses et les colliers. J'ajoutai :) — Je n'ai pas quitté Carnelaine seule. Dans ma quête j'ai perdu quatre compagnes en cette contrée.

— Perdu ? (Un instant, sa voix exprima autre chose que son propre malheur.) Mortes ?

— Je ne pense pas.

— Comment les as-tu perdues ?

— La première m'a été arrachée par la sorcière du bois.

— Était-ce une sorcière ? fit-il, stupéfait. J'ai joué pour elle, mais elle ne m'a strictement rien offert à manger malgré ma faim. Je sentais l'odeur de la nourriture, mais elle m'apprit qu'elle était brûlée et indigne d'être mangée.

— Une autre par le roi harpiste dans le bois, continuai-je en fouillant parmi les pièces et en m'interrogeant sur le sens du goût de la sorcière.

— Tu l'as vu ? souffla-t-il. J'ai joué toute la nuit, dans l'espoir d'entendre ses mélodies fabuleuses, mais il ne m'adressa pas la moindre note.

— Peut-être avais-tu cessé d'écouter, dis-je en m'apitoyant devant la façon aveugle dont il avait traversé cette contrée. Et une autre me fut arrachée par les lutins sous la montagne.

— Quels lutins ?

— La dernière me fut enlevée à la fin d'un jeu de devinettes par la sorcière à la crosse ornée d'un joyau. Tu en étais le prix.

Il bougea, la chaîne et les pièces tintèrent.

— Elle se contenta de me dire où je trouverais ce que je cherchais, elle ne m'avertit d'aucun danger. Elle aurait pu m'aider ! Elle n'a même pas précisé qu'elle était magicienne.

— T'a-t-elle indiqué son nom ?

— Je ne me rappelle pas... quelle différence cela fait-il ? Dépêche-toi, avec cette clé, avant que le dragon ne flaire ta présence. C'eût été bien plus simple pour moi si ta compagne n'avait pas perdu à ce jeu de devinettes.

Je marquai un temps d'arrêt dans mes recherches pour l'examiner.

— Oui, dis-je enfin, et il eût été plus simple pour nous tous que jamais tu ne viennes ici. Quelle en était la raison ?

Il tendit le bras.

— C'était pour ça.

« Ça », c'était une harpe en os. Ses cordes reflétaient les mêmes couleurs fugaces et miroitantes que les couloirs. Une clé dorée était posée juste à côté. J'aime la musique, sans plus, mais quand je vis ces étranges cordes scintillantes, je fus emplie d'interrogations sur la musique qu'elles pouvaient émettre et je m'arrêtai, avant de toucher la clé, pour en tirer une note.

Il me sembla que la montagne se mettait à vibrer.

— Non ! s'écria le harpiste en se redressant dans un

flot d'or. (Un courant d'air sortit de la caverne, comme sous l'effet d'une aile gigantesque.) Espèce d'idiote et de maladroite... Comment penses-tu que je me sois fait prendre ? Jette-moi la clé ! Vite !

Je soupesai la clé dans ma main, irritée par la grossièreté du harpiste. Mais, après tout, c'était lui que j'avais promis à Céladone de retrouver et j'imaginai qu'une fois lavé, nourri et entre les mains de la reine, il réaffirmerait ses charmes. Je lui jetai la clé ; elle tomba à un cheveu de sa main tendue.

— Espèce d'idiote ! lâcha-t-il. Tu es aussi maladroite que la reine !

Immobile comme une pierre, je le regardai fixement tandis qu'il s'étirait pour attraper la clé. Je me retournai brutalement vers la harpe et fis courir ma main sur toutes les cordes.

Ce qui descendit dans les couloirs pour nous rejoindre projetait fumée, flammes et pierres brisées. Le harpiste gémit et se cacha derrière ses bras. La fumée s'éclaircit ; de grands yeux semblables à des soleils nous contemplaient près du plafond élevé. Une unique griffe aussi longue que mon tibia s'abattit à un pouce de mon pied. La courtoisie, songeai-je frénétiquement. La courtoisie, avait-elle dit. Autant proposer un bavardage tranquille au soleil. Avant que j'aie pu parler, le harpiste s'écria :

— C'est elle ! Elle est venue aussi la chercher, j'ai bien essayé de l'arrêter...

La chaleur me suffoquait ; l'or que je portais me brûlait le cou. Je déclarai, me sentant également carbonisée à l'intérieur :

— J'implore votre pardon si je vous ai offensé. Je suis venue, à la requête de ma reine, secourir son harpiste. Il semble que cette musique ne vous plaise nullement. Si vous le voulez bien, je débarrasserai votre demeure de ce qui doit représenter un objet d'irritation.

Je marquai un temps d'arrêt. Les grands yeux descendirent un peu vers moi. J'ajoutai, car ce genre de détail semblait important dans cette contrée :

— Je m'appelle Anne.

— Anne, chuchota la fumée.

J'entendis le harpiste s'agiter au bout de sa chaîne. La griffe recula légèrement ; l'immense tête plate de lézard s'abaissa, ses écailles flamboyantes noircies par la fumée, de minuscules étincelles de feu clignotant entre les crocs.

— Quel est son nom ?

— Kestral, répondit rapidement le harpiste. Kestral de la Courre.

— Vous avez raison, soupira l'haleine brûlante. C'est un objet d'irritation. Vous êtes sûre que vous voulez le récupérer ?

— Non, répondis-je, mes yeux se voilant devant l'étonnement et le soulagement d'avoir enfin trouvé, en ce pays de dangers, quelque chose que je n'avais pas besoin de craindre. Il est extrêmement grossier, ingrat et insensible. J'imagine que ma reine l'aime à cause de ses cheveux ou de ses mains de harpiste ; elle ne doit pas l'écouter parler. Aussi devrais-je l'emmener. Je suis navrée qu'il se soit glissé dans votre demeure et ait essayé de vous voler.

— C'est une harpe en os et boyaux de dragon, dit le dragon. C'est pour cela que je déteste les harpistes, qui fabriquent ce genre d'objets et chantent ensuite leur habileté. Comme l'aurait fait celui-ci.

Ses mâchoires s'ouvrirent ; une langue de feu jaillit, fondit l'or à côté de la main du harpiste. Il décampa contre le mur.

— Je vous demande pardon, dit-il rapidement. (Un sombre sourire courbe de dragon apparut au milieu de la fumée qui se dissipait ; il émit de la chaleur.) Peut-être vous garderai-je pour faire une harpe avec vos os.

— Elle serait irrémédiablement désaccordée, commentai-je. Que puis-je pour vous, en échange de la liberté du harpiste ?

Un œil descendit tout près, rond comme la lune, des ombres de couleur disparaissant constamment dedans.

— Dis-moi quel est mon nom, chuchota le dragon. (Lentement, je me rendis compte que ce n'était pas là un défi mais une supplique.) Une femme me l'a pris il y a longtemps, au cours d'un jeu de devinettes. Depuis des années j'essaie de m'en souvenir.

— Eirellecros ? soufflai-je.

Le dragon m'imita et faillit me griller les cheveux.

— Vous la connaissez donc ?

— Elle m'a pris mon amie la plus chère. A votre sujet, elle m'a dit : « Le nom du dragon est caché dans une devinette. »

— Où est-elle ?

— Elle emprunte les voies de la sorcellerie dans ce pays.

Les griffes se tendirent sur les pierres, lisses, noires comme des scarabées.

— Je connaissais jadis un peu de sorcellerie. Suffisamment pour ressembler à un homme. Voulez-vous m'aider à retrouver mon nom ?

— M'aiderez-vous à retrouver mes amies ? le suppliai-je en retour. J'en ai perdu quatre au cours de notre quête de cet insupportable harpiste. Une ou deux risquent de ne pas souhaiter mon aide, mais je ne le saurai pas tant que je ne les aurai pas revues.

— Laissez-moi réfléchir... dit le dragon.

De la fumée monta soudain autour de moi, âcre, blanche comme la cendre. J'avalai de la fumée et la recrachai en toussant. Quand mes yeux qui picotaient me permirent à nouveau de voir clair, un harpiste aux cheveux dorés se tenait devant moi. Il avait les yeux du dragon.

J'avalai encore de la fumée, stupéfaite. A travers le bruit que je produisais, j'entendis Kestral derrière moi qui tirait sur sa chaîne et criait avec fureur.

— Et moi ? On t'a envoyée pour me sauver ! Que diras-tu à Céladone ? Que tu as trouvé son harpiste et l'as laissé pourrir ici parmi cet or ? (Son propre visage le regardait et lui coupa momentanément la voix. Il tira sur sa chaîne frénétiquement, désespérément.) Vous ne savez pas jouer de la harpe ! Elle vous percera à jour grâce à cela, sans parler de vos yeux d'ancien.

— Peut-être, dis-je, charmée par sa suggestion, qu'elle s'en moquera.

— Ses chevaliers me trouveront. Tu as dit qu'ils cherchent à me tuer ! Tu seras coupable d'un meurtre !

— Il est probable que ceux qui veulent ta mort me suivront, dis-je avec lassitude. A cause du harpiste aux cheveux dorés qui chevauchera avec moi. C'est au dragon de te libérer et non à moi. S'il en décide ainsi, il te faudra retrouver ta propre route vers Céladone, ou alors promettre de ne pas parler hormis pour chanter.

Je me détournai. Le harpiste-dragon prit sa harpe d'os. Il annonça de sa voix rauque et enfumée :

— Je respecte mon marché. La clé de ta liberté se trouve dans une chanson.

Nous laissâmes le harpiste enchaîné à ses mélodies, écoutant d'un air intrigué, avec son oreille sourde et son cerveau désaccordé, l'unique chanson, de toutes celles qu'il avait jamais jouées et n'avait jamais entendues, qui le ramènerait à Céladone. A l'extérieur, à la lumière, je conduisis le feu-de-dragon vers la pierre qui avait englouti Danica et commençai mon voyage de retour vers Eirellecros.

LA SAISON DES PUITS
(In the Season of the Dressing of the Wells)

JOHN BRUNNER

Les oreilles étourdies par les tonnerres des obus qui éclataient, les yeux piquant et la gorge irritée par le gaz délétère, Ernest Peake se força à prendre à tâtons la sonnette à son chevet. Il s'était réveillé les poings serrés, le cœur battant la chamade, et il se sentait aussi épuisé que s'il n'avait pas dormi.

Je ne m'en porterais sans doute que mieux...

La porte s'ouvrit. Tinkler, qui avait été son ordonnance en France et en Flandres, entra et tira les rideaux. Comme la lumière du jour entrait à flot, il déclara :

— Encore une mauvaise nuit, monsieur.

Ce n'était pas une question. L'enchevêtrement de ses draps constituait une pièce à conviction.

Parmi les boîtes à pilules sur la table de chevet, on trouvait aussi une bouteille de teinture de valériane, un verre et une cruche d'eau. Il mesura la dose prescrite, la dilua, la tourna et la lui présenta. Résigné, Ernest l'avala. Cela semblait marcher et le docteur Castle lui avait montré un article décrivant son efficacité dans d'autres cas de syndrome commotionnel...

Chacun d'eux est comme moi, tout seul à l'intérieur de la prison de son crâne.

— Voulez-vous prendre votre thé maintenant, monsieur ? demanda Tinkler.

— Oui, et faites couler mon bain. Je déjeunerai ici.

— Très bien, monsieur. Que dois-je préparer ?

Se soulevant avec difficulté, maudissant en silence la

rotule fracassée par une balle qui raidissait à tout jamais sa jambe gauche, Ernest considéra le ciel dégagé et haussa les épaules.

— La journée me semble idéale pour un blazer et un pantalon de flanelle.

— Sauf votre respect, monsieur, nous sommes dimanche et...

— Au diable quelle journée nous sommes ! gronda Ernest avant de regretter aussitôt son mouvement d'humeur. Excusez-moi. J'ai encore les nerfs à vif. Des cauchemars. Vous pouvez aller à l'église, si vous le désirez.

— Oui, monsieur, murmura Tinkler. Merci, monsieur.

***

En attendant son thé, Ernest, morose, contempla de sa fenêtre le paysage ensoleillé. Le terrain de la seigneurie de Welstock, comme bien d'autres, avait été dévolu aux légumes durant la guerre et les portions que même son oncle, le patriote sir Roderick, n'avait pas voulu voir bêchées et labourées avaient été abandonnées aux mauvaises herbes. Mais l'on constatait des signes de retour à la normale. Bien entendu, il était presque impossible de trouver du personnel, mais un homme âgé et deux gamins de quinze ans faisaient de leur mieux. On n'avait pas encore réparé le court de tennis, mais la pelouse était bien tondue, équipée d'une série d'arceaux de croquet, et une bonne moitié des massifs se couvrait de fleurs éclatantes. De la fenêtre, on voyait la tour de l'église, mais sa nef était dissimulée par des buissons et des arbres à feuilles serrées, ainsi que la quasi-totalité de la cure voisine.

Habituellement, le panorama était idyllique et l'avait souvent poussé à se demander à quoi aurait ressemblé une jeunesse passée ici au lieu des Indes, éduqué par des précepteurs. L'oncle Roderick et la tante Aglaia, qui n'avaient pas d'enfants, avaient proposé à plusieurs reprises qu'on l'envoie à l'école et qu'il passe ses vacances à Welstock. Mais ses parents avaient décliné leur offre et, au fond de lui-même, il ne regrettait rien.

L'Angleterre avait été affectée par des changements bien plus importants que tous ceux que connaîtrait jamais cet antique pays au rythme lent de l'autre côté du monde, aussi les regrets n'étaient-ils guère de mise.

Aujourd'hui, pourtant, submergé qu'il était dans les réminiscences de souffrance cauchemardesque, le dôme de plaisir de Kubla Khan[1] n'aurait pu disperser les nuages qui lui voilaient l'esprit, aussi gravement blessé par la guerre que sa jambe raide.

Tinkler apporta le plateau à thé. Avant de s'occuper de la salle de bains, il demanda :

— Avez-vous des plans particuliers pour aujourd'hui, monsieur ?

Ernest se détourna de la fenêtre avec un soupir. Son regard tomba sur le chevalet pliable appuyé contre une table qui portait un grand carton à papiers rigide, une boîte d'aquarelles et autre matériel propre à un artiste.

Deviendrai-je jamais un artiste ? Même mauvais ? On dit que je possède un certain talent... Mais j'ai l'impression de plus rien voir. Je ne vois pas ce qui est là, seulement ce qui est tapi derrière, en embuscade. Toutes les horreurs cachées de ce monde...

— Je sortirai probablement faire des croquis, répondit-il au petit bonheur.

— Dois-je demander à la cuisinière de préparer un panier-repas ?

— Je ne sais pas ! (Ernest évita de justesse de se montrer cassant.) Je me déciderai après le petit déjeuner.

— Très bien, monsieur, répondit Tinkler avant de partir.

***

Douché, rasé, vêtu, mais ayant à peine touché à son petit déjeuner, Ernest traversa lentement le grand vestibule. Aujourd'hui, la moindre action lui coûtait un immense effort mental, et quant à prendre des décisions importantes... Préoccupé par ses manières abruptes envers

1. *Kubla Khan :* Poème de S.T. Coleridge écrit en 1797. (*N.d.T.*)

Tinkler, qui était resté à son côté avec toute la loyauté d'un ami, il allait tendre la main vers la porte donnant sur la terrasse et le jardin quand une voix aigre et désagréable lui souhaita une bonne journée.

Il se retourna et se trouva face à sa tante Aglaia de l'autre côté du vaste parquet, dans les vêtements totalement noirs qu'elle avait adoptés depuis que son mari avait succombé à la grippe espagnole. Cela s'était passé trois ans auparavant et la période habituelle de deuil était donc dépassée depuis longtemps, mais elle semblait déterminée à agir de la même manière que l'avait fait la reine Victoria pour Albert. La ressemblance s'arrêtait d'ailleurs là ; la monarque de petite taille aurait eu de la peine à égaler sa poitrine ample et efficacement corsetée.

Pis encore, ses attitudes paraissaient être devenues aussi rigides que ses sous-vêtements. Les rares occasions où il l'avait rencontrée quand il avait bénéficié d'une permission, alors que l'oncle Roderick vivait encore, Ernest l'avait trouvée relativement agréable, quoique un peu trop consciente de son statut d'épouse du maître de la seigneurie. A présent, elle en était venue à se considérer comme la châtelaine de Welstock et, par là même, gardienne officielle non seulement des terres mais aussi de l'existence et de la conduite des divers occupants, fermiers et domesticité. Parmi lesquels, bien contre son gré, se trouvait Ernest.

Avant qu'il ait eu le temps de lui rendre son salut, elle continuait :

— Voilà un costume qui ne convient guère pour l'office divin !

Une religiosité morbide faisait partie de ses nouvelles attributions. Elle avait réinstauré les prières « familiales » qu'Ernest suivait avec résignation, sur la base qu'« il ne se faisait pas » de révéler aux serviteurs le moindre désaccord entre leurs employeurs. Mais il songeait que ce n'était là que boniment.

A présent, par la porte ouverte de la salle de petit déjeuner, il apercevait une servante qui débarrassait la table. Afin que la fille ne pût l'entendre, il répondit aussi poliment que possible :

— Je n'irai pas à l'église, tante Aglaia.

Elle fondit sur lui.

— Jeune homme, j'en ai beaucoup supporté à cause de votre prétendue mauvaise santé ! Mais vous commencez à mettre ma patience à dure épreuve. Vous êtes ici depuis un mois et le docteur Castle m'assure que vous vous rétablissez assez vite. Peut-être, un jour prochain, déciderez-vous de méditer sur l'hospitalité que je vous accorde ainsi que, je l'espère sincèrement, sur votre devoir envers votre Créateur !

Le sang quitta le visage d'Ernest ; il sentit la pâleur de ses joues. Il s'étreignit les mains pour éviter de céder à la tentation de frapper cette vieille garce hypocrite et grinça, en serrant les dents :

— Je ne dois rien au dieu qui autorisa une ignominie telle que la guerre !

Avant qu'elle ait pu le traiter de blasphémateur, il tira la porte et sortit en boitant dans le soleil aveuglant, sans son chapeau ni sa canne.

Une cloche unique tintait à l'église. Pour ses sens altérés, il avait l'impression que c'était le glas qui sonnait.

***

— Mr. Peake ? Mr. Peake ?

Une voix douce et interrogatrice. Ernest revint à lui en sursautant. Il s'appuyait contre le mur qui divisait les terres de la seigneurie de celles de la cure. La cloche s'était arrêtée. Face à lui se dressait une jeune fille mince, le visage dans l'ombre d'un chapeau à bord large, portant une robe simple du même gris foncé que ses grands yeux soucieux.

Alors même qu'il se demandait avec affolement s'il n'avait pas crié à voix haute, ainsi que cela lui arrivait parfois, il leva la main automatiquement pour soulever un chapeau inexistant. Il parvint à prononcer :

— Bonjour, Miss Pollock. Excusez-moi, si je vous ai dérangée.

— Pas du tout. Je fais simplement le tour du jardin tandis que Grand-père met la dernière touche à son sermon.

Avec un désir fiévreux de compenser toute mauvaise impression :

— Eh bien, comme vous l'avez sans doute déduit, je ne serai pas là pour l'écouter, je le crains. Vous voyez, comme j'ai essayé de l'expliquer à ma tante, j'ai perdu la foi quand j'ai vu ce qui pouvait arriver ici bas. Je n'ai plus été capable de croire en un être aimant, magnanime, sage...

Soudain conscient qu'il en était presque arrivé à bégayer, il interrompit sa phrase.

Il fut surpris et soulagé de constater que Miss Pollock ne manifestait aucun signe d'avoir été offensée. En fait, elle déclarait :

— Oui, je comprends. Gerald, mon fiancé, disait des choses bien similaires, la dernière fois qu'il est venu en permission.

Oh, oui. J'ai entendu parler de Gerald, n'est-ce pas ? Il a passé l'arme à gauche... à Cambrai, je crois. Des tanks.

Alors qu'il cherchait encore à prononcer quelques paroles, en direction de la maison se fit entendre un grincement de roues de voiture sur le gravier, indiquant que lady Peake s'apprêtait à partir pour l'église. Elle aurait pu passer par ici et mettre moitié moins de temps qu'il n'en fallait en empruntant le chemin, mais, naturellement, cela ne se faisait pas.

Elle aurait pu également acheter une automobile et d'ailleurs l'oncle Roderick en possédait une avant la guerre, mais elle ne l'avait jamais approuvé et elle ne manquait jamais de rappeler combien elle avait été heureuse quand leur chauffeur s'était engagé et que son mari lui avait dit de rejoindre Londres avec le véhicule, puis de le donner à l'armée.

Miss Pollock regarda par-dessus l'épaule d'Ernest.

— Ah, voilà votre tante qui sort. Il faut que j'aille réveiller Grand-père. Il a un peu tendance à perdre la notion du temps, en ce moment. Ah, j'y pense, quand il fait beau comme aujourd'hui, nous aimons prendre le thé dans le jardin, l'après-midi. Peut-être pourrez-vous vous joindre à nous ?

— Eh bien... eh bien, c'est très aimable de votre part, bégaya Ernest.

— Inutile de fixer une date à l'avance. Quand vous serez libre, contentez-vous de demander à l'une des servantes de faire un saut pour nous avertir. A présent, il faut que je me dépêche. Au revoir !

Elle partit, laissant Ernest se demander encore s'il parlait tout seul à voix haute quand elle l'avait remarqué et, dans l'affirmative, ce qu'il disait.

Comme toujours, son environnement charmant, illuminé par l'arrivée de l'été, semblait imprégné de menaces, à l'instar des germes dans le sol fertile qui pouvaient gonfler et briser la carcasse humaine.

Gangrène gazeuse. Mais chez moi, ce qui est gangrené, c'est l'esprit...

***

La seigneurie, la cure et l'église se dressaient sur la crête d'une colline peu élevée, le restant du village étant dispersé plus bas en terrain plat et en face sur le flanc d'une autre colline. Au temps jadis, c'était une tâche longue et pénible que d'assister au service divin, surtout pour les enfants et les personnes âgées, et nombreux étaient ceux qui n'allaient pas plus loin qu'une source qui jaillissait près du pied de la colline, car ses eaux étaient censées posséder un pouvoir de purification et d'absolution.

Mais, au début du siècle, feu le Seigneur avait fait recouvrir la source et, en travers du site, avait demandé la construction d'une piste pavée, partant de ce qu'on appelait toujours la route du Puits-Vieux, qui permettait un accès plus facile. De part et d'autre du porche du cimetière, il avait également planté deux magnifiques noisetiers. A l'ombre de ceux-ci, mal à l'aise dans leurs sombres habits du dimanche, étaient rassemblés la plupart des habitants de Welstock, parmi lesquels, malgré le beau temps, on aurait eu de la peine à distinguer un sourire. La tragédie avait de nouveau frappé la petite communauté, au cours de la semaine. Le jeune George Gibson, qui avait été gazé en France et fait prisonnier, était revenu pour être emporté par la toux et mourir enfin, laissant une femme et trois enfants.

Comme toujours, les villageois s'étaient séparés en deux groupes. A gauche se trouvaient les femmes et les jeunes enfants, dont le flot allait et venait autour de la maîtresse d'école, Miss Hicks. En dehors de leur tristesse devant la mort de George Gibson, elles parlaient essentiellement des prix qui grimpaient, de la maladie (la moindre fièvre risquait d'être le signe d'une nouvelle attaque de la redoutable grippe espagnole), des chaumières en mauvais état et, sans grand optimisme pour les fiancés, d'un mariage prochain. Toutes étaient d'accord là-dessus : l'heure n'était pas propice pour songer à mettre au monde de nouveaux enfants.

A droite s'asseyaient les pères et grands-pères, entourés par les jeunes célibataires... bien rares, car de plus en plus nombreux à quitter la campagne, en quête des plaisirs et des salaires plus élevés des villes. On trouvait aussi avec eux une frange lasse de garçons assez âgés pour travailler mais qui ne s'inquiétaient pas encore des questions qui préoccupaient tant leurs aînés.

Le point central de ce groupe était constitué par Hiram Stoddard, forgeron, maréchal-ferrant (et accessoirement garde-guichet de l'équipe de cricket du village) et son frère Jabez, qui tenait l'auberge de la Charrue, occupés à échanger nouvelles et points de vue avec les fermiers locaux. A l'intérieur de ce noyau, sans en être originaire, on trouvait le plus prospère de ces derniers, Henry Ames. Il venait du comté voisin. Ne vivant au village que depuis dix ans, on le considérait toujours comme un étranger et, si l'on se montrait poli envers lui et sa famille, tout le monde gardait ses distances. Il était le seul du groupe à qui l'on donnait toujours du « Mister ».

Les hommes affichaient également une expression grave en bavardant. Au début, leur discussion, comme celle des femmes, concernait George Gibson et sa famille affligée ; mais ils ne tardèrent pas à passer à des sujets plus pressants. Ils parlèrent de réductions d'emploi... George avait été ouvrier agricole et logeait dans une chaumière sur la propriété Peake ; ils rembarrèrent les théoriciens qui prétendaient que l'agriculture serait bientôt entièrement mécanisée, car aucun d'entre eux (à l'exception de Mr. Ames, bien entendu) ne pouvait s'offrir de nouvelles machines ; le nombre de chevaux tués durant la guerre était tel qu'il s'avérait difficile de reconstituer le cheptel à son niveau antérieur ; le même problème se posait concernant les autres élevages, énormément restreints du fait de la pénurie de personnel pour s'en occuper... Aucun doute : les temps étaient durs, voire plus durs que pendant la guerre. Quelqu'un fit allusion aux promesses des politiciens sur les « demeures dignes de héros », saillie qui fut accueillie par des gloussements de dérision dépourvus de toute joie.

Pour tenter de détourner la conversation vers des sujets plus plaisants, Hiram aborda l'arrivée précoce de l'été et la promesse d'une bonne moisson de fourrage. Par étapes naturelles, l'herbe conduisit au fauchage et le fauchage à la nécessité de préparer le terrain de cricket, ce qui ne put manquer de produire un long silence, chacun se rappelant les joueurs que l'on ne reverrait plus.

Finalement, Hiram lança sur un ton de fausse gaîté :

— Eh ben, c'est le moment d'aller voir Sa Seigneurie pour lui demander de nous prêter la faucheuse. J'irai après le service. Qui vient avec moi ?

Quatre ou cinq volontaires se manifestèrent à contrecœur. A l'époque de sir Roderick, c'eût été une perspective agréable... il aurait accepté sur le champ et, très probablement, leur aurait offert une bière avant leur départ. Traiter avec Sa Seigneurie, par contre...

Comme s'il percevait leurs pensées, le vieux Tatton fit de sa voix cassée :

— Vilaine époque, pas vrai ? Ben vilaine époque !

Le groupe s'entrouvrit pour le laisser entrer parmi eux, appuyé sur une canne en chêne qu'il s'était taillée avant que les rhumatismes sapent ses membres et recourbent son dos, haletant après son escalade de la pente. Dans le temps, c'était un charpentier, un charron et un sculpteur accompli. Mais son temps était loin et tous ses talents ne seraient plus jamais nécessaires. Comme il se plaisait à le dire, si on pouvait faire tout ça dans des usines pendant la guerre, on continuerait pareil en temps de paix et il n'y aurait plus place pour les artisans indépendants. Ses lugubres prédictions s'étaient révélées exactes jusqu'à présent et, si certains des plus jeunes se moquaient de lui derrière son dos, d'autres tenaient compte de sa sagesse de vieillard.

Il s'arrêta et regarda autour de lui de ses yeux chassieux.

— C't'époque, l'elle nous a été envoyée pour nous éprouver, pas vrai ? Pas étonnant, d'ailleurs. *C'est l'année !* Et la dernière fois, on l'a oubliée. Alors, ça fera deux.

L'ayant compris, les plus âgés déplacèrent leur poids d'un pied sur l'autre avec l'air de préférer qu'il change de sujet. Quand un des jeunes du cercle extérieur, intrigué, demanda des éclaircissements et que Mr. Ames parut soulagé que quelqu'un ait posé la question avant lui, ce furent les yeux qui se déplacèrent de gauche à droite. Mais on ne pouvait détourner le vieux du thème qu'il avait choisi.

— Ç'aurait dû être en 1915, insista-t-il. Ben sûr, avec la guerre et tout ça... Elle l'aura pardonné. Mais pas c'te fois-ci. Comme si y'a pas eu d'avertissements ? La mort de sir Roderick ! Et pis, v'là son héritier légitime qu'est sous l'coup d'une malédiction !

Certains des assistants grimacèrent. Même pour eux, c'était pousser un peu loin la description de l'état de Mr. Ernest qu'ils avaient arrachée à son valet, Mr. Tinkler. Il avait pris l'habitude de venir à la Charrue, ses soirs de liberté, et bien que ce fût à l'origine « un d'ces types d'Lunnon », il s'était avéré être un garçon régulier, véritable source d'anecdotes, avec une capacité d'absorption remarquable pour le cidre du village.

Néanmoins, si longtemps après la guerre, être encore dans cet état pitoyable... !

— Fragile, avait dit un jour Mr. Tinkler en répétant ce terme avec approbation. Oui, fragile ! Ça a à voir avec ce qu'on appelle « le tempérament d'artiste », vous savez. Chez ceux qui l'ont, c'est souvent plus une malédiction qu'une bénédiction.

Du moins avait-il prononcé le terme, quoique peut-être dans un sens différent de celui qu'avait utilisé le vieux Tatton...

Mais le vieillard était en pleine forme. A présent, il fonçait en avant en s'imaginant qu'ils se préparaient à voir le curé, et il continua :

— Z'avez ben raison ! Ça fait un bail d'puis l'Ascension ! Si on l'fait pas bénir les puits...

Hiram l'interrompit en toussant.

— On parlait d'emprunter la faucheuse du manoir pour le terrain de cricket. Après l'office, on va aller rendre visite à Sa Seigneurie et...

Les joues du vieux s'empourprèrent.

— Et moi qui pensais qu'vous parliez de la parure ! Qu'elle est un d'nos maux, c'est pas une mise en garde ?

Plus d'un membre de l'assistance tendait à penser plus ou moins la même chose, mais aucun n'eut le temps d'acquiescer à voix haute, car au même instant la voiture apparut. Sa Seigneurie descendit au milieu d'un chœur de « Bonjour, m'dame ! », hocha la tête devant les chapeaux, les casquettes qui se levèrent et s'engagea comme à la parade sur l'allée entre les pierres tombales.

Avec soumission, ils lui emboîtèrent le pas.

Et l'on ne prêta guère attention au rituel.

***

Ils ont pris du retard pour tondre le terrain de cricket, non ?

Cette pensée surgit de manière inattendue dans l'esprit d'Ernest tandis qu'il errait sur les terres de la seigneurie, poursuivi par ses fantômes. Ayant abandonné son intention de peindre, il avait laissé ses pieds le conduire où ils le voulaient. Des fragments de souvenirs d'un été de guerre se mirent en place tandis qu'il contemplait ce qu'on aurait pu prendre pour une prairie ordinaire ; en fait, on y avait dernièrement fauché les herbes et il ne restait plus que du chaume. Mais la longueur était tout de même trop grande pour permettre à un coup droit d'amener la balle jusqu'à la limite.

Brusquement, sur ce spectacle se superposèrent des images du passé. Assurément, le pavillon devait se trouver à sa gauche... Oui, il était là, ses planches vertes avaient besoin d'un bon coup de peinture, son panneau de résultat tout de guingois sous l'effet des vents d'hiver.

Une douleur terrible monta en lui. Comme il manquait un batteur, parce que quelqu'un venait d'être mobilisé, on lui avait demandé de jouer pour le village, il avait accepté et avait obtenu quarante points... assez piètre résultat, il fallait l'admettre, mais suffisant pour faire basculer la marque et permettre à Welstock de gagner par deux guichets.

Et ce fut ma dernière partie.

Il se retourna et se dirigea vers la maison en claudiquant et en s'efforçant de ne pas pleurer.

En chemin, il passa devant le pavillon d'été où l'on avait rangé l'équipement de croquet dans une caisse étanche. Il se rappelait vaguement avoir dit : « Le croquet est le jeu le plus fatigant auquel je pourrai désormais me livrer ! » Prévenant comme toujours, Tinkler avait sorti les arceaux et les piquets.

Faute de trouver un autre passe-temps en attendant le déjeuner, il ouvrit la caisse, prit un maillet et une boule au hasard et se mit à jouer nonchalamment sur la pelouse. Ce qui ne l'empêcha nullement d'être préoccupé par des souvenirs de spectacles et de sons. Pour une fois, fort heureusement, tous ne concernaient pas l'enfer des tranchées. Mais songer au service à l'église fit remonter dans son esprit les processions hindoues suivant des idoles maculées de *ghy* et couvertes de guirlandes, ce qui le fit mentalement sauter vers le porteur de son père, Gul Khan, qui était un démoniaque bôleur et un entraîneur d'une patience extraordinaire. Durant la saison chaude, à Simla...

— Que diable, à quoi bon, *foutre !* chuchota-t-il en tapant avec son maillet comme s'il s'agissait d'un club de golf. Frappée brutalement, la boule heurta l'un des arceaux et l'arracha du gazon. Il jeta le maillet dans sa direction et se retourna pour rentrer à la maison.

Aussitôt, il fut très calme.

Là, six hommes en costumes et chapeaux noirs remontaient l'allée gravillonnée. Il les reconnut, mais il n'aurait pu les identifier avec certitude, sauf un. En tête, musculeux et trapu, se trouvait assurément Mr. Stoddard, capitaine et garde-guichet de la dernière partie à laquelle il avait participé...

Une nouvelle fois, il avait dû involontairement parler à voix haute, car une voix tranquille annonça dans son dos :

— Oui, monsieur. Mr. Stoddard, c'est ça. Il y a aussi un Mr. Jabez Stoddard, mais il tient l'auberge de la Charrue et il a dû aller ouvrir.

Puis, sur un ton de justification :

— En vous apercevant comme nous quittions l'église, je me suis excusé auprès de Sa Seigneurie et j'ai pris le raccourci.

— Merci, Tinkler. (Pour l'instant, Ernest se sentait parfaitement maître de soi.) Une idée de ce qui les amène ici ?

— Absolument aucune, monsieur.

— Ma tante revient directement ?

— Non, monsieur. Elle a l'intention de rendre visite à la famille Gibson.

— Vous voulez parler du pauvre diable qui vient de mourir ? Hum ! Un bon point pour ma tante, donc. Je ne la pensais pas aussi charitable, hormis le fait qu'elle doit considérer qu'il s'agit d'une de ses obligations... Tinkler, qu'est-ce qui ne va pas ?

— Ce n'est pas de mon ressort, monsieur, de...

— Parlez donc !

Ernest se rendit compte qu'il haletait. Pourquoi ?

— Puisque vous insistez, monsieur, déclara Tinkler après une hésitation. Je ne suis pas totalement convaincu des mobiles charitables de sa visite. Je... (une toux discrète) j'ai décelé chez Sa Seigneurie ce que l'on peut qualifier d'une certaine *lueur* dans les yeux.

Ernest s'arrêta net et se retourna vers son valet.

— Vous l'avez également remarquée ? explosa-t-il.

Affrontant son regard, Tinkler répondit :

— Où l'aviez-vous notée en dernier lieu ?

Il n'y eut pas même l'écho d'un « monsieur », cette fois-ci.

— Chez... les yeux fous de ce général qui nous a envoyés au sommet de...

— Mais continuez donc ! (C'était lui qui donnait les ordres, à présent.) Je ne tiens pas davantage que vous à me le remémorer. Il a tué dix mille d'entre nous par cet ordre, n'est-ce pas ? Et vous et moi avons survécu par miracle... Mais *prononcez donc son nom !*

— Mal...

La langue d'Ernest n'était plus qu'une éponge monstrueuse qui bloquait ce nom. Il déglutit, se balança un peu et finit par le cracher :

— *Malenchines !*

— Oui. C'était là. Et j'espérais ne jamais la revoir, moi non plus. Mais c'est fait... Maintenant monsieur, je vais voir ce qu'ils désirent.

— Non, Tinkler. Nous y allons *ensemble.*

***

Comme si le fait de prononcer le nom terrible avait ôté un fardeau de son âme, Ernest fut capable d'accueillir Mr. Stoddard et ses compagnons et de parler de leur dernière rencontre sans le moindre malaise. Lorsqu'ils eurent expliqué la raison de leur venue, il répondit aussitôt que ce serait parfait, bien qu'il n'en fût pas aussi convaincu qu'il le paraissait, et il continua en posant des questions sur les perspectives pour la saison qui arrivait.

Les villageois échangèrent des regards. Finalement, Mr. Stoddard haussa les épaules.

— Nous n'avons guère brillé depuis la guerre. Quelques bons joueurs sont encore là. Mais on manque un peu de pratique et surtout d'un bon entraîneur.

Serait-ce une suggestion ?

Ernest présuma que oui et se força à sourire.

— Eh bien, je pourrais vous aider quelque peu, dit-il. (Malgré lui, une trace d'amertume se glissa dans sa voix quand il ajouta :) — L'époque où je jouais est terminée, je le crains. Ma limite est désormais le croquet et je ne trouve même pas de partenaires pour ça...

Frappé par une pensée soudaine, il regarda autour de lui.

— Sans doute aucun de vous ne joue-t-il, n'est-ce pas ?

Une expression inquiète se peignit et s'effaça sur le visage de Tinkler, mais Ernest ne lui prêta aucune attention.

— C'est un jeu tout à fait sympathique, vous savez. Pas beaucoup d'exercice, mais énormément d'habileté. Si vous pouvez m'accorder quelques minutes, je vais vous montrer. Tinkler, voulez-vous replacer cet arceau et m'apporter un maillet et deux balles ?

Étrangement excité pour la première fois depuis des années, il se mit à les initier aux mystères du passage sous un arceau, aux méthodes utilisées pour rejoindre le besan, croquer, roquer et devenir corsaire, avec un enthousiasme tel que la raideur des visiteurs finit par fondre et que le plus jeune lança :

— Dites, Mr. Ernest, j'aim'rais ben y jouer un jour !

— Bravo ! s'exclama Ernest. Et je vais vous dire encore une chose que je viens de me rappeler. Une fois que je me promenais quand j'étais en permission, je suis tombé sur quelques filets dans l'un des appentis. Il se peut qu'ils y soient encore. Avez-vous assez de filets pour vous entraîner ?

— Non, monsieur, répondit promptement Hiram Stoddard.

— Alors, allons...

Une légère toux l'interrompit. C'était Tinkler. La voiture de Sa Seigneurie roulait en direction de la maison.

— Ah, parfait ! Nous allons pouvoir nous occuper de la faucheuse. Ma tante ! Tante Aglaia !

Descendant avec l'assistance de son valet et cocher Roger, trop jeune à l'époque pour partir à l'armée, lady Peake fixa un regard glacé sur son neveu.

— Vous profanez le sabbat ! aboya-t-elle.

— Quoi ? Oh, vous voulez parler de ça ? (Ernest agita le maillet de croquet.) Pas du tout. Je montrais simplement à ces gens les rudiments du jeu, dans l'espoir de les affronter un jour.

Il aurait aussi bien pu s'adresser au néant. Elle continua comme s'il n'avait pas parlé :

— Et qu'est-ce que ces... personnes... font ici ?

— Oh, ils sont venus emprunter la faucheuse. Pour le terrain de cricket. Oncle Roderick avait pour habitude de...

— Votre oncle n'est plus parmi nous ! Et pourriez-vous m'indiquer quelle utilisation vous comptez faire de cet *instrument ?*

Hiram avait ôté son chapeau et ne l'avait pas remis. En le faisant tourner entre ses grosses mains pleines de cals, il marmotta :

— Nous pensions que nous pourrions commencer cet après-midi, m'dame.

Une expression de triomphe traversa le visage de lady Peake.

— Ainsi, comme mon neveu, vous êtes un violeur des commandements. « Le septième jour est un sabbat pour le seigneur votre dieu. Tu ne feras aucun ouvrage ce jour, ni toi, ni ton fils, ni ta fille, ni ton serviteur ! » Vous ne pouvez emprunter ma faucheuse, aujourd'hui ni aucun autre jour. Retournez au sein de vos familles et priez pour qu'il vous soit pardonné.

Elle se dirigea vers la maison en se dandinant.

— Désolé, Mr. Stoddard, dit le jeune Roger. Mais vous savez comme elle est. Bien sûr, ça ne s'applique pas aux gens qui travaillent pour elle, hein ? Vous aimeriez voir son visage si je lui répondais la même chose : « Non, m'dame, je ne peux quand même pas vous conduire à l'église ? Ce serait travailler le jour du seigneur ! »

Une seconde, Hiram donna l'impression d'être sur le point de le chasser pour son impertinence, mais il changea d'avis.

— Je suis terriblement navré, marmonna Ernest. Je ne m'attendais nullement à ce qu'elle réagisse de la sorte... Qu'allez-vous faire, à présent ?

— On va sans doute en revenir à l'ancienne méthode, monsieur. On fera ça à la faux. Mais il n'y en a plus beaucoup qui sont encore capables de faucher correctement un arpent, sans parler d'un terrain de cricket. Encore un des savoirs agonisants dont parle toujours le vieux Tatton. Si vous voulez bien nous excuser, monsieur, nous devrions partir pour la Charrue avant que tous les autres rentrent chez eux, comme ça on verra ceux qu'on peut enrôler pour le fauchage.

— Attendez ! Je vous accompagne ! Laissez-moi le temps d'aller prendre mon chapeau et ma canne ! Roger, avertissez la cuisinière que je serai en retard pour le déjeuner !

Tandis qu'il clopinait en direction de la maison, ils interrogèrent Tinkler du regard. Il hésita. Puis il finit par déclarer :

— Ce n'est pas exactement *comme il faut*[1], n'est-ce pas ? Mais son cœur n'est pas atteint. C'est simplement son esprit qui est un peu affecté. Et pour aller mieux, peut-être suffirait-il qu'il s'oppose à Sa Seigneurie. Je serai là pour le surveiller.

Ils se détendirent. Mais en partie seulement.

⁂

Un silence surpris s'abattit sous le plafond aux poutres basses du bar de la Charrue quand on reconnut qui était venu se joindre à la compagnie et la conversation mit du temps pour repartir. Seul le vieux Tatton, à son siège habituel dans le coin de la cheminée, continua de bavarder comme si rien d'extraordinaire ne se produisait.

Du moins rien d'aussi banal que la présence d'un membre de l'aristocratie terrienne.

Il avait enfin cessé de grommeler au sujet de l'absence de feu pour réchauffer ses os douloureux, il avait abordé un autre sujet qui le préoccupait... et, à dire le vrai, il n'était pas le seul dans ce cas : il s'agissait de l'oubli d'un antique cérémonial auquel il attribuait leurs malheurs répétés. Dans une vaillante tentative pour détourner l'attention du visiteur, Hiram le conduisit vers le bar, présenta une nouvelle fois son frère Jabez au jeune aristocrate, ainsi que plusieurs autres, sans oublier Mr. Ames.

Conscient du problème, Jabez lança joyeusement :

— Eh bien, monsieur, puisque c'est la première fois

1. En français dans le texte. (*N.d.T.*)

que vous honorez ces lieux, permettez-moi de vous offrir un verre ! Que prendrez-vous ?

Ernest regarda autour de lui avec hésitation. Ces dernières minutes, il était encore hors de lui, sa colère envers sa tante ayant pris le dessus. A présent, dans cet environnement étranger, parmi des gens que sa présence dérangeait manifestement, il se trouvait un peu perdu. Il jeta un coup d'œil à Tinkler, qui parla d'une voix suave.

— Je puis vous recommander le cidre de Mr. Stoddard, monsieur. Il le fabrique lui-même.

— Ce sera donc du cidre, acquiesça Ernest.

— Eh bien, merci, Mr. Tinkler, répondit le propriétaire en tendant la main vers les chopes. Permettez-moi de vous en offrir également.

Comme il se retournait pour tourner le robinet du baril, tout le monde essaya de reprendre la conversation là où elle s'était interrompue. Mais ce fut la mauvaise nouvelle concernant la faucheuse qui circula, replongeant la salle dans la morosité et le silence.

Hiram invita ses compagnons à prendre place à l'une des tables en partie libres. Les remarquant tardivement, et toujours convaincu que c'était le curé qu'ils avaient rencontré, le vieux s'informa.

— Elle veut pas nous passer la faucheuse, répondit Hiram d'une voix forte et claire. On va devoir utiliser les faux !

Embrouillé, le vieux repartit :

— Utilisez jamais des faux pour la parure des puits ! On peut se servir que d'objets naturels !

— Je ne saisis pas tout à fait la signification de ceci, avança Ernest.

— Oh, ne vous en faites pas, monsieur, dit Hiram. Il a une petite araignée dans le plafond, le vieux.

— Mais il me paraît vraiment bouleversé, s'entêta Ernest.

C'était exact, bien que quelqu'un se fût hâté de remplir sa chope. Sa voix avait à présent l'ampleur d'un prêcheur exalté, malgré les tentatives pour le faire taire ; il fallut bien finir par tout expliquer.

— Eh bien, voilà de quoi il s'agit, monsieur, fit Hiram

avec un soupir. Avant la guerre, au moment de l'Ascension, on avait ici un... euh...

— Une coutume ? proposa une voix dans le fond.

— Oui, une coutume, c'est exactement le mot. Merci... (il regarda autour de lui et finit sa phrase avec un air surpris) Mr. Ames ! On préparait un tas de décorations, des images faites avec des fleurs, des feuilles, des cônes d'aulnes et tout, et on les mettait autour des puits.

— Ainsi que sur le mur sous l'église, ajouta quelqu'un.

— Oui, et aussi sur la route du Puits-Vieux. Trois endroits. (Hiram passa le doigt dans son col comme s'il le serrait brutalement.) Ensuite, on allait chercher le curé pour qu'il vienne les bénir.

L'attention du vieux était désormais totale. Se penchant en avant, la chope tenue dans les deux mains, il hocha vigoureusement la tête.

— Ah, et tous les sept ans...

— Oui, tous les sept ans, l'interrompit sèchement Hiram, on faisait aussi une sorte de fête. On faisait cuire un mouton, ou un cochon, et on se partageait tous les morceaux, en veillant à ce que les vieux et les malades alités en aient aussi.

— Cette tradition me paraît fascinante, dit Ernest, le regard fixe. A-t-elle été abandonnée ?

— On a pas recommencé depuis la guerre.

— Mais pourquoi ?

Il y eut un silence gêné. Finalement, Hiram ne trouva personne d'autre qui fût prêt à répondre, aussi dut-il continuer.

— Le curé disait que c'était perpétuer une coutume vraiment païenne. Pour ça, je sais pas. Mais je suppose que maintenant ça le rend pas triste.

— Et qu'en disait Sa Seigneurie ? lança Jabez derrière son bar, sortant un instant de sa réserve.

Son frère le foudroya du regard, mais le cidre produisait son effet sur Ernest. Depuis qu'il était tombé malade, il touchait rarement à l'alcool ; de plus, il n'avait pratiquement rien pris au petit déjeuner.

Il vida sa chope et déclara :

— Vous avez raison, Tinkler. Ce breuvage est excellent. Tenez, donnez-m'en encore. Ainsi que pour Mr. Stoddard et Mr.... oh, et pourquoi pas une tournée générale ? Voilà !

Il sortit des billets de banque de son portefeuille.

Un peu à contrecœur, Tinkler s'exécuta. Entre-temps, Ernest s'était retourné vers Hiram.

— Eh bien, je ne vois pas en quoi cela concerne ma tante, vous savez. Qu'en pensait sir Roderick ?

— Il était pour, grogna Hiram.

— C'est vrai ! s'exclama quelqu'un dans le fond. Vous vous rap'lez, si il avait des visiteurs, il nous les amenait toujours ? Ou alors, ils venaient plus tard dans la journée, avec leurs appareils photo et tout.

Les plus âgés émirent un chœur de confirmation.

De retour avec les chopes pleines, Tinkler murmura :

— Voici, monsieur.

Ernest but une gorgée et reposa la chope. A présent, le sujet l'absorbait totalement.

— Eh bien, si l'essentiel de votre problème se situe au niveau du curé, je peux toujours lui glisser un mot. Miss Pollock m'a invité pour le thé au presbytère et je pourrai aborder le sujet. Cela vous dérangerait-il ?

Leurs visages affirmaient nettement que non et Hiram déclara :

— C'est très généreux de votre part, monsieur. Tenez ! (A pleine voix.) Je pense que nous devrions boire à la santé de Mr. Ernest !

— Santé !

Ernest but en même temps qu'eux d'un air absent, s'essuya les lèvres et revint sur un point qui l'intéressait tout particulièrement.

— Quelle sorte de... de décorations, ou d'images ?

— Toujours des histoires de la Bible, répondit Hiram.

— En rapport avec l'eau ? Jésus marchant sur les eaux, Jonas et la baleine, ce genre de trucs ?

Des hochements de têtes. Désormais, tous les clients étaient en cercle autour de la table, au point que le vieux se plaignit qu'il ne voyait plus rien. On feignit de l'ignorer.

— Non, tout ce qui passait par la tête. Bien sûr...

— Oui ?

— C'était surtout l'ouvrage de l'un de nous qui est parti.

— Vous voulez dire qu'une personne en particulier élaborait les images pour vous ?

— C'est exact, monsieur. C'était Mr. Faber. Il a été emporté de la même manière que votre pauvre oncle, mais l'année d'avant.

— Y'a pus personne qu'a son talent et sa touche, fit une voix lugubre.

Ernest hésitait. Il jeta un coup d'œil vers Tinkler pour recueillir son avis, comme il en avait pris l'habitude. Chose surprenante, cette fois-ci il arborait une expression complètement indifférente... en fait, il s'efforçait de donner l'air de ne pas s'intéresser à la conversation. Brutalement irrité, Ernest but la moitié de ce qui restait dans sa chope et parvint à une décision.

— Si vous pensez que ce n'est pas déplacé, dit-il, sachez que... Tinkler !

— Oui, monsieur ?

— Vous n'auriez pas parlé de moi en ce lieu, n'est-ce pas ?

— Eh bien, monsieur... (L'air gêné.)... pas davantage que n'en exige la politesse, je vous assure.

— Ne vous inquiétez pas, mon vieux ! Je voulais simplement découvrir s'ils savaient que je fais un peu de dessin et de peinture.

— Cela, oui, monsieur, bien sûr.

— Eh bien, donc... (Ernest prit longuement son souffle.) Ça ne vous fait rien si je vous propose quelques idées ?

Tous les visages affichèrent un doute mêlé d'excitation. Le vieux se plaignit à nouveau de ne rien comprendre à ce qui se passait et quelqu'un se pencha pour le lui expliquer. Avant que les murmures se soient tus, il les coupa et se leva péniblement.

— R'fusez pas ! Rap'lez-vous, c'est la septième année, et si on fait pas comme y faut, *elle*...

Une douzaine de voix étouffèrent le reste.

— C'est très chouette de votre part, monsieur, déclara Hiram.

Et l'affaire fut conclue.

Sentant une remontée de l'étrange excitation qui s'était déjà emparée de lui, Ernest continua :

— Eh bien, donc ! Vous avez dit que des gens prenaient parfois des photographies des... vous avez bien utilisé le terme de parures des puits ?

— C'est exact, monsieur.

— De la sorte, en regardant quelques-unes de celles-ci, je pourrais avoir une idée générale... Tinkler, un problème ?

— Monsieur, j'ai remarqué que certains commencent à regarder l'horloge. Peut-être devrions-nous leur demander si on les attend chez eux pour le déjeuner.

Il y eut un souffle de soulagement et Ernest se leva, embarrassé.

— Excusez-moi, je ne pensais plus à l'heure !

— Pas du tout, monsieur, pas du tout, protesta Hiram. Mais... eh bien, certaines épouses doivent bien en attendre quelques-uns. Quant aux photographies... Jabez !

Le propriétaire se retourna.

— On avait pas un album, quelque part, avec des photos dedans ?

— Mais oui, c'est vrai. Je vais le chercher !

— Excellent ! s'écria Ernest. Et j'irai parler au curé, comme promis. Tinkler, où ai-je fourré mon chapeau ?... Ah, merci. Eh bien, bonjour, messieurs !

Il y eut un long silence après la fermeture de la porte. Finalement, Jabez exprima le sentiment général.

— Un vrai monsieur, ça ! Il nous a donné du « messieurs » ! Ç'aurait bien été les façons de sir Roderick.

— Mais pas de Sa Seigneurie, continua son frère.

Sur ce, au milieu des rires cyniques, la compagnie commença à se disperser, mais elle fut arrêtée par une exclamation de Mr. Ames.

— Un petit instant !

Toutes les têtes se tournèrent.

Les revers écartés, les pouces dans les emmanchures du gilet, il continua avec une expression qui frôlait le défi :

— Si vous acceptez le soutien de Mr. Ernest, j'ose espérer que vous accepterez celui de quelqu'un comme moi. J'ai un porc que j'ai engraissé pour la foire de Mankley. Après avoir vécu dans ce comté tout ce temps et sachant... (il jeta un coup d'œil en direction du vieux) l'importance que vous attachez à cette fête de la parure des puits, j'espère que vous me permettrez d'en faire don pour l'Ascension.

Un long moment, l'atmosphère fut à l'incertitude. Hiram régla la question. S'avançant sur Ames, il tendit la main.

— Aussi bien parlé que Mr. Ernest ! s'exclama-t-il. Jabez ! Avant de partir, remplis encore une chope... *pour Henry !*

— De quoi s'agit-il, encore ? voulut savoir le vieux, irrité.

L'offre lui fut expliquée ainsi que le fait que Hiram, en l'acceptant, s'était adressé à Mr. Ames par son prénom.

Le vieux rayonna.

— Comme j'dis tout l'temps. Si on lui rend grâce, elle nous rend la pareille. Ç'aurait pas déjà commencé ?

***

De retour au manoir, Tinkler insista pour que son maître mange un peu et il lui apporta de la viande froide, du pain et des pickles dans le pavillon d'été. Lady Peake était en train de faire sa sieste habituelle, de telle sorte qu'ils n'eurent pas droit aux récriminations de la tante sur l'absence de son neveu à sa table.

Au début, parlant fiévreusement la bouche pleine, Ernest ne cessait de lancer des exclamations sur l'excitation qu'il éprouvait d'avoir découvert un cérémonial préchrétien dans un village anglais moderne et il donna fermement ordre à Tinkler de se rendre au presbytère pour dire à Miss Pollock qu'il se proposait d'accepter son invitation l'après-midi même. Petit à petit, la nourriture et le cidre combinés le rendirent somnolent et il finit par marmonner qu'il allait faire un petit somme. Une fois sûr que son maître était bien endormi, Tinkler rapporta le plateau à la cuisine et alla exécuter sa commission.

A son retour moins d'une demi-heure plus tard, il retrouva son maître éveillé mais en proie à ses anciennes incertitudes. Quand Tinkler lui indiqua qu'il avait rendez-vous pour le thé, à quatre heures, il sombra dans son accablement habituel.

— Ça ne sert à rien, Tinkler, marmotta-t-il. Je ne suis pas à la hauteur. Il faut que vous y retourniez et que vous présentiez mes excuses. Comment puis-je affronter le curé ? Je ne crois pas en sa religion ! Il est probable que je l'insulterai par mégarde, n'est-ce pas ?

— Non, monsieur.

— Quoi ? (Ernest le fixa en clignant les yeux.) Mais vous savez foutre bien que je me fiche comme de colin-tampon de son culte ridicule !

— Oui, monsieur. Mais, d'après ce qui s'est passé aujourd'hui, je sais également que vous vous intéressez énormément à la survie des anciennes coutumes. Tout comme Mr. Pollock.

— Mais Mr. Stoddard prétend que...

— Il semblerait qu'il soit dans l'erreur. Au presbytère, j'ai pris la liberté de mentionner ce sujet auprès de Mrs. Kail, sa gouvernante. Elle est du village. Et je peux dire que c'est une personne fort affable. A son avis, si cela ne dépendait que du curé, aucune objection ne serait soulevée pour la reprise du cérémonial.

Lentement... mollement... Ernest réfléchit. Il finit par demander :

— Vous voudriez dire que ma tante serait la seule ombre au tableau ?

— Il semblerait, monsieur.

— Hum... (Il regarda en direction de la maison et des rideaux tirés de la chambre de sa tante.) Dans ce cas... Très bien, Tinkler. Je vais me payer d'audace. Mais vous m'accompagnerez. Vous irez sonder Mrs... vous avez dit Kail ? Oui ?... et si je commets une bévue, peut-être aurez-vous trouvé une meilleure approche la prochaine fois.

Il tourna son regard dans la direction des quelques chaumières visibles de cet endroit.

— Ils me donnent l'impression d'être de braves gens,

marmonna-t-il, presque inaudible. Je ne veux pas les lâcher...

*
**

— Bonjour, Mr. Peake, dit le curé. (Son visage lunetté était profondément ridé et ses mouvements raidis par l'arthrite, mais il avait encore une voix ferme et sonore.) Très heureux que vous ayez pu vous joindre à nous. Asseyez-vous, je vous en prie.

Maladroitement, Ernest prit place à la table qui avait été dressée sous une tonnelle ombragée. Miss Pollock lui sourit et demanda s'il préférait du thé des Indes ou de Chine, puis présenta des plateaux de gâteaux et de délicats sandwiches au hachis de poisson.

Ernest eut l'impression que son sourire était forcé et il se demanda une nouvelle fois s'il agissait dans le bon sens. Le courage avait failli lui manquer au dernier moment et il avait presque décidé de se raviser, mais Tinkler avait continué sa route et il avait fini par le rejoindre en titubant.

— Je suis particulièrement heureux de votre venue, continua le curé en essuyant une trace de thé sur sa lèvre supérieure à l'aide d'une large serviette blanche. Je... euh... j'espérais pouvoir bavarder avec vous.

A quel sujet ? Ernest fut aussitôt sur ses gardes. Finalement, y aurait-il discussion au sujet de sa non-assistance à l'office ? Dans ce cas, la meilleure forme de défense était certainement l'attaque.

— En fait, padre... (le terme utilisé dans le jargon militaire lui sauta immédiatement aux lèvres) il y a quelque chose dont j'aimerais aussi discuter avec vous. Apparemment, les gens du village...

Mais ses paroles moururent sur ses lèvres. Miss Pollock s'était penchée en avant avec une expression agitée.

— Si cela ne vous dérange pas, Mr. Peake, Grand-père a abordé son sujet en premier. Et cela concerne votre tante.

— Cela ne m'étonne pas, marmotta Ernest.

— Excusez-moi ? fit le curé en portant la main à l'oreille. Je deviens un peu dur d'oreille, je le crains.

Sans lui prêter attention, sa petite-fille demanda d'une voix féroce :

— Avez-vous su ce qu'elle vient de décider, à présent ?

Voilà qui semblait inquiétant. Ernest secoua la tête.

— Non, j'en ai peur. En toute franchise, je l'évite autant que possible, ces temps-ci.

— C'est un scandale, c'est une honte !

Sous la table, elle tapa de son petit pied sur l'herbe. Son grand-père lui posa une main apaisante sur le bras, mais elle l'écarta.

— Excuse-moi, Grand-père, mais personne ne me fera taire ! Ce qu'elle a l'intention de faire est... c'est tout bonnement contraire aux principes chrétiens !

Le vieillard poussa un soupir.

— Ce n'est pas charitable, tout au plus, je te le concède... Mais Mr. Peake ne sait pas encore de quoi nous parlons, n'est-ce pas ?

La jeune fille fit volte-face.

— Vous avez appris la mort du pauvre George Gibson ?

— Oui, bien entendu.

— Vous savez qu'il fut ouvrier agricole sur les terres de votre tante... et qu'il était pratiquement incapable de travailler après avoir été gazé ?

Cette fois-ci, un simple hochement de tête.

— Et qu'il a laissé une femme et trois enfants ?

Un nouveau hochement de tête.

— Eh bien, sir Roderick souhaitait dans son testament qu'il reste dans sa chaumière jusqu'à sa mort parce qu'il avait été blessé à la guerre. Maintenant qu'il a disparu, votre tante a l'intention de jeter la famille dehors. Elle l'a annoncé aujourd'hui même à Mrs. Gibson. Ils n'ont plus qu'une semaine.

— Mais c'est infâme ! s'exclama Ernest. Et pour quelle raison ?

Le curé eut une petite toux discrète. Elle feignit de l'ignorer.

— Le fils cadet de Mrs. Gibson est né en mars 1919.

Un instant, Ernest ne vit pas le rapport. Puis il se rendit

compte de ce que cette date impliquait. Il demanda lentement :

— Je suppose que vous voulez dire que cet enfant n'est pas de son mari ?

— Comment cela se pourrait-il ? Il a été prisonnier de guerre à partir de 1917 ! (Elle se pencha en avant, les yeux suppliants.) Mais il lui avait pardonné ! Il traitait l'enfant comme l'un des siens... je l'ai vu. Pourquoi votre tante ne peut-elle agir de même ? Qu'est-ce qui lui donne le droit de rendre ce type de jugement « moralisateur » ? Une semaine pour que cette malheureuse puisse trouver une nouvelle demeure, autrement ce sera l'huissier et l'expulsion !

La force de sa tirade la faisait presque haleter. Au passage, Ernest nota combien cela la rendait charmante. Auparavant, il l'avait considérée comme une fille assez falote qui se contentait d'exister dans l'ombre de son grand-père, mais à présent couleurs et juste colère lui enflammaient les joues et la voix.

Finalement, il commenta :

— *Quiconque scandalise un de ces petits qui croient...*

Sur un ton d'une cordialité inattendue, le curé répondit :

— D'après ce que m'a dit Alice, je crois que vous êtes l'un des malheureux qui ont perdu la foi du fait de la guerre, mais je dois dire que c'est précisément le texte qui me traversait l'esprit. Une attitude telle que celle de votre tante relève de l'ancienne alliance que Notre Seigneur est venu remplacer par l'évangile de l'amour. Nous ne pensons plus qu'il soit approprié que les péchés des parents retombent sur les enfants, car ce sont eux qui souffrent le plus.

La guerre n'était-elle pas la retombée des péchés de nos parents sur nous, jeune chair à canon ?

Mais Ernest ravala son commentaire amer. Il dit après un silence :

— J'ai peu d'influence auprès de ma tante, je le crains. Mais ce que je peux faire, je le ferai, c'est certain.

— Merci, dit Alice en se penchant en avant et en posant sa main fine sur la sienne. Merci beaucoup. Encore un peu de thé ? A présent, de quoi souhaitiez-vous discuter avec nous ?

— Eh bien, vous voyez...

Il s'exprima avec maladresse. Lorsqu'il en eut terminé, le curé avait fini son thé et se carrait dans son siège avec une expression songeuse tout en essuyant ses lunettes sur sa serviette.

— Ah, oui. Ils prennent très au sérieux la parure des puits, n'est-ce pas ? Pour ma part, je n'y vois aucun mal. Naturellement, nous sommes conscients qu'il s'agissait au début d'une coutume païenne, mais il en va de même pour Noël, dont l'époque se situe en même temps que les Saturnales romaines.

— La tradition est-elle aussi ancienne ?

— Oh, oui. Elle était jadis générale, mais Welstock est le seul lieu du sud-ouest où elle subsiste... ou subsistait. Les persistances les plus notables se trouvent dans le Derbyshire, où plusieurs villages sont attachés à cette coutume. Sa nature a bien entendu était modifiée. La « fête » dont vous avez parlé était à l'origine un sacrifice, un sacrifice humain, dédié à l'esprit protecteur des eaux. Les Romains l'appelaient Sabellia, mais c'était la corruption d'un nom encore plus ancien. Elle était aussi l'incarnation du printemps, associée, comme on peut s'y attendre, à la fertilité des plantes et des animaux. Y compris les... euh... animaux humains.

— Pourtant, vous ne vous opposiez point à la continuation de ce rituel ?

Ernest n'avait pu cacher son trouble.

— Il a été efficacement désinfecté, pour ainsi dire, répondit le curé avec un mince sourire. En fait, les villageois ne savent même plus qu'un esprit païen, ou une déesse, était lié à ce cérémonial. Du moins n'ai-je jamais entendu personne en mentionner le nom. Ils l'appellent toujours « elle », mais les pronoms dans le dialecte local ont plus ou moins tendance à être interchangeables et, au pire, ils tendraient à l'identifier à la Vierge Marie. Je perçois bien quelques relents de mariolâtrie[1], que je ne

1. A la différence de l'Église catholique « romaine », l'Église anglicane ne reconnaît pas la virginité de la mère de Jésus. Elle permet également le mariage de ses prêtres. *(N.d.T.)*

puis accepter professionnellement, mais les associations spécifiquement païennes ont disparu.

— Et je pense que c'est assez amusant, ajouta Alice. Je me rappelle que quand j'étais petite je suivais la procession d'un puits à l'autre. Et les images de Mr. Faber étaient tellement astucieuses ! Faites vraiment à partir de petits bouts de rien ! Grand-père ! (Elle se tourna vers le curé.) Je pense que Mr. Peake a eu une idée magnifique ! Tapons du pied et insistons pour que la parure des puits reprenne cette année !

— Je vous appuie absolument, dit Ernest avec ferveur. Si vous voulez bien me pardonner l'expression, malgré sa piété apparente, je ne puis considérer ma tante comme...

— Comme une bonne réclame pour la religion ? l'interrompit doucement le curé. Moi non plus, hélas. A mes yeux, ces âmes simples qui veulent célébrer le miracle de l'eau, qui est plus encore que le pain le soutien de la vie, possèdent une foi plus profonde que celle à laquelle elle atteindra jamais... sauf, naturellement, ajouta-t-il pour mettre un bémol à son manque de charité, par la grâce de Dieu qui, je l'espère, lui révélera la poutre qu'elle a dans l'œil... Mr. Peake, je crois que vous m'avez convaincu !

Il tapa sur la table du plat de la main, ce qui fit tinter les tasses à thé, et il grimaça comme s'il regrettait cette impulsion.

— Nous allons passer un marché, n'est-ce pas ? Nous défierons tous deux lady Peake ! Je vais annoncer que la parure des puits doit reprendre ; de votre côté, vous ferez le maximum pour éviter l'expulsion à la famille Gibson.

Ce ne sera pas aisé.

Mais cette pensée ne traversa qu'une fraction de seconde l'esprit d'Ernest. Il tendit aussitôt la main vers le curé.

— D'accord, padre ! Marché conclu !

***

Quand le thé fut terminé, Alice se proposa à le raccompagner jusqu'au portillon. Il allait protester que ce n'était pas nécessaire quand il se rendit compte qu'elle désirait lui parler, hors de portée des oreilles de son grand-père.

Et quand elle le fit, il fut stupéfait.

Au dernier moment, juste avant leur séparation, elle le prit par le bras.

— Mr. Peake... mais puis-je vous appeler Ernest ? Je m'appelle Alice, comme vous le savez.

— Je vous en prie, faites, bégaya-t-il.

— Ernest, faites de votre mieux pour Mrs. Gibson, s'il vous plaît. Ce qui lui est arrivé est tellement... tellement compréhensible ! Cela aurait pu arriver à n'importe qui, durant la guerre. Cela aurait pu...

Elle recula d'un pas, se tint très droite et le regarda droit dans les yeux.

— Cela aurait pu m'arriver.

— Vous voulez dire...

— Oui. Je fus la maîtresse de Gerald. Et, avant que vous me posiez la question, je n'ai absolument pas le sentiment d'être une fille perdue ! Je suis simplement heureuse qu'il ait eu la chance de devenir un homme véritable avant que le fil de sa vie ait été tranché... Est-ce que je vous choque ? Dans ce cas, je vous prie de m'excuser.

Ernest la regarda comme si c'était la première fois. Il lut sur son visage une expression de défi, remarqua qu'elle serrait ses petits poings, se rappela qu'elle avait la voix tremblante quand elle avait formulé sa confession. A sa grande surprise, il s'entendit répondre :

— Non, Alice. Vous ne m'avez pas scandalisé, je vous assure. J'ai simplement le sentiment que votre Gerald eut beaucoup de chance.

— Merci, chuchota-t-elle en se précipitant en avant pour lui donner un bref baiser sur la joue avant de s'éloigner à la hâte.

— Attendez ! lui cria Ernest.

— Impossible !

— Mais j'ai oublié d'appeler Tinkler, mon valet ! Dites-lui que je reviens à la seigneurie !

— Oui ! Oui, bien entendu ! Au revoir !

⁂

Tout le long du chemin du retour, Ernest eut la tête qui tourbillonnait dans un maelström de sensations qui le plongeaient dans le désarroi. Mais la plus forte était celle-ci : pour la première fois (et dans un cadre des plus inattendus), il avait rencontré une femme au courage plus grand que celui d'un homme.

⁂

Au dîner, il dut mobiliser toute sa volonté pour parvenir à rester poli envers sa tante, parlant, tant que la servante se trouvait dans la salle, de sa visite au presbytère (ce qui l'adoucit quelque peu), de la beauté de la région et de son désir de peindre quelques paysages. Il fut incapable de résister à quelques piques indirectes sur la situation actuelle des communautés rurales, mais il s'arrangea pour éviter de parler des enfants Gibson ou de son refus de prêter sa faucheuse à l'équipe de cricket. Ce ne fut que lorsque le café eut été servi dans le salon et qu'ils furent seuls qu'il se décida à ramener la conversation sur le premier de ces deux sujets.

Adaptant alors sa voix au ton le plus raisonnable, il fit observer que le curé, et Miss Pollock en particulier, semblaient très soucieux du destin qui attendait Mrs. Gibson et surtout ses enfants.

A ce simple nom, le visage de lady Peake se durcit et devint semblable à du marbre.

— Vous m'obligeriez en évitant désormais de parler de cette question. Cette femme est une pécheresse et elle doit être punie pour sa faute.

— Mais, ma tante, ce n'est pas la faute des enfants si...

— Voulez-vous bien vous taire ! C'est le devoir de ceux qui détiennent l'autorité de veiller à ce que les valeurs chrétiennes soient respectées. Ce que je fais précisément.

Oh, à quoi bon ? Du moins aurai-je risqué une tentative...

— Je vois, dit-il après un bref silence. Eh bien, il me

faut vous demander de bien vouloir m'excuser. J'ai du travail.

— Du travail ?

— Oui. (Il reposa sa tasse vide.) Entre autres choses, j'ai découvert aujourd'hui le cérémonial de la parure des puits. Cette année, on va le restaurer et je me suis proposé à préparer quelques images.

Il se leva en s'inclinant légèrement.

— Vous ne ferez rien de tel ! tonna sa tante. C'est du pur paganisme !

— Vous croyez ? (Ernest était conscient de la façon dont battait son cœur, mais sa voix resta posée.) Le curé n'est pas de cet avis. En fait, il m'a dit que ce rituel a été totalement christianisé au fil des années. Et les images que j'ai en tête sont inspirées uniquement par la Bible. Bonsoir, ma tante, et si je ne vous revois pas avant l'heure du coucher, bonne nuit.

Il referma la porte avant qu'elle ait pu exploser à nouveau.

Malheureusement, une fois dans sa chambre, il fixa la première feuille de son carton et trouva que son esprit était aussi blanc que le papier. Il ne cessait de se demander dans quelle disposition devait se trouver Mrs. Gibson, seule dans sa chaumière isolée, les enfants peut-être en pleurs, sans savoir s'ils auraient un toit au-dessus de leurs têtes dans une semaine. Il était toujours assis, le crayon entre ses doigts ballants, quand Tinkler entra pour ouvrir le lit, disposer le pyjama et préparer sa dernière dose de teinture de valériane. Comme il se dirigeait vers les rideaux pour les tirer, il demanda d'une voix compatissante :

— Pénurie d'inspiration, monsieur ?

Ernest jeta son crayon dans un mouvement de colère, se leva et se mit à arpenter la pièce.

— Oui, marmonna-t-il. Je pensais avoir un tas d'idées. Je pensais par exemple que je pourrais prendre pour base les Rois mages et montrer des scènes tirées des différentes parties de l'Empire romain d'où on peut imaginer qu'ils étaient originaires. Mes parents m'ont un jour conduit dans un église de Goa, en Inde, où les gens prétendent avoir été convertis dès l'origine par l'apôtre Thomas. J'ai également assisté à des offices à Singapour et Hong Kong. J'étais très jeune, à l'époque, mais je me souviens d'un grand nombre de détails. Ça me semble... eh bien... un peu anormal ! (Il s'affala dans son fauteuil et conclut :) — Vous avez parlé davantage que moi avec les gens d'ici. Des suggestions ?

Tinkler hésita un instant. Il finit par répondre :

— Si je puis me permettre, monsieur...

— Mais parlez donc !

— Eh bien, monsieur, n'existe-t-il pas des histoires du Nouveau Testament plus en rapport avec la situation actuelle ? Par exemple, la femme adultère ?

Un instant, Ernest resta comme foudroyé. Puis il claqua les doigts.

— Bien entendu ! Et Marie-Madeleine... et la femme qui vint voir Jésus au puits ! Ça, c'est approprié ! Il y a une bible sous la table de nuit, n'est-ce pas ? Passez-la-moi, mon vieux.

Tinkler s'exécuta et demanda :

— Autre chose, monsieur ?

— Hum ? Oh... non, pas ce soir. Vous pouvez aller vous coucher.

— Merci, monsieur. Bonne nuit.

Il partit en oubliant, détail bizarre, de tirer les rideaux.

*
**

Quand l'horloge de l'église sonna onze heures trente, Ernest était entouré d'une douzaine d'ébauches. Sans avoir vu les photographies des créations de Mr. Faber qu'on lui avait promises, il ne pouvait deviner si elles s'avéreraient acceptables, mais il avait la conviction inconsciente que ce serait le cas, car il s'était arrangé pour incorporer dans chacune d'elles un personnage hautain, pharisaïque, avec sa tante comme modèle. Au début, il avait songé la représenter de face, puis il s'était avisé de la difficulté de montrer le moindre détail sur une mosaïque d'objets naturels collés dans de l'argile, et il en avait conclu que mieux valait la dépeindre tournant le dos à ceux qui avaient besoin d'aide. Cela ne serait-il pas davantage approprié ?

Il bâilla, s'étira, rangea les dessins sur le côté et se leva. Il se tourna vers la fenêtre dans l'intention de tirer les rideaux et s'arrêta net.

Derrière les arbres qui bordaient le côté gauche du jardin brûlait un feu rouge clignotant.

Un instant, il crut que ses yeux lui jouaient des tours. Puis il lâcha un petit sifflement.

— C'est une maison qui flambe ou je ne m'appelle plus... Tinkler ! *Tinkler !*

D'une main, il se saisit du blazer posé sur le dossier de son fauteuil et, de l'autre, il tira frénétiquement sur le cordon.

Il retrouva son valet en chemise de nuit sur le palier, l'air intrigué et ensommeillé, et il lui donna précipitamment une explication.

— Mettez vite des vêtements ! Réveillez le cocher et dites-lui d'avertir tous les gens qu'il pourra ! Il n'y a pas de pompe à incendie, à Welstock, n'est-ce pas ?

— Je crois qu'il faut qu'elle vienne du village voisin, monsieur.

— Alors, dites-leur d'apporter des seaux et des échelles. Il faudrait aussi réveiller le docteur Castle ; il risque d'y avoir des blessés.

— Où se trouve cet incendie, monsieur ? voulut savoir Tinkler.

— Par là-bas, mais on ne peut pas le rater. Je vais passer par le presbytère et faire sonner le tocsin... Qu'est-ce qui ne va pas ?

— Il n'existe qu'une seule chaumière proche de la seigneurie, de ce côté du domaine, monsieur. Et c'est celle de Mrs. Gibson.

— Quel est ce raffut *infernal ?* lança une voix sévère. Sa tante regardait par la porte entrebâillée de sa chambre.

— Il y a une maison en feu et Tinkler pense que c'est celle des Gibson !

Il ne vit pas l'expression de sa tante, mais il se l'imagina facilement. Car il l'entendit dire :

— Châtiment divin.

— *Quoi ?*

Hors de lui, Ernest fit un pas dans la direction de sa tante. Mais Tinkler le rattrapa par le bras.

— L'alarme, monsieur... le tocsin ! C'est le plus important.

— Oui. Oui, vous avez raison. Le reste peut attendre. Mais pas très longtemps...

Il descendit l'escalier en claudiquant, sortit dans la nuit printanière bien claire, traversa le jardin en direction de la cure. De là, la fumée était déjà piquante et il entendait des cris lointains.

A force de cris et de martèlements sur la porte en chêne, il parvint à réveiller une femme d'âge moyen armée d'un tisonnier, sans doute Mrs. Kail. Il lança ses instructions comme s'il était en train de donner des ordres à ses hommes devant une attaque ennemie : *faites ceci, puis cela, ensuite revenez en appui.* Et il repartit, se frayant un chemin en ligne droite à travers épineux et broussailles vers la chaumière en flammes. Avant qu'il l'ait atteinte, un carillon irrégulier retentissait au clocher.

Manifestement, l'incendie s'était déclenché dans une cheminée mal entretenue, car elle crachait toujours la majeure partie de la fumée. Mais le chaume voisin était désormais en feu. A l'extérieur, pleurant et terrifiés, se trouvaient trois enfants chichement vêtus. Où était leur mère... ? Il l'aperçut par la porte ouverte, s'efforçant de récupérer ses quelques biens. Au même moment, elle se retourna et sortit, les bras chargés de quelques hardes, toussant, suffoquant, les larmes coulant de ses yeux rougis. Elle ne portait qu'une chemise en lin maculée.

Il s'avança en claudiquant et lui cria qu'elle ne devait plus y retourner, mais elle ne parut pas l'entendre et il lui fallut se précipiter à sa suite pour la retenir de force. Elle se débattit pour échapper à son étreinte en gémissant.

— J'ai fait sonner l'alarme ! Il va bientôt arriver de l'aide ! Occupez-vous de vos enfants !

Il y eut derrière lui un craquement de branchettes brisées et il se retourna avec plaisir pour accueillir le premier des secouristes, qui lui parut un adolescent dans la pénombre.

— Voyez si vous pouvez trouver une échelle ! Il va falloir constituer une chaîne avec des seaux en attendant l'arrivée de la pompe ! Où peut-on trouver de l'eau... ? *Alice !*

Sa présence le stupéfiait. D'esprit pratique, elle avait mis des bottes, un pantalon et un vieux jersey. Les femmes en pantalon étaient devenues spectacle courant durant la guerre, mais il n'en avait vu aucune depuis et il n'en attendait assurément pas à Welstock. Il était encore un peu interloqué quand de nouveaux personnages entraperçus arrivèrent au pas de course, chargés de seaux et d'une inestimable échelle.

— Je vais m'occuper d'elle et des enfants, dit Alice. Je les conduis au presbytère et je les calme un peu. Vous, organisez tout. Il y a une pompe, là-bas derrière.

Sa froideur apaisa ses propres pensées affolées. Il donna des ordres rapides. Quand la pompe à incendie s'engagea dans le chemin rempli d'ornières qui constituait l'unique accès à la chaumière, la portion intacte de chaume avait été saturée d'eau et, malgré le mélange de fumée et de vapeur, Roger, le cocher, premier en haut de l'échelle, avait commencé à asperger les poutres rougeoyantes.

En se rendant compte que les lances étaient braquées sur le toit, Ernest découvrit qu'il avait les yeux remplis de larmes. Certaines dues à la fumée, certes, mais il soupçonnait que d'autres provenaient du spectacle de cette petite tragédie, nouveau fardeau infligé à une innocente victime.

— Vous pouvez venir, à présent, lui dit une voix douce à son côté. Vous avez fait des miracles. Sans vous, toute la maison ne serait que ruines.

Il posa sur Alice ses yeux larmoyants. Il n'était pas le seul. Leur tâche accomplie, les sauveteurs la fixaient également et il nota quelques expressions nettement désapprobatrices, comme s'ils s'exclamaient :

— Elle ! en pantalon ? Choquant !

Il entendit les paroles imaginaires avec la voix de sa tante et se rappela ce que Tinkler lui avait dit au sujet de l'éclat de ses yeux... Où était-il, d'ailleurs ? Oh, là-bas, en train de parler avec les Stoddard.

— Je ne retournerai plus sous le toit de cette femme, déclara-t-il sans le vouloir. Vous savez ce qu'elle a dit quand je lui ai appris que c'était la maison de Mrs. Gibson qui brûlait ? Elle a prétendu qu'il s'agissait d'un châtiment divin !

— Ce ne sera pas utile, répondit Alice. Cette nuit du moins. Je peux vous préparer un lit au presbytère. Et je vous ferai couler un bain. Un bon récurage ne vous fera pas de mal.

Ernest se rendit brutalement compte qu'il était maculé par la fumée de la tête aux pieds.

Et totalement épuisé.

— Très bien, marmonna-t-il. Merci. Avertissez Tinkler.

***

Bizarrement, durant le restant de la nuit, pour la première fois depuis des années, son sommeil ne fut pas envahi par de terribles cauchemars.

***

Il faisait plein jour. En ouvrant les yeux, il découvrit qu'il était allongé dans un lit étroit, dans une petite pièce sous un toit, et qu'il ne portait (grand Dieu !) strictement rien sur lui. Les souvenirs lui revinrent. Alice s'était excusée, car son grand-père était retourné se coucher et elle ne voulait pas le déranger en allant emprunter des vêtements de nuit dans sa chambre, mais elle lui avait donné une grande serviette qui devait lui permettre de se couvrir quand il sortirait du bain.

Pourtant, quelqu'un avait dû se glisser dans cette pièce durant son sommeil. Parfaitement pliés sur une chaise, se trouvaient des habits propres, les siens, ainsi qu'une paire de chaussures.

Soyez béni, Tinkler !

Il fut surpris de constater qu'il était affamé. Il se leva, s'habilla rapidement, descendit l'escalier et chercha son chemin au petit bonheur. La maison était ancienne et pleine de coins et de recoins, de couloirs et d'escaliers trompeurs, mais il finit par retrouver le vestibule... et Mr. Pollock.

— Bonjour, jeune homme ! Alice m'a appris que vous avez réalisé un travail de première qualité, cette nuit !

Embarrassé, Ernest haussa les épaules.

— J'étais sans doute la seule personne éveillée. J'ai repéré l'incendie tout à fait par hasard.

— Sur le plan professionnel, murmura le curé, j'ai tendance à ne pas penser en terme de « hasard »... Les Gibson, vous serez heureux de l'apprendre, sont d'humeur raisonnable, ce matin ; Mrs. Kail s'occupe d'eux. Mais nous parlerons plus tard de tout ceci. En attendant, que diriez-vous d'un bon petit déjeuner ?

— Je vais le chercher, dit Alice en apparaissant à l'une des nombreuses portes du vestibule.

Elle semblait étonnamment fraîche, vu les événements de la nuit. En la regardant... ce matin, elle avait mis une robe marron, aussi simple que la grise qu'elle portait habituellement... Ernest se demanda comment, ne serait-ce qu'un instant et avec son pantalon, il avait pu la prendre pour un jeune garçon.

— Inutile, protesta-t-il. Tinkler peut très bien...

— Tinkler est allé chercher le restant de vos affaires.

Il la regarda fixement, les yeux sans expression. Le curé lui donna l'explication.

— J'espère que vous ne serez pas bouleversé, Mr. Peake, mais... eh bien, vous avez bien dit, je crois, que vous ne pourriez supporter de passer encore une nuit sous le toit de votre tante ?

— Je... Eh bien, oui, effectivement.

— Il semblerait que ce sentiment soit mutuel. A la première heure, ce matin, j'ai reçu un billet de Sa Seigneurie m'informant que, si je mettais en œuvre mes plans de restauration de la parure des puits, elle se verrait dans l'obligation d'avertir mon évêque et d'invoquer l'intervention d'une action ecclésiastique disciplinaire. Apparemment, je vous implique, vous qui êtes une âme déjà menacée par la damnation, dans des rites païens qui vous condamneront au-delà de toute rédemption. Heureusement... (l'habituel petit sourire)... je sais que mon évêque, tout comme moi se targue de ses connaissances sur l'antiquité et j'avais pris la précaution de lui communiquer mes intentions. C'est avec confiance que je prédis qu'il accordera un vote en ma faveur.

— Il faut que vous nous pardonniez, Ernest, dit Alice. Mais nous avons pris momentanément la liberté de replanifier votre vie. Nous avons consulté Mr. Tinkler et il estime tout comme nous que vous aurez ici davantage de facilité à vous concentrer sur vos dessins pour la parure des puits qu'à la seigneurie. Cela vous dérange-t-il vraiment ?

— Si cela me dérange ? explosa Ernest. Je donnerais n'importe quoi pour sortir de ce... de cet antre de gorgone ! Je ne saurais dire quelle est ma gratitude !

— Nombreux sont ceux à Welstock qui ont envers vous une gratitude tout aussi égale que la vôtre... déclara le curé d'une voix sentencieuse. Alice, ma chérie : tu avais promis un petit déjeuner à Mr. Peake ?

— Bien entendu. Tout de suite. Le repas arrive !

***

Ernest avait peine à croire en la transformation que subissait sa vie. Aux environs de midi, une délégation de villageois vint lui rendre hommage (il lui fallait bien utiliser cette expression, étant donné leur détermination à en faire une visite de cérémonie), conduite par Hiram Stoddard, qui excusa l'absence de son tenancier de frère, ainsi que de Henry Ames, qui, en une nuit, semblait avoir été accepté comme membre à part entière de la communauté, et aussi du vieux Tatton, qui avait déclaré qu'il en fallait bien plus que des rhumatismes pour le retenir chez lui en ce jour. Apparemment, c'était plus ou moins un cousin éloigné des Gibson ; Ernest songea avec un petit sourire amer qu'ils étaient probablement tous dans le même cas.

Ils votèrent une motion de remerciement dans le salon et lancèrent trois bans solennels, qui lui parurent plutôt ridicules, d'autant plus qu'ils n'étaient que huit, mais seule comptait l'intention. Avec un effort pour ne pas sembler incapable d'apprécier leur manifestation, il s'arrangea pour ramener enfin la conversation vers un sujet qui l'intéressait davantage et il envoya Tinkler chercher ses croquis.

— Bien entendu, je n'ai pas encore vu les photographies de votre frère, Mr. Stoddard, dit-il avec prudence en sortant les papiers de leur carton. Mais peut-être pourra-t-on tirer quelque chose de ceci. Vous remarquerez... (il se rappela et fit volontairement écho à la remarque de Tinkler) qu'elles sont dans un certain sens appropriées à certains événements récents.

Un instant, ils ne semblèrent pas comprendre l'allusion. Puis, brutalement, le vieux Tatton tapa du pied avec sa canne.

— C'est juste ça ! s'exclama-t-il. Pourquoi pas lui faire honneur quand on pare les puits ? C'est sûr, ça lui plaira. Est-ce qu'elles montrent toutes des dames ?

Ernest était sur le point de plaisanter, maladroitement peut-être, que le terme « dame » n'était peut-être pas adapté pour quelqu'un de tel que Marie-Madeleine, quand il se rendit compte que sa remarque aurait sonné faux. Ils branlaient tous gravement du chef.

— Eh bien, monsieur, les panneaux seront découpés à la fin de la semaine, annonça Hiram. Et l'argile aura été préparée. Pouvez-vous nous dire quelles couleurs vous semblent appropriées, pour que nous envoyions les petits ramasser les pièces et les morceaux ?

— Je n'ai pas encore terminé l'étude de cet aspect, admit Ernest. Mais je peux vous en donner une idée grossière. Par exemple...

Et il passa agréablement un quart d'heure à donner des explications.

Ce ne fut qu'après leur départ qu'un détail bizarre et troublant le frappa.

Le personnage central féminin de chacun de ses trois dessins ressemblait remarquablement... du moins dans son imagination... à Alice Pollock.

Qu'avait dit le vieux Tatton ? C'est sûr, ça lui plaira ! Mais lui, c'était sûr aussi, avait dû penser à quelqu'un de bien différent...

Ses doutes habituels revinrent l'assaillir. Mais, cette fois-ci, il les repoussa, conforté par sa conviction qu'il avait enfin trouvé une tâche digne de lui.

⁂

Quelques jours plus tard, le curé annonçait au déjeuner :

— Vous serez sans doute heureux d'apprendre que l'expulsion des Gibson de leur chaumière risque de s'avérer moins simple que ne l'escomptait lady Peake.

Ernest, qui avait songé aussi peu que possible à sa tante et autant que possible aux puits, se ranima avec un sursaut.

— Comment cela ?

— Le capitaine des pompiers qui a enquêté sur l'incendie a présenté un rapport, dont j'ai vu une copie ce matin. Il affirme que la cheminée de la chaumière n'avait pas été ramonée depuis longtemps, mais que son entretien revient au propriétaire et non au locataire. Une grande quantité des biens des Gibson fut inévitablement endommagée, voire détruite. L'un de mes neveux, qui est homme de loi, m'informe qu'il est possible de réclamer des dommages-intérêts.

— Vous voulez dire que les Gibson pourraient soutirer de l'argent à ma tante ?

La famille était logée de son mieux dans les écuries du presbytère, mais si cette solution était acceptable en cette saison, leur séjour ne pourrait se prolonger indéfiniment.

— Autant tirer du sang à une pierre, fit Alice avec un soupir. Mais cela vaut la peine d'être tenté.

— Je voulais vous demander ! s'exclama soudain Ernest. Excusez-moi de changer de sujet aussi brutalement, mais qu'a dit l'évêque ?

Une étincelle se mit à briller brièvement dans les yeux de Mr. Pollock.

— Au risque de paraître vain, je pense pouvoir prétendre à une connaissance de mes supérieurs... euh, *supérieure* à celle dont se targue Sa Seigneurie des principes religieux. Il est allé jusqu'à s'étonner que j'aie laissé sombrer une aussi intéressante coutume.

— *Elle* en sera contente, murmura Ernest.

— Je vous demande pardon ?

— Rien... rien. Je citais simplement l'un des villageois, qui m'a donné des conseils sur la parure des puits. Au fait, je ne suis pas aussi sûr que vous qu'ils aient totalement oublié l'esprit protecteur des eaux. Mais nous pourrons en discuter un autre jour. Pour l'instant, si vous vouliez bien me rappeler la date de l'Ascension. Depuis que je suis ici, j'ai perdu le fil du temps.

— C'est jeudi prochain, répondit Alice.

— Vraiment ? Alors, je devrais leur dire de se dépêcher !

— Non.

— Excusez-moi... ?

— Je vous ai dit « non ». (Un sourire.) Ils y attachent trop d'importance pour se mettre en retard. Tout ce qu'il faudra sera prêt à temps, je puis vous le promettre.

Ce soir-là, en se promenant dans le jardin après le dîner, il osa l'embrasser pour la première fois. Et, le dimanche, il assista à l'office et s'assit à côté d'elle, prenant tout autant de plaisir à ignorer les regards foudroyants de sa tante.

Ses yeux avaient à nouveau leur éclat spécial, ce qui lui donna des frissons le long de l'échine.

⁂

De l'avis d'Ernest, les puits qui avaient attiré les premiers habitants sur ce site auraient plutôt mérité le nom de sources. La première qu'il visita était la plus proche de sa vision personnelle d'un puits, car elle était entourée d'un petit couronnement en pierre et couverte par un toit de fortune, mais en tôle ondulée, et il n'y avait ni seau ni chaîne. La deuxième était encore plus décevante, car ses eaux avaient été canalisées d'abord vers une pompe sur la place principale, puis vers des points d'eau publics à proximité et enfin vers des maisons particulières. A présent, seules les chaumières isolées, comme celle des Gibson, étaient dépourvues d'eau froide dans l'arrière-cuisine. Quant au troisième puits, qui alimentait le quartier du village le plus proche de la seigneurie, il n'en subsistait aucun signe en dessous de la façade en pierre qui soutenait la route conduisant à l'église. (Il en existait deux autres, dans les sous-sols de la seigneurie et du presbytère, mais jamais ils n'avaient été utilisés en public... ni parés.)

Appuyé sur sa canne en imitation inconsciente de son guide, le vieux Tatton, qu'il trouvait parfois difficile à comprendre, il déclara :

— On a peine à imaginer qu'il y avait un puits, là-dessous, hein ?

— Ah, mais l'est ben là ! lui fut-il promptement répondu. Vous rapprochez pas trop, hein, m'sieur. J'me rappelle, la dernière fois qu'on la r'couvert comme y faut... vous voyez, c'est tout moisi, main'nant, et y'a d'l'herbe. (Il désigna la base du mur à l'aide de sa canne.) C'était l'plus profond d'tous, ouais. On devait pas arrêter d'creuser et d'réparer les carreaux.

— Les carreaux ?

— On les voit pas, mais y sont ben là. J'm'rappelle qu'j'ai aidé à en réparer un. J'étais tout gamin. C'était qu'quéqu'carreaux. Ah, mais l'mortier, l'était bon ! L'meilleur ! Mr. Howard, l'maçon, c'est lui qui s'en occupait. Pourtant, c'est dans la nature des choses. Rien qui dure, hein ? Et on vous réparait tout ça. Elle aime pas qu'on l'oublie, non.

Poussant le bouchon un peu plus en avant, Ernest demanda :

— Elle... ?

— Ah, c'est tout des vieilles histoires, m'sieur. On les raconte les soirs d'hiver au coin du feu. Une belle journée comme ça, on fait pas ça... Eh ben, m'sieur, qu'est-ce qu'vous pensez de vos dessins mis en tableaux ?

— Je pense qu'on trouve au village davantage de talent qu'on voudrait bien l'admettre, répondit honnêtement Ernest. Ils auraient pu tout faire par eux-mêmes. Je ne pense pas qu'on avait besoin de moi.

— Ah, m'sieur ! (Le vieux Tatton s'appuya fermement sur sa canne et fixa son compagnon droit dans les yeux.) C'est là qu'vous vous trompez. Si vous voulez bien m'excuser. C'est justement d'vous qu'on avait besoin.

Avant qu'Ernest ait pu lui demander ce qu'il entendait par là, il consultait sa vieille montre de gousset.

— L'temps file, m'sieur. L'attend personne, à c'qu'on dit.

— Un instant ! s'exclama Ernest. Quand vous avez dit « elle », est-ce que vous vouliez parler de... ?

— J'ai pus rien à dire, m'sieur, grogna le vieux. Y en a qui croient, d'aut' pas. Mais quand on a vécu aussi longtemps qu'moi à Welstock...

— Cela ne m'a pas été nécessaire, dit Ernest.

Ce fut le tour du vieillard de manifester sa surprise.

— J'vous ai bien compris, m'sieur ?

— Je l'espère. (Ernest recula d'un pas ou deux et contempla la seigneurie qui se découpait sur le ciel éclatant.) *Elle* peut être douce, mais elle sait également se montrer cruelle. N'est-ce pas ?

Le vieux Tatton était totalement perdu. Il finit par retrouver ses paroles.

— J'le savais ! explosa-t-il. Z'auriez pas pu dessiner ça si...

— Eh bien ? (Impatient.) Continuez.

— C'est pas à moi d'vous dire l'reste, m'sieur, vous d'vez l'découvrir tout seul. Comme on fait tous. Comme on doit tous l'faire. Mais j'peux vous dire ça : z'êt' sur la bonne voie. Bonjour !

***

— Que penses-tu qu'il ait voulu dire ? demanda nerveusement Ernest à Alice, le soir même après dîner.

— Peut-être parlait-il de la nature ? suggéra-t-elle.

— Je suppose, mais...

— La nature personnifiée ? Tu as laissé entendre que tu ne crois pas Grand-père quand il prétend qu'ils ont tous oublié l'origine de la parure des puits.

— Cela concorde. Les gens disent toujours la « mère » nature, n'est-ce pas ? Et pourtant...

— Quoi ?

Il prit une longue goulée d'air.

— En vivant ici au lieu de la seigneurie, tout en me

rappelant parfaitement ce que ma tante a dit et fait, je trouve incroyablement difficile de croire en son côté cruel.

— Tu ne parles pas de ta tante, fit remarquer la sensible Alice.

— Non.

— Mais elle représente aussi un aspect du principe féminin.

— Je ne peux la voir ainsi !

— Et Kali... Kali-Durga ?

Pris par surprise, il demanda :

— Comment la connais-tu ?

— Grâce à la bibliothèque de Grand-père, bien entendu. Tu as été élevé en Inde, un endroit où je ne suis jamais allée et où je n'irai probablement jamais, et comme je ne fais aucun secret de l'intérêt que je porte à tout ce qui te concerne... Je me suis donc attelée à cette tâche. Grand-père a tout un tas de vieux livres sur l'œuvre missionnaire à l'étranger... As-tu jamais assisté à l'une de ces cérémonies ?

— Non, et je ne le regrette pas !

— Je pense que ça m'intéresserait... à condition, bien sûr, de pouvoir observer à distance... Mais acceptes-tu mon point de vue ? Des millions de personnes sont plus proches que nous de l'état primitif, ou c'est du moins ce que nous croyons, et ils savent que la nature peut se montrer cruelle aussi bien que généreuse.

— Oui, bien entendu. Mais si tu songes que la parure des puits...

— Tous les sept ans, il y avait jadis un sacrifice humain, selon Grand-père. Cette année, Mr. Ames offre un cochon. As-tu jamais entendu les cris d'un cochon quand on l'égorge ? Oh, ce n'est pas très gentil de ma part. J'oublie toujours, parce que tu es si doux. Tu as entendu des hommes crier d'agonie, n'est-ce pas ?

— Est-ce que... (il avait soudain la bouche desséchée, comme s'il se trouvait face à un rival inattendu) est-ce que Gerald t'avait parlé de ce genre de choses ?

— Il fallait bien qu'il se confie à quelqu'un.

— Oui. Bien sûr.

Ernest s'humecta les lèvres.

— Et toi, en as-tu parlé à quelqu'un ? A Tinkler ?

— C'est inutile. Nous avons traversé ensemble ces épreuves.

L'éclat dans les yeux de ma tante, le même que chez ce général... et lui aussi l'a remarqué...

— A un docteur, alors ?

— Les docteurs à qui j'en ai parlé n'étaient pas allés sur place. Peut-être sont-ils capables de l'imaginer, mais ils n'ont jamais rien vu de tel.

— Pourtant, les médecins voient bien mourir des gens. De manières absolument horribles, parfois. Dans des accidents de chemin de fer, par exemple... ou dans des incendies. Pis encore, après que des opérations tournent mal.

— On ne peut rien faire contre un accident. La guerre est quelque chose de délibéré.

— Oui, bien sûr... Et tu n'as donc jamais trouvé quiconque à qui te confier ?

Il secoua la tête.

— Et moi, alors ? (Sa main chercha la sienne et le conduisit irrésistiblement vers un siège.) Je sais que tu te représentes les Indes comme un pays ancien et immuable, mais en Angleterre davantage de détails n'ont pas changé que la plupart des gens ne sont prêts à le croire. Sous le vernis de la « tradition » et des « anciennes coutumes » subsistent des superstitions qui appartenaient jadis à la religion. Est-ce que le mystère central du christianisme n'est pas un sacrifice humain ? Et après tout, la communion implique un cannibalisme symbolique !

— Que dirait ton grand-père si... ?

— S'il m'entendait parler comme ça ? Il m'accuserait de plagiat.

— Tu veux dire que c'est lui qui... ?

— C'est une personne qui a l'esprit très large. Tu ne l'avais pas remarqué ? Pourquoi penses-tu que je puisse passer autant de temps sans chaperon ?

Les yeux d'Ernest lui adressèrent une question désespérée qu'il n'osait formuler verbalement.

— Je lis tes pensées sur le visage, murmura Alice. Était-il au courant de ce qu'il y avait entre Gerald et moi ?

Je l'ignore. Je ne lui ai jamais posé la question. Et je ne le ferai jamais. Il est probable qu'il l'a deviné, mais jamais il ne s'est comporté différemment envers moi, et quand la mauvaise nouvelle est arrivée... (un tremblement dans sa voix) il a été merveilleux... Es-tu jaloux de Gerald ?

— Non. Je me demande parfois pour quelle raison. Mais je n'y arrive pas. Je regrette de ne pas l'avoir connu. Je pense que nous serions devenus amis.

— Je le pense également. (Elle lui étreignit la main.) A présent, dis-moi ce que tu n'as pu raconter à personne auparavant.

— Je vais essayer, chuchota-t-il. Je vais essayer...

***

Tout sortit d'un coup, comme du pus d'un furoncle : les horreurs qu'on se rappelait ou qu'on imaginait, les images à la frontière du cauchemar vivant et de la réalité devenue cauchemar ; le sentiment qu'on éprouvait quand on se rendait compte qu'on obéissait aux ordres d'un fou sans pouvoir les refuser ; quand on s'étouffait avec ses tripes sous une rafale de gaz délétère ; quand on regardait le corps de ses camarades pourrir dans la putréfaction des tranchées détrempées ; quand on serrait la main de quelqu'un en sachant pertinemment que c'était pour la dernière fois, puisque d'impersonnelles statistiques décrétaient que l'un des deux serait mort au coucher du soleil : quand on visait un tireur embusqué repéré au sommet d'un arbre ou dans un clocher, aussi froidement qu'un lapin assis, et qu'on ne se rappelait pas avant la disparition des bras qui s'agitaient que cette cible avait été un être humain tout comme soi...

Et l'incessant hurlement-éclatement des obus, le caquetage des mitrailleuses, le tintamarre, ce tintamarre issu de l'enfer qui avait réduit au silence tous les oiseaux alentour, dans cette désolation créée par l'homme.

Elle restait immobile, visage pâle dans la lumière ténue, sans la moindre expression, sans lâcher sa main malgré les crispations de ses doigts. Quand il termina, il pleurait, les larmes lui rampaient sur les joues comme des insectes.

Mais il se sentait purifié. Et voici ce qu'elle lui avoua en l'attirant contre elle, lavant ses larmes par ses baisers :

— J'ai rencontré un jour une femme de Londres venue en visite à la seigneurie, en 1917. Elle s'est permis de se vanter auprès de nous de son « œuvre de guerre ». Elle consistait à remettre des plumes blanches aux hommes en civil. Je me rappelle avoir eu envie de la kidnapper et de l'envoyer au front avec les détachements de volontaires.

Il lui répondit de manière tout à fait inopinée :

— Je t'aime.

— Oui. Je le sais. Je suis contente.

— Tu... le savais ?

— Oh, mon chéri ! (Elle lui lâcha enfin la main et se laissa aller en arrière en éclatant de rire.) C'est quelque chose qu'on ne peut apprendre à cacher ! Toute la semaine, les domestiques n'ont fait que parler de ça, et tout le village aussi, j'imagine. Ta tante, mon chéri, est absolument scandalisée, mais depuis sa défaite face à l'évêque...

— Arrête, par pitié ! Tu me donnes le vertige !

Elle fut aussitôt penaude.

— Oui, bien entendu. C'était terrible, pour toi, de déverser tout ce que tu avais sur le cœur, et j'aurais dû te laisser aussitôt en paix. Mais... (elle se redressa et s'écarta) si quelqu'un doit faire de mauvais rêves, cette nuit, que ce soit moi, qui n'étais pas là-bas et qui regrette de n'avoir pu y être pour apporter mon aide.

Elle disparut, aussi brutalement que l'incarnation de...

Je sais maintenant qui Elle est, celle dont parlait le vieux Tatton. Cette pensée lui parvint automatiquement. Elle semblait être un écho des eaux qui résidaient sous la colline, et l'expression de son enfance lui envahit l'esprit : *Dans les eaux sous la terre*[1]...

Il se rappela aussi Kali, avec ses guirlandes de crânes humains, et ne put s'empêcher de frémir.

⁂

1. *Mr. Robert Montgomery's Poems* (avril 1830), essai littéraire de Thomas Babington, baron Macaulay (1800-1859). *(N.d.T.)*

— Eh bien, Mr. Ernest ! fit Hiram Stoddard. Que pensez-vous de ce que nous avons tiré de vos croquis ? Leur avons-nous rendu justice ?

Ernest contemplait les trois grands tableaux sur lesquels ses dessins avaient été interprétés grâce à des bouts de rien, tous d'origine naturelle, incrustés dans de l'argile blanche. Une moitié de son esprit voulait dire que ce n'était pas ce qu'il avait envisagé, cette représentation d'ossements, de feuilles, de cônes et de plumes... mais l'autre, peut-être la plus ancienne et la plus sage, approuva aussitôt. Par exemple, la manière ingénieuse par laquelle, dans chaque cas, ils avaient saisi ce qu'impliquait une autre femme plus âgée, le dos à demi tourné pour mépriser le personnage central, la traitant de pécheresse qui méritait son châtiment ! Certes, ils avaient ôté quelque chose en en ajoutant une autre. Son antipathie envers sa tante l'avait conduit, ainsi qu'il le reconnut brutalement, à insister un peu trop sur sa représentation. Maintenant, en étudiant les images rangées devant lui, il remarquait que les villageois l'avaient laissée en évidence dans la première qui serait bénie demain, réduite dans la deuxième et isolée dans un coin de la troisième destinée à être mise sur la route du Puits-Vieux...

Primitif, certes, songea-t-il. *Mais nombre d'artistes français de premier plan, ainsi que quelques-uns de chez nous, se sont tournés vers un art qui n'est pas simplement primitif, mais carrément sauvage, ces dernières années. Peut-être du fait de la sauvagerie dont nos nations prétendument civilisées se sont montrées capables... Oui, ils ont raison. Leur modifications sont parfaites.*

Il l'annonça à voix haute et ceux qui avaient attendu avec inquiétude se détendirent et partirent installer les tableaux aux endroits prévus pour le cérémonial du lendemain matin. Ce ne fut qu'au dernier moment qu'il songea qu'il lui fallait quand même jeter un ultime regard.

S'arrêtant avec désarroi quand il les interpella, ils attendirent son verdict final.

Mais c'était très bien, après tout. Il savait déjà que la ressemblance entre les personnages féminins principaux et Alice avait été efficacement déguisée par l'interprétation où les cailloux servaient d'yeux et les branches et les feuilles avaient été utilisées pour les cheveux. Un instant, cependant, il redouta d'avoir mis un peu trop de lui-même dans l'autre personnage principal, qui était Jésus...

— Vous inquiétez pas, m'sieur, marmotta le vieux Tatton, arrivé à son côté en s'appuyant sur sa canne. Z'avez compris. Pas b'soin d'aller plus loin.

Il repartit avant même qu'Ernest ait pu répondre et les porteurs des tableaux, escortés par une bande d'enfants joyeux et Miss Hicks, l'institutrice, qui avait profité de l'occasion d'une classe d'histoire en plein air, se mirent en route vers les puits.

⁂

Il resta longuement éveillé, cette nuit-là, comme à la veille d'une exposition, le genre de chose dont il rêvait petit quand il était aux Indes et qu'il s'émerveillait devant les images faites de *ghy*, de feuilles et de pétales pour célébrer une fête hindoue. Pourquoi n'avait-il pas remarqué plus tôt cette relation ? Peut-être le rideau de fer de la guerre l'avait-il coupé de tout cela. Mais, cette nuit, il sentait dans la campagne une palpitation, comme si une puissance aborigène s'élevait du sous-sol.

Dans les eaux sous la terre...

Éveillé dans les ténèbres, avec l'impression que la vieille et robuste maison tanguait comme l'arche de Noé, il chercha des allumettes sur la table de chevet. La seigneurie possédait bien une génératrice électrique, mais le presbytère était encore éclairé à la lampe à pétrole et aux bougies. Quand il vit clair, il lâcha un petit cri :

— Alice !

Elle refermait la porte derrière elle. Pieds nus, en chemise de nuit diaphane, elle foulait le plancher comme si elle savait quelles lattes qui allaient grincer il lui fallait éviter.

— Je ne voulais pas venir, dit-elle d'une voix méditative, comme intriguée par son propre comportement. Pas encore, du moins. Pas avant demain, quand ce sera terminé. Mais je n'ai pas pu me retenir. Sens-tu ce changement, Ernest ?

L'allumette lui brûla les doigts. De la main, elle l'empêcha d'en prendre une autre et guida la boîte en direction de la table. Il l'entendit tomber. Quelque chose d'autre tomba également, avec un léger bruissement, et elle fut à son côté, les bras et les jambes entremêlés aux siens.

— Sens-tu ce changement ? insista-t-elle.

— J'ai l'impression que le monde entier est en train de changer !

— Peut-être. Mais c'est une amélioration. Pour l'instant du moins... Oh, mon bien-aimé ! *Bienvenue à toi qui as quitté l'enfer !*

Ses mains tiraient sur son pyjama et en une seconde ne régna plus que le goût et le parfum de l'amour, ses étreintes, ses délices.

*
**

— Si... commença-t-il en s'adressant aux ténèbres.

L'ayant aussitôt compris, elle l'interrompit.

— Quoi ? Tu vas m'épouser, j'espère.

— Bien entendu. Pourtant...

D'un doigt, elle lui ferma les lèvres.

— Rappelle-toi que nous sommes dans une partie du monde où subsistent les anciennes coutumes. As-tu rencontré ici quelqu'un qui condamne Mrs. Gibson, par exemple ?

— Rien que ma tante.

— Quelqu'un t'a-t-il dit combien de temps après le mariage Mrs. Gibson a mis au monde son fils aîné ?

— Ah... non !

— Il doit avoir été conçu la dernière fois que la septième année a été célébrée. Ils ne se sont pas mariés avant qu'il ait reçu ses papiers de mobilisation, bien qu'ils aient été fiancés. Le deuxième a suivi l'une de ses permissions. Quant au troisième, tu es au courant. On considère tout cela comme étant naturel. Certains peuvent y voir le mal. Pas moi. Ni eux.

— Jamais je ne verrai de mal en toi ! Jamais !

Il scella sa promesse par un baiser frénétique.

— Même si je te quitte discrètement à cet instant ?

— Alice chérie...

— Il ne faut pas qu'on me trouve ici au matin, n'est-ce pas ? Malgré toute la tolérance de Grand-père ! Non, laisse-moi partir. (Elle joignit l'action à la parole, se glissa hors du lit, enfila sa chemise de nuit.) Nous avons toute la vie devant nous. Ne gaspillons pas tout à l'avance.

— Tu as raison, fit-il avec un soupir. Je regrette de ne pas posséder ton bon sens.

— Et je regrette de ne pas avoir eu le sang-froid dont tu as fait preuve quand le feu s'est déclenché chez Mrs. Gibson. A nous deux... (elle se pencha pour lui poser un dernier baiser sur le front) nous devrions faire une sacrée équipe... *Qu'est-ce que c'était que ça ?*

L'air avait été déchiré par un cri : faible, lointain, mais incroyablement strident, comme celui d'une âme damnée.

Ernest s'assit et sauta sur une possibilité.

— On aurait dit un cochon qu'on égorge ! Mr. Ames a offert un cochon pour demain... Est-ce que la tradition prévoirait qu'on le sacrifie à minuit ?

— Pas à ma connaissance ! Mais la moitié du voisinage a dû être réveillée, quoi qu'il en soit ! Il faut que je file !

Et elle disparut.

Un instant, Ernest voulut feindre d'ignorer ce bruit. Il avait envie de se rallonger pour se remémorer la délicieuse preuve d'amour qu'elle lui avait donnée. Mais c'était en vain. Au bout de quelques secondes, il entendit des bruits au rez-de-chaussée. Le restant de la maisonnée était réveillé. Après ce qu'il avait accompli la nuit de l'incendie, il était tenu de se lever. Il mettait péniblement ses vêtements quand Tinkler toqua à la porte.

— J'arrive ! lança-t-il, résigné.

Quand il fut dans le vestibule, il trouva Alice... encore vêtue de son jersey et de son pantalon, apparente beauté indescriptible !

Non, ce n'est pas une apparence. C'est son essence. Quelque chose habite cette fille... Erreur : c'était une fille. A présent, c'est une femme.

Et il s'ensuivait un corollaire extraordinaire.

Je me demande si quelqu'un d'autre le remarquera.

Oui.

Cette fois-ci, ce ne fut pas lui qui endossa le manteau de l'autorité. Ce fut elle. Elle calma Mrs. Kail, l'envoya dire à son grand-père qu'il pouvait se rendormir, prit une lanterne et se mit en route en sa compagnie en direction de la route du Puits-Vieux et du site de la troisième parure de puits.

D'autres avaient déjà commencé de s'y rassembler et ils portaient également des lanternes. Parmi eux se trouvait le vieux Tatton, entièrement vêtu. Percevant la surprise d'Ernest, Alice murmura :

— Il vit dans la chaumière d'en face. Seul. Je suppose que ce n'est pas souvent qu'il ôte ses habits.

Ernest ne put s'empêcher de sourire. Cela expliquait bien des choses !

Mais pourquoi était-il aussi heureux ? Pourquoi saisissait-il aussi ouvertement les mains de ses compagnons au fur et à mesure qu'ils arrivaient ? Il n'arrivait pas à comprendre. Il avait l'impression de se trouver dans l'étreinte d'une puissance qui le dépassait et il ne cessait de regarder Alice pour savoir comment se conduire.

Mais elle ne lui fut d'aucune aide et personne d'autre n'en fut capable avant leur arrivée en bas de la pente, où ils virent ce que le reste de la population était en train de contempler.

La parure était intacte. Mais, juste devant, là où le vieux Tatton lui avait dit que poussait l'herbe sur le terreau de feuilles qui s'était accumulé sur les carreaux et le mortier, on voyait un trou béant.

Et, posé tout près sur le sol, un maillet.

Ernest comprit finalement. Il demanda d'une voix faible :

— Est-ce que... ?

— Nous le pensons, monsieur. (Hiram Stoddard émergea dans le cercle de lumière projeté par les lanternes.) C'est le jeune Roger qui nous a avertis. Tiens, mon gars, tu es assez vieux pour t'expliquer tout seul.

Et Roger le cocher fut poussé en avant.

— Eh ben, monsieur, commença-t-il maladroitement, depuis que vous êtes parti, Sa Seigneurie agissait de plus en plus bizarrement. Au milieu de la nuit, on l'a entendue se lever. J'ai été réveillé par May... c'est sa femme de chambre, monsieur, et elle dort à côté. Elle m'a dit que la maîtresse était sortie, et qu'elle marmonnait, on aurait dit. (Un énorme déglutissement.) Elle m'a dit qu'elle pensait... excusez-moi, monsieur... qu'elle avait dû perdre la boule !

— Et alors ?

Ernest aurait voulu parler ainsi. En fait, ce fut Alice qui posa la question à sa place. Très calme, négligeant totalement ce que tous ces hommes pouvaient penser de son accoutrement masculin.

— Eh bien, monsieur... (Mal à l'aise, Roger se déplaça d'un pied sur l'autre.) Comme vous le savez, monsieur, y a un maillet tout près du gong pour annoncer les repas, à la seigneurie. J'ai vu qu'il avait disparu. J'ai pas pu penser que quelqu'un d'autre l'avait pris.

Ernest se pencha pour prendre l'objet. En le retournant, il annonça :

— Oui, je le reconnais. Vous pensez qu'elle était venue détruire la parure ?

Tout le monde se détendit, surtout le vieux Tatton, qui donna un coup de coude à ceux qui étaient les plus proches de lui.

— Ça concorderait, fit Alice d'une voix tendue. Seulement, elle ignorait combien la dalle était fragile. Vu son poids...

— Ah ! fit le vieux Tatton. Elle comptait ben pour deux, ouais.

Les autres feignirent de ne pas comprendre, mais même Ernest vit ce qu'il voulait dire. Finalement :

— Plus personne pouvait rien faire... déclara Hiram, et il s'ensuivit un murmure d'acquiescement.

Ernest jeta un coup d'œil sur chaque visage. Il sut à ce moment-là que c'était ce qu'ils avaient espéré voir se produire. Inutile de chercher à savoir si l'on aurait pu sauver sa tante en réagissant plus vite à son cri. Pourquoi l'auraient-ils fait ? Après tout, lui même ne l'aurait pas désiré...

Il perçut à nouveau la présence d'une puissance en dessous du sol. Là, dans les premières heures de cette nouvelle journée, il entendait nettement et pour la première fois l'eau qui coulait.

Elle n'est plus pure, naturellement.

— Apportez des grappins et des cordes, ordonna-t-il d'une voix bourrue. Nous allons la remonter. Et ceux qui utilisent l'eau de ce puits feraient bien d'éviter de s'en servir pendant un moment.

— On y a déjà pensé, monsieur, annonça Hiram. Ceux qui l'utilisent vont laisser leur robinet ouvert le restant de la nuit.

— Pour la purifier, fit le vieux Tatton avec un sourire où des dents manquaient à l'appel, avant de traverser la route pour rejoindre sa demeure.

*
**

— Est-ce que vous allez bénir la parure des puits ? demanda Ernest, les yeux rougis, devant le matinal petit déjeuner.

— Oui, bien entendu.

— Vous ne pensez pas que ce soit déplacé, vu les circonstances ?

— Mon cher Mr. Peake... mais peut-être puis-je vous appeler Ernest, étant donné le degré d'affection que vous manifestez envers ma petite-fille ?

Quel vieux hibou ! Et il a l'air vraiment content !

— Bien entendu, répondit-il machinalement.

— Eh bien, donc, mon cher Ernest : vous ne trouvez pas cela déplacé, n'est-ce pas ?

— Absolument pas !

— Nous allons donc y aller. En fait... (il sortit une montre assez semblable à celle du vieux Tatton) c'est l'heure de partir.

*
**

Tout le village, pratiquement, participa à la procession, bien que ce fût officiellement un jour non chômé. Le curé allait en tête, assisté de Roger le cocher qui portait un gros bénitier et un bouquet d'herbes qui formait une espèce de goupillon avec lequel il aspergeait les décorations à chaque puits avant de prononcer une bénédiction. Les choristes les suivaient, chantant un hymne traditionnel, puis on trouvait les villageois disposés plus ou moins par âge décroissant, les enfants de l'école placés à l'arrière sous la férule de Miss Hicks, à part un garçon et une fille qui avaient été investis de la mission enviée d'ouvrir la route avec des branches bien vertes.

En écoutant les chants, paisibles au début, puis de plus en plus vigoureux, Ernest se prit à songer que, depuis son arrivée, jamais il n'avait vu autant de sourires en même temps.

Durant la bénédiction du second puits, il sentit qu'on tirait doucement sur sa main qui ne tenait pas celle d'Alice. Il baissa les yeux et vit le visage d'une femme, les traits tirés, ridé, sous une chevelure prématurément grise. C'était Mrs. Gibson.

— Moi et mes p'tits, on doit beaucoup vous r'mercier, chuchota-t-elle. Main'nant, c'est tout l'monde qui doit vous r'mercier pour avoir ramené la parure des puits... Dieu vous bénisse, Mr. Ernest !

Et elle se retira dans la foule.

De l'autre côté de celle-ci, il aperçut le regard du vieux Tatton, qui rayonnait avec l'air de dire :

— Qu'est-ce que j'vous disais, hein ?

Enfin, ce fut le moment de rejoindre leur ultime destination, sur la route du Puits-Vieux. L'air était tendu par l'attente. La cérémonie se déroula exactement comme ailleurs, avec les mêmes prières et les mêmes citations au sujet de l'Eau de Vie. Mais on en attendait davantage et cela finit par arriver soudainement.

Abandonnant ses textes préparés, le curé inspecta ses ouailles et déclara brutalement :

— Mes amis ! Car je pense qu'après toutes ces années d'épreuves je puis vous appeler ainsi !

Les sourires revinrent, plus nombreux encore.

— Certains ont jugé mauvais, voire démoniaque, de suivre la tradition avec laquelle nous avons aujourd'hui renoué. Je ne suis pas de leur nombre.

Nous non plus, répondit le silence.

— Nous savons tous que notre vie est un miracle... le fait que nous naissons, que nous pensons, que nous raisonnons et que nous apprenons à louer notre Créateur : oui, c'est un miracle !

Il y eut presque une explosion d'applaudissements. Les frères Stoddard l'étouffèrent d'un froncement de sourcils.

— Pour la nourriture que nous mangeons, pour l'eau que nous buvons : ne devrions-nous pas éprouver de la gratitude ? Et pour que la terre soit féconde, ainsi que tout notre bétail ? En vérité, pour que nous laissions des enfants qui suivent nos pas alors que, inévitablement, nous sommes appelés à rejoindre les justes... Rassemblés ici, nous avons reconnu notre dette envers le Créateur de toute chose. Aujourd'hui, en particulier, nous avons fêté le don de l'eau. Il nous incombe, comme toujours, de nous rappeler que c'est l'un des nombreux présents, et que le plus grand de tous est l'amour. Dieu vous bénisse tous !

Il se retourna vers la parure à laquelle Ernest et tous ses assistants avaient consacré tant de soin, et il récita la doxologie de toute la force de sa voix. Bien des fidèles se joignirent à lui.

Mais le vieux Tatton n'était pas du nombre. Il était rentré chez lui, pressé peut-être par le genre de commission que rendait nécessaire la vessie d'un vieillard. Comme le curé finissait, il apparut soudain à la porte de sa chaumière.

— Elle est bonne !

Toutes les têtes se retournèrent.

— L'eau est bonne ! Elle a pus d'goût ! J'ai bu c't'eau toute ma vie et malgré tout c'qu'y a eu d'dans, *elle* l'a rendue bonne !

— Il veut dire... commença Alice en chuchotant contre l'oreille d'Ernest, qui la coupa.

— Je sais. Ce qu'il veut dire, c'est que malgré son abomination et tout le temps qu'elle a passé dans le puits, elle n'a pas pollué l'eau... Quand on se mariera, ma chérie, tu veux bien qu'on le fasse deux fois ?

— Comment cela ?

Elle recula et l'étudia de ses grands yeux gris.

— On le fera une fois pour moi, l'homme, au nom du Père et du Fils. Et on le fera une autre fois pour toi, au nom... d'*elle*. Qu'en penses-tu ?

— Mais personne ne connaît son nom !

— Cela est-il important ? Nous savons qu'elle est là, n'est-ce pas ?

Elle réfléchit un instant, puis finit par hocher la tête.

— Oui, je le sais depuis des années, comme le vieux Tatton. Je suis surprise que tu l'aies découvert aussi vite, mais j'en suis terriblement heureuse... Est-ce que nous habiterons à la seigneurie ?

— La plupart du temps, je suppose. Après tout, je suis l'héritier. Mais je veux t'emmener en voyage de noces aux Indes. Même si je ne puis te promettre d'assister en particulier au culte de Kali.

Elle sourit et lui étreignit la main.

— Je pense en avoir assez vu du côté mauvais du principe féminin, pour le moment... (Elle s'arrêta, abasourdie.) Ernest, c'est horrible ! Elle est à peine froide et voilà que nous parlons de voyage de noces ! Nous devrions préparer ses funérailles !

— Excusez-moi, Mr. Ernest.

Ils se retournèrent et virent les frères Stoddard à leurs côtés.

— Avant de partir, on voudrait vous présenter nos félicitations et vous dire qu'on espère que vous serez très heureux tous les deux.

Comment diable... ?

Il se rappela alors ce qu'avait dit Alice concernant les bavardages parmi les domestiques et dans tout le village. Son visage se détendit avec un large sourire.

— Merci beaucoup ! A quelle heure est le banquet, ce soir ? On vous y reverra !

***

Plus tard, quand les tranches du cochon de Mr. Ames eurent été distribuées, qu'on eut veillé à en donner assez à Mrs. Gibson et ses enfants, il annonça à Alice dans les ténèbres de sa chambre :

— Je ne pense pas qu'un second mariage soit nécessaire, après tout.

— Hum ? fit-elle en lui embrassant le cou de ses lèvres douces et chaudes.

— En ce qui *la* concerne, nous sommes mariés, n'est-ce pas ?

— Mm-hum. C'est pour ça que j'ai été surprise quand tu m'en as parlé... On peut recommencer ?

— Je pense... Oui ! Oh, *oui !*

*
**

Plus tard encore, juste avant de s'endormir dans les bras l'un de l'autre pour la première fois, ayant accepté de cesser de se soucier du scandale ou d'offenser le vieux Mr. Pollock... voire Tinkler... il dit d'une voix songeuse :

— C'est quand même amusant.

— Quoi ?

— La parenté qui existe entre ce que l'on voit aux Indes et ce qu'on trouve chez nous.

— Mais pourquoi ? (Elle se redressa sur un coude, ses seins constituant une vision enchanteresse à la faible lumière de la fenêtre.) Ce n'est pas la même chose pour la science ?

— Quoi ?

— Tu ne t'attends pas à ce que la science cesse de s'appliquer dans un autre pays, n'est-ce pas ?

— Non, naturellement !

— Eh bien, voilà ! (Elle se rallongea.) Pourquoi n'en irait-il pas de même pour la religion ? Après tout, nous sommes tous humains.

— Tu veux dire...

— Ce que je veux dire, fit-elle fermement, c'est que, qui que soit *celle* qui garde les puits de Welstock, qui nous a si merveilleusement réunis tous les deux, elle ne peut être autre qu'un aspect différent de ce que tu es, de ce que je suis, de ce que nous sommes tous. Il en va de même aux Indes et dans tous les mondes innombrables dans lesquels nous nous frayons un chemin dans nos rêves. Lieu où, avec la permission de mon seigneur, je me propose de me retirer. Bonne nuit.

Il resta éveillé encore un moment, réfléchissant à ce qu'elle avait dit, et il finit par demander :

— Comment penses-tu que réagiront les gens d'ici devant des personnes qui ont un point de vue tel que le nôtre ?

— Tant que nous honorerons la maîtresse de l'eau, lui répondit la voix ensommeillée, pourquoi diable devraient-ils s'inquiéter ?

Oui, bien sûr. Pourquoi ?

Ses doutes dissipés, le nouveau maître de la seigneurie de Welstock s'endormit avec satisfaction à côté de son épouse.

L'OR OU L'ARGENT
(Silver or Gold)
EMMA BULL

Lune-très-Mince était assise sur le foyer surélevé (seul endroit de la salle centrale où elle ne gênait pas), le menton sur les phalanges. Elle aurait aimé faire davantage, mais tout ce à quoi elle pensait paraissait futile, voire dépourvu de dignité. Elle observait Chouette-Hulotte qui foulait en tous sens le sol en ardoise, jaillissait puis replongeait dans l'office, le garde-manger et la buanderie. A chaque voyage, Chouette-Hulotte revenait les mains remplies d'objets : des vêtements propres, un fromage, une matricaire, une boîte d'amadou, un manteau en laine. Son visage rose et rond restait légèrement renfrogné et Lune savait qu'elle passait des listes en revue dans sa tête.

— Tu ne peux pas empaqueter tout ça, déclara Lune.

— Toi, tu n'y arriverais pas, répondit Chouette-Hulotte. Mais j'ai cinquante années de pratique de plus que toi. Bien, n'oublie pas de saler les potirons avant de les rentrer, sinon de tout l'hiver on ne mangera que des oignons. Et si les écureuils nichent encore dans le chaume, il y a un enchantement...

— Tu me l'as déjà dit, fit Lune avec un soupir. (Elle bougea légèrement pour que le feu lui rôtisse une portion différente du dos.) Si je l'oublie, je pourrai toujours vérifier. C'est terriblement idiot de partir maintenant. On pourrait avoir la neige dès la semaine prochaine.

— Dans ce cas, je devrais l'affronter. Mais cela n'arrivera pas. Pas avant un mois.

Chouette-Hulotte enveloppa trois petites cruches en terre cuite dans de la flanelle et les fourra dans son sac en osier.

Lune ouvrit la bouche et ce qu'elle avait veillé à ne pas dire depuis trois jours jaillit brutalement.

— Il a disparu depuis le milieu de l'été. Pourquoi faut-il que tu partes maintenant ? Pourquoi partir, finalement ?

Chouette-Hulotte se redressa et la considéra sévèrement.

— J'ai des responsabilités. Tu devrais le savoir.

— Mais pourquoi auraient-elles un rapport avec *lui* ?

— C'est le prince du royaume de Finimenz.

Lune se leva. Elle était plus grande que Chouette-Hulotte, mais, sous ce regard féroce, elle se sentait toute petite. Elle fronça les sourcils pour dissimuler cette impression.

— Et nous vivons en Finimenz. Des centaines... des *milliers* de personnes y habitent. Il y a même beaucoup de sorcières. Elles ne sont pas parties comme une meute de gamins en chasse.

Chouette-Hulotte avait bien des rides, qui se marquaient encore plus quand elle était sur le point de sourire. Comme à cet instant.

— D'abord, on n'a jamais vu de gamins partir à la chasse en meute. Ensuite, toutes les sorcières dignes de ce nom ont essayé de le retrouver de la manière qui leur semblait le plus appropriée. Toutes sauf moi. J'ai attendu parce que je voulais m'assurer que tu pouvais te débrouiller sans moi.

Lune-très-Mince resta un moment immobile pour absorber cette information. Puis elle se rassit brutalement et s'enlaça les genoux avec les mains.

— Oh, fit-elle, mi-haletante, mi-riante. Injuste, injuste. Tu attaques mon orgueil !

— Oui, mauvaise graine, et il est grand. Je suis obligée de partir, tu sais. Ne me rends pas la tâche plus pénible.

— Je regrette de ne rien pouvoir faire pour t'aider, dit Lune au bout d'un moment.

— Je veux que tu fasses tout ton travail, à la maison, et tout le mien en plus. Cela ne suffit-il pas ?

Chouette-Hulotte lissa le rabat de son sac et en serra les lacets.

— Tu sais que non. Je ne pourrais pas t'accompagner ?

Du bout du pied, Chouette-Hulotte tira un tabouret de sous la table et s'assit dessus, les mains posées sur les genoux.

— Quand je voyage en esprit pour demander une faveur à Grand-mère, tu ne peux m'accompagner.

— Bien sûr. Autrement, qui jouerait du tambour pour te ramener ici ?

Chouette-Hulotte rayonna.

— Astucieuse mauvaise graine. Ouvre ce buffet au-dessus de la cheminée et apporte-moi ce que tu vas y trouver.

Ce fut un tambour que trouva Lune. Il n'avait rien du tambourin de voyage large et plat en cuir de vache dont les paroles faisaient écho dans ses os et ressemblaient aux palpitations d'un cœur sous ses doigts, dont la voix s'entendait dans le pays où n'existait aucune voix. Celui-ci était un cylindre droit à peine plus gros qu'un bocal d'un litre. Le fût était fabriqué dans une espèce de bois blanc, la peau de ses deux têtes possédait un grain fin et le cercle des pompons blancs. On le tenait grâce à une cordelette à laquelle était fixée une baguette dotée d'une brosse.

Lune hocha la tête.

— Cela ne peut suffire pour te ramener de la pompe, et encore moins... de l'endroit où tu vas.

— De l'endroit où je dois peut-être aller. Apporte-le-moi.

Lune lui apporta le tambour et Chouette-Hulotte le prit par sa lanière en cuir et le frappa une seule fois avec la mailloche. Il produisit un bruit sec, *toc*, comme un pivert.

Chouette-Hulotte déclara :

— Son bois est fait d'un frêne qui fut planté le jour de ma naissance. Les peaux proviennent d'une brebis née le même jour. J'ai élevé la brebis et arrosé l'arbre ; lors de mon seizième anniversaire, je leur ai demandé de m'offrir leur vie et ils me l'ont accordée volontiers. Aussi loin que j'aille, le tambour me suivra. Quand je ne pourrai l'entendre, il cessera de retentir.

« Demain à l'aube, je partirai, continua Chouette-Hulotte. Demain au coucher du soleil, lorsque le dernier zeste de soleil brûlera derrière la ligne des collines de Sandésir, et chaque couchant qui suivra, tu frapperas une fois le tambour, comme je viens de le faire.

Lune fut quelque peu secouée par la solennité de tout cela. Mais elle finit par recouvrer ses esprits et répéta :

— Au couchant, chaque jour. Une fois. Je me rappellerai.

— Humph ! Bien. (Chouette-Hulotte haussa les épaules comme si la solennité était un châle dont elle pouvait se défaire.) Demain arrive toujours trop tôt. C'est l'heure de coucher le feu.

— Je vais aller chercher les outils de jardin, dit Lune.

Elle mit sa cape et sortit dans la nuit.

Celle qui lui avait donné son nom était levée et entrait dans son croissant. Chouette-Hulotte disposerait d'une bonne lumière, si elle avait effectivement l'intention de voyager de nuit. Mais il ferait froid ; le givre saupoudrait de talc les feuilles, les plantes grimpantes et les sentiers dallés. Lune frissonna et poussa un soupir.

— A quoi bon avoir une apprentie en pleine forme si l'on n'a pas l'intention d'utiliser cette forme ? marmotta-t-elle comme si elle s'adressait au vent.

Le froid emporta dans les ténèbres ses consonnes les plus sifflantes.

Elle cueillit une feuille de chrysanthème jaune et une tige de plante de bouffon sur son massif protégé. A son retour, elle vit que Chouette-Hulotte avait déjà alimenté le feu, rangé les bûches à l'aide du tisonnier et pris une tasse d'eau. Lune y mit les fleurs.

— Consolateur, défenseur contre les ténèbres de l'hiver, dit Chouette-Hulotte au feu comme si elle s'adressait à un vieil ami. (Elle tournait l'eau avec les doigts tout en parlant.) Compagnon, nourricier de la chair et du cœur, résiste et veille, ne laisse nulle étincelle errante jaillir avant que le soleil ne prenne ta place.

La lumière du feu caressa le paysage couturé du visage de Chouette-Hulotte, lança du jaune dans ses yeux sombres et perçants, transforma en ivoire le blanc de sa chevelure. *Demain soir*, songea Lune, *elle ne sera plus ici. Je serai solitaire.* Seule réussissait à le croire la surface de son esprit, là où était rangé tout ce qui n'avait pas été encore mis à l'épreuve. Le restant de sa personne, l'esprit, les poumons, la plante des pieds, s'y refusaient.

Chouette-Hulotte lança de l'eau dans le foyer et la rangée de gouttelettes se transforma en vapeur. Puis elle rendit la tasse à Lune, qui nourrit le feu avec les fleurs.

Après un silence respectueux, Lune déclara :

— Voici de l'eau. (C'était la suite d'une vieille discussion.) Et les bûches furent des arbres, qui ont poussé dans la terre, qui se sont nourris grâce à l'eau, et le feu lui-même s'en nourrit avec l'air. Ce sont les quatre éléments.

— C'est l'heure du feu, le feu que nous vénérons. A l'heure appropriée, nous vénérons les trois autres et si tu dis des choses pareilles en public, aucune personne éduquée au village ne te parlera. (Chouette-Hulotte reprit la tasse à Lune et lui serra les mains en une étreinte robuste et humide.) Ma graine, ma tige d'achillée. Tu n'es plus une enfant. Quand je partirai, tu seras une femme, aux yeux d'autrui sinon aux tiens. Ce que l'on prend dans la bouche d'une enfant pour une bêtise devient autre chose sur les lèvres d'une femme : sacrilège, dépit, ou folie. Travaille ainsi que tu le jugeras utile, mais garde la bouche cousue en ce qui concerne tes idées, et tiens le feu loin de l'eau et la terre loin de l'air.

— Mais...

— Vide la tasse, à présent, et allons nous coucher.

Lune ressortit dans le jardin et jeta l'eau du bol... vers le sud, parce que c'était la direction consacrée au feu. Puis elle resta un petit moment dans le froid, une sensation dure et terrible dans la poitrine qui allait au-delà de la tristesse, au-delà des larmes. Elle prit de longues goulées d'air pour la congeler et souffla très fort pour en expulser les fragments. Mais elle résista au froid et au vent.

— J'aimerais être une femme, chuchota-t-elle. Mais je préférerais quand même être une enfant alors que tu es ici plutôt qu'une femme quand tu n'es pas là.

Le bruit de ses paroles, savoir qu'elles étaient exactes, réalisa ce dont le froid avait été incapable. La terrible sensation se fendilla, fondit et se déversa hors d'elle en larmes douloureuses. Lentement, l'ordre réconfortant autour d'elle, les massifs et les bordures qu'avait plantés Chouette-Hulotte, en arrêtèrent le flot et l'aimable air froid les essuya sur son visage.

A l'aube, quand la lumière du soleil levant s'enchevêtra dans la cime des arbres, Chouette-Hulotte installa son sac sur son dos et sortit par la porte de devant. Lune l'accompagna jusqu'au portail au fond de la cour. Dans le paysage brumeux et incertain du petit matin, Chouette-Hulotte était un personnage solide, sûr, dans sa vieille cape de laine violette, les cheveux argent et noir cachés par un chapeau vert au bord de guingois.

— Je ne crois pas que tu devrais porter ce chapeau, dit Lune, passant outre le nœud qu'elle avait dans la gorge. Tu as tout d'une aubergine.

— Il me plaît, à moi. Je suis vieille. Je porte ce que je veux.

Elle partait. Que dire sinon « Adieu », ce qui n'était pas du tout ce que voulait Lune ?

— Quand reviendras-tu ?

— Quand je l'aurai retrouvé. Ou quand je saurai qu'on ne peut le retrouver.

— Tu me dis tout le temps de ne pas essayer de prouver le négatif.

— Dans ce cas précis, il existe des moyens de le prouver, répondit Chouette-Hulotte avec un regard de côté.

Lune-très-Mince frissonna dans le soleil faiblard. Chouette-Hulotte plissa les yeux, lui pinça doucement le menton. Puis elle referma le portail derrière elle et descendit la colline. Lune la suivit du regard... verte et violette, ridicule et robuste... jusqu'à ce que les arbres la lui cachent.

Elle sala les potirons avant de les mettre dans la cave. Elle vénéra les éléments, chacun à l'heure appropriée. Elle fit du fromage et du vin, cueillit les dernières herbes, battit les tapis et cira tous les planchers en prévision de la boue de l'hiver imminent. Elle répara le chaume et la clôture, tailla les pommiers et retourna les massifs du jardin, trouvant réconfort dans le maintien de l'ordre qu'avait établi Chouette-Hulotte.

Lune respecta aussi d'autres traditions bien établies. Quand les premières neiges commencèrent à tomber, ses voisins avaient pris l'habitude de lui apporter leurs douleurs et leurs courbatures, de la faire mander pour un enfant fiévreux, de l'appeler pour réduire la patte fracturée d'un chien ou recoudre le flanc entaillé d'un cheval. Ils l'interrogeaient sur le jour le plus favorable pour signer un contrat, sur l'existence éventuelle d'un enchantement évitant les belles-dames dans les prairies. En retour, ils lui apportaient du gui et de l'écorce de saule, un sac de farine de seigle, un pot de beurre.

Ce travail ne la dérangeait pas. Elle avait été élevée pour cela ; il lui semblait aussi naturel que de se lever le matin. Mais elle découvrit que c'était le paiement qui la gênait. Quand le fils des plus proches voisins, Féroce, arriva au trot au portail sur son âne avec le sac de farine posé sur le garrot, la remercia et le lui donna, elle faillit le lui rendre brutalement. Chouette-Hulotte lui avait transmis ses talents et l'avait laissée ici pour les servir. Le paiement devait revenir à Chouette-Hulotte. Mais on ne pouvait dire qui apparaîtrait le premier, Chouette-Hulotte ou le fond de ce sac.

— Tu as un drôle d'air, lui dit Féroce.

— Tu as un air bien pire que moi, répliqua Lune, parce qu'elle lui avait appris à grimper aux arbres et à pêcher, ce qui lui accordait certains privilèges. Est-ce que tu connais ces objets en bois ou en os, avec une rangée de petites épines serrées les unes contre les autres ? On appelle ça des « peignes ».

— Ha-ha ! (Il désigna la farine.) J'espère que tu en feras des gâteaux et que tu engraisseras.

Il lui adressa un large sourire et rejoignit son âne. Ils soulevèrent de la neige en remontant la colline, au sommet de laquelle il lui lança un salut de la main.

Elle se sentait mieux. Chouette-Hulotte n'aurait jamais eu ce genre de conversation.

Tous les soirs au coucher du soleil, Lune sortait le petit tambour du buffet au-dessus du manteau de la cheminée. Elle le regardait, le touchait et songeait à sa préceptrice. Elle essayait de se la représenter en bonne santé, au chaud, en sécurité, devant un bon repas et en agréable compagnie. Finalement, quand la circonférence du soleil s'éteignait derrière l'alignement lointain des collines, elle tapait contre la mince peau et le tambour émettait son bruit sec de pivert.

Chaque fois, Lune se demandait : Chouette-Hulotte pouvait-elle vraiment l'entendre ? Et dans ce cas, que se passerait-il si Lune tapait à nouveau ? Si elle le frappait à trois reprises, Chouette-Hulotte penserait-elle que quelque chose n'allait pas et reviendrait-elle ?

Mais tout allait bien. Lune rangeait le tambour en attendant le lendemain.

La Longue Nuit arriva enfin et elle rendit visite à tous ses voisins. Elle leur apportait des branchettes de sapin attachées avec de la vigne de Judée, ainsi que du sucre de miel, et elle prononçait le sort de bénédiction sur le seuil. Elle regardait le paysage fondre et geler, fondre et geler. Vint la Chandeleur et elle se rendit au village, détrempé par une passe de temps plus chaud, pour assister à l'allumage des lampes de la nouvelle année à partir de la flamme de l'ancienne. Il se pouvait, disaient les villageois, que personne ne retrouve jamais le prince. Il se pouvait que le roi des Pierres l'eût emmené sous terre et qu'il y fût désormais allongé, sans vie, réduit à tout jamais au silence. Au fait, n'avait-elle pas de nouvelles de Chouette-Hulotte et cela ne faisait-il pas longtemps depuis son départ ?

Oui, répondit Lune, cela faisait longtemps.

Le jardin commença à frémir, de manière presque invisible, tel un chat qui songe au déjeuner dans son sommeil. Le bruit de l'eau qui coulait était omniprésent, bien que la neige parût intacte et que la glace fût aussi épaisse que jamais. Soudain, comme si la nature avait largement ouvert un portail, ce fut le printemps et Lune fut surchargée de travail. Les agnèlements la forcèrent à arpenter les sentiers boueux dans les collines parmi les chaumières et les fermes. Les juments se mirent aussi à pouliner. Elle se réjouit que, chez les humains, aucune saison n'eût été prévue pour cela.

Depuis la fin de la matinée, elle était restée avec la pur-sang baie de Barbotine Largeau. Le poulain s'était retourné et pris la tête dans le cordon ; Lune était presque paralysée en songeant à la valeur des deux bêtes, à leur vie qui reposait entre ses mains. Elle avait du sang jusqu'aux coudes, la voix rauque à force de prononcer des incantations, mais elle finit par regarder Barbotine d'un air triomphant par-dessus le garrot du poulain.

— Viens à la maison prendre un bon thé chaud, lui dit Barbotine tandis que Lune se savonnait les mains et les bras. Tu ne peux pas t'amuser à traverser les bois avant le lever de la lune.

Soudain inquiète, Lune leva les yeux en direction de la porte ouverte de la grange. Les collines de Sandésir faisaient une ceinture au soleil.

— Il me faut partir. Excuse-moi. Tout ira bien.

Elle se dirigea en courant vers la piste.

Les cailloux roulaient sous ses bottes et la glace à demi fondue était glissante comme du beurre dans l'obscurité. La nuit arrivait, sous les arbres. Elle descendit la colline et remonta la suivante, redescendit en glissant, parfois à quatre pattes. Elle avait l'impression d'avoir les os aussi cassants que du bois carbonisé, les chevilles fragiles et prêtes à céder. Elle avait peur de regarder à nouveau en direction du soleil.

Le portail... le portail au bout du sentier sous ses mains. Elle sanglota de soulagement. Si près... Elle traversa le jardin, l'air glacial lui brûlant les poumons. Elle se débattit frénétiquement avec la porte avant de se rappeler qu'elle l'avait barricadée de l'intérieur et qu'elle était sortie par l'office. Elle se rua sur cette porte et la referma si violemment que le contenu des étagères en fut ébranlé. La cheminée, la porte du buffet...

Elle avait le tambour entre les mains et le zeste du soleil était encore visible, mince comme un fil, allongé sur les collines. Elle n'était pas en retard. Comme l'horizon se refermait tel la paupière d'un serpent sur le disque du soleil, Lune frappa le tambour.

Aucun son ne retentit.

Lune examina le tambour, la mailloche, ses deux mains. Elle avait dû le rater, assurément. Elle abattit à nouveau la mailloche sur la peau. Autant frapper de la laine avec de la laine. Aucun coup de pivert, aucun appel bien clair. Elle avait senti le choc de la peau et de la mailloche, elle les avait vus. Où s'était-elle trompée ?

Lentement, les paroles de Chouette-Hulotte lui revinrent. *Quand je ne pourrai plus l'entendre, il cessera de retentir.* Lune avait toujours pensé que le tambour serait difficile à entendre. Mais jamais silencieux. *Dis-moi si tu peux entendre ceci,* songea-t-elle follement. Il y avait autre chose qu'elle avait dit au moment de son départ, au sujet de ce qui est négatif... qu'il existait des moyens de prouver qu'on ne pouvait retrouver le prince.

S'il avait trouvé la mort, par exemple. S'il n'était plus qu'ossements sous la terre.

Et Chouette-Hulotte, hors de portée du tambour, avait pu le suivre jusque-là, sous la férule du roi des Pierres.

Elle songea au martèlement du tambour ; elle se vit en esprit, tapant dessus jusqu'à ce qu'il résonne ou se rompe. Elle se représenta également en train de pleurer ; elle pourrait pleurer, crier et casser des objets, pour finir par s'écrouler, épuisée et malheureuse.

Aussi resta-t-elle assise sur place à la table, le tambour sur les genoux, et elle regarda les ténèbres s'insinuer dans la pièce et la remplir tout autour d'elle. Le chagrin et le désespoir montaient et retombaient en elle sur un rythme lent, comme les jours qui raccourcissaient et rallongeaient. Quand son malheur arrivait à son apogée, elle était sur le point de pleurer, voire hurler, et jetait presque le tambour. Puis il se mettait à retomber et elle songeait : *Non, je peux le supporter,* et il se remettait à croître.

Elle n'interviendrait pas, décida-t-elle, tant qu'elle n'aurait pas trouvé quelque chose d'utile à réaliser. Elle attendrait que les araignées l'aient recouverte de leurs toiles blanches, si nécessaire. Mais elle ferait mieux que pleurer, mieux que de casser des objets.

La lanière de cuir du tambour de Chouette-Hulotte lui coupait les doigts tant elle la tenait serrée. A la faible lumière du feu qui baissait, bois et cuir constituaient une unique masse pâle sur ses genoux. Comment la magie de Chouette-Hulotte avait-elle pu être réduite à ceci... un tambour sans voix ? Quelle voix pouvait désormais l'atteindre ?

Et Lune répondit elle-même avec étonnement : *Grand-mère.*

Elle ne pouvait faire ça. Elle n'était jamais allée parler seule à Grand-mère. Et comment pourrait-elle voyager jusque-là, sans personne pour frapper le tambour à sa place quand elle serait partie ? Elle risquait de se perdre à tout jamais, errant parmi les racines enchevêtrées des arbres de Grand-mère.

Elle se leva tout de même et rejoignit l'office, les articulations raides. Elle prit du charbon, de la myrte et du cèdre séchés. Elle versa du vin de pomme dans une tasse en bois où elle plaça une graine d'aristoloche. Ces gestes lui étaient familiers. Elle les avait déjà accomplis pour Chouette-Hulotte. Elle décrocha du mur à côté de l'entrée la peau de mouton noire, l'allongea sur le sol, posa le vin et l'encens à côté, le vin à l'est, le charbon au sud. Un autre voyage pour prendre le sel et le canif à manche en os... la terre au nord, la petite pile conique de sel, et le canif à l'ouest, pour représenter l'air. (Le sel venait aussi de la mer, disait son esprit rebelle et le métal du canif avait été arraché aux mines de la terre et trempé grâce au feu et à l'eau. Mais elle avait désormais peur de commettre une hérésie, peur de douter de la connaissance à laquelle elle devait confier le poids des vies. Elle fit ainsi qu'on lui avait appris.)

Elle finit par prendre le gros tambourin, le tambour de voyage, dans son casier en osier, et elle le posa sur la peau de mouton. Le tambourin l'aiderait pour une partie de son voyage. Mais quand elle traverserait la frontière, elle devrait tout abandonner, corps, doigts, tambour, pour la traversée, et le tambourin sombrerait dans le silence. Il lui fallait si peu de chose : rien qu'une petite tape, tape, tape. Mais oui, ce serait son cœur qui s'en chargerait.

Lune se laissa tomber sur la peau de mouton et s'assit en tailleur. De la main droite, elle prit le couteau et traça une courbe autour d'elle, comme un compas. Derrière son dos, elle fit passer délicatement le canif dans sa main gauche et la pointe ne quitta pas l'ardoise. Au début, elle avait eu de la peine à apprendre à prendre l'instrument que lui passait Chouette-Hulotte. Elle traça de nouveau le cercle avec une pincée de sel de chaque main, et avec la poussière de cèdre et de myrte sur leur lit de charbon. Finalement, elle traça le cercle avec du vin dont les gouttes tombaient de ses mains, et elle but le reste. Puis elle prit le tambourin.

Elle s'efforça d'entendre le rythme de sa respiration, de son cœur, du rythme toujours en elle. Ce ne fut que lorsqu'elle le perçut parfaitement qu'elle commença à laisser ses doigts suivre le mouvement et taper sur la peau. Il frémissait sous ses doigts, lâchait ses notes basses. Quand ses mains eurent pris la mesure de la tête du tambourin, elle ferma les yeux.

Un arbre. C'était le commencement du voyage, Lune le savait ; elle devait débuter au bout d'une branche du grand arbre. Mais quelle sorte d'arbre ? Était-ce la nuit, ou le jour ? Devait-elle s'imaginer en oiseau, en insecte, ou rester elle-même ? Et comment pouvait-elle penser à tout cela en jouant aussi du tambour ?

Elle avait le cou raide, et l'un de ses pieds ankylosé. *Tu réfléchis trop*, se morigéna-t-elle. Chouette-Hulotte n'avait jamais éprouvé autant de difficultés. Et Chouette-Hulotte n'avait d'ailleurs jamais laissé entendre qu'on pût trop penser. Davantage de réflexion, disait-elle, ne pouvait que résoudre les problèmes de ce monde.

Eh bien, elle était donc libre de penser. Elle se nicha dans le tempo du tambour, l'imagina enveloppé autour d'elle comme un édredon.

... Un arbre trop grand pour qu'un seul regard suffise à l'embrasser, perdu dans une forêt d'arbres similaires. Un arbre à la couronne de feuilles aussi large qu'un beau ciel nocturne en haut d'une colline. La nuit, donc. C'était un chêne, décida-t-elle, mais d'une verdeur hors de saison. Elle visionna les feuilles vert argenté semblables à du cuir autour d'elle et la rude écorce noire constellée de rosée au clair de lune. La lumière provenait du bout de la branche. Bercé par les feuilles se trouvait un croissant blanc argenté bien ébarbé, une lune nouvelle découpée de frais dans l'ombre de l'ancienne. Elle projetait une lumière qui permettait de voyager.

La rugueuse grand'route d'écorce s'élargissait en se rapprochant du tronc. Elle s'imagina des oiseaux bougeant dans leur sommeil et le rapide *tchirc* batailleur d'un écureuil réveillé dans son nid. Le vent entrait et sortait de la voûte de feuilles qu'il faisait étinceler. Lune entendait ses pas sur le bois, réguliers, mesurés : la voix du tambourin.

Elle descendit le long du tronc, jusqu'à l'enchevêtrement de racines, l'image inversée et noueuse des branches au-dessus de la tête. Les troncs des autres arbres se dressaient autour d'elle et les branches entrelacées barraient la route au clair de lune. Il était pénible d'avancer, de se frayer un chemin à l'encontre de la vie de l'arbre qui tendait toujours vers le haut. Son rythme cardiaque produisait un tambourinement léger et régulier dans ses oreilles.

Il faisait trop sombre pour savoir quel chemin descendait, trop sombre pour savoir quoi que ce fût. Lune ignorait si elle avait atteint les racines ou non. Elle avait envie de crier, d'appeler sa grand-mère, mais elle avait abandonné son corps, et sa langue avec lui.

Une lueur apparut devant elle et grossit lentement. Elle contenait des dessins, des couleurs, des formes... elle distingua le portail au fond du jardin et le sentier qui conduisait dans les bois. Sur le sentier (s'agissait-il de celui qui lui était familier ? Il était désormais bordé de sauge), elle aperçut, s'éloignant d'elle, un personnage fait de vieux tissu noir qui flottait et de mèches ébouriffées de cheveux blancs. Un étranger, songea Lune ; elle tenta de le rattraper, mais elle eut l'impression de ne pas bouger. A l'orée du bois, le personnage se retourna, leva une main et lui adressa un signe. Puis il disparut sous le toit des bois.

L'esprit de Lune, comme un oiseau surpris, se mit brutalement en mouvement, vers le haut. Ses yeux s'ouvrirent sur la pièce centrale de la chaumière. Elle se tenait en équilibre instable sur la peau de mouton, le tambourin de voyage à ses pieds. Son cœur battait au point que ses côtes lui donnaient l'impression d'être les piquets d'une clôture sur lesquels on passe un bâton, et elle se sentait fiévreuse, pleine de douleurs et de fourmillements. Elle fit un pas en arrière, perdit l'équilibre et s'assit.

— Bien, dit-elle, et le son de sa voix la fit sursauter. (Elle s'humecta les lèvres et ajouta.) Ce n'est pas du tout ce qui était censé se passer.

Tremblante, elle reprit ses instruments et les rangea, lava la tasse en bois. Elle souleva la peau de mouton et se retourna pour la raccrocher au mur quand sa voix la surprit encore.

— Mais ça a marché. (Elle ne bougea plus, serrant la toison contre elle.) Cela a marché, hein ?

Elle avait voyagé, posé une question, reçu une réponse, et si elles n'avaient pas la forme attendue, c'étaient bien une question et une réponse... ce qui lui suffisait. Lune se hâta de ranger la peau de mouton. Soudain, elle avait beaucoup de travail.

Le lendemain matin, elle remplit son sac de nourriture, de vêtements, d'une boîte d'amadou, de médicaments et plaça par-dessus le tout le petit tambour en frêne, celui de Chouette-Hulotte. Elle enfila ses bottes les plus solides et sa cape en laine feutrée. Elle recouvrit le feu dans le foyer, verrouilla tous les volets et laissa un billet à l'attention de Barbotine Largeau, dans lequel elle lui demandait de surveiller la maison.

Finalement, elle mit son sac en bandoulière et s'engagea sur le sentier, franchit le portail, descendit la colline et pénétra dans les bois.

Lune avait déjà voyagé, en compagnie de Chouette-Hulotte. Elle savait s'orienter, faire un bon feu et cuisiner ; elle avait dormi à la belle étoile et avait couché dans des auberges et des fermes. Toute seule, ce serait la même chose. Elle n'avait aucune raison de se sentir bizarre, mais c'était pourtant le cas. Elle avait l'impression d'être un imposteur et s'attendait que tous les voyageurs qu'elle rencontrerait lui demandent si elle avait l'âge à s'aventurer seule sur la route.

Elle songea combien elle s'était sentie solitaire dans la chaumière ; elle pensait avoir appris la taille et la forme de la solitude. Elle savait à présent qu'elle n'en avait exploré qu'un recoin. Marcher lui donnait de l'espace pour réfléchir et des spectacles à découvrir : des pousses de fougères qui se déroulaient du sol détrempé, des corolles jaunes de crocus sauvages captées par le soleil, les amours des corneilles. Mais il ne servait à rien de tendre le doigt en s'écriant : « Regarde ! » parce que tous les autres yeux présents avaient déjà vu tout cela. Son isolation rendait tout presque irréel. Chaque soir, il devenait plus difficile d'allumer le feu et elle s'intéressait de moins en moins à sa nourriture. Mais, à chaque coucher de soleil, elle tapait sur le tambour de Chouette-Hulotte. Chaque soir, il demeurait silencieux, et elle s'immergeait dans les harmoniques de ce silence, à nouveau désemparée.

Six jours durant, elle traversa villages, forêts et fermes. Pendant cinq jours, le temps resta sec, clair, différent des normes printanières, mais, le sixième, elle dut affronter une bise glaciale sous un ciel de plus en plus bas. La route était désormais plus large et lisse et elle avait de la compagnie : des charrettes, des chariots, des cavaliers, des marcheurs qui passaient à côté d'elle. A midi, elle s'arrêta à une auberge, plus grande et plus animée que toutes celles qu'elle connaissait.

Le garçon qui posa le thé devant elle avait une touffe de cheveux blonds au-dessus d'un visage joyeux et harassé.

— La tourte est bonne, dit-il avant qu'elle ait pu parler. Lapin et champignons. Autrement, il y a de la soupe de courge. Mais ne demande pas de jambon... je pense qu'il provient d'un verrat qui n'a pas été égorgé comme il faut. Il est abominable.

Lune ne sut si elle devait rire ou rester bouche bée.

— La tourte, donc, s'il vous plaît. Je ne voudrais pas paraître idiote, mais où suis-je ?

— A Petit-Menz, répondit-il. Mais ne vous réjouissez pas trop vite. Grand-Menz est à une semaine de marche à l'ouest. C'est là que vous allez ?

— Je l'ignore. Sans doute. Je cherche quelqu'un.

— A Grand-Menz ? Ouais. Eh bien, vous pourrez aussi trouver une fourmi dans une fourmilière, si vous ne vous montrez pas trop difficile.

— La ville est si grande que ça ?

Il hocha la tête d'un air compatissant.

— A moins de chercher le roi ou la reine.

— Non. C'est une femme... assez âgée, les cheveux un peu plus blancs que noirs, et un visage rond et rose. Plus petite que moi. Plus grosse. (Elle éprouvait des difficultés pour donner le signalement de Chouette-Hulotte ; elle lui était trop familière.) Elle doit avoir une cape couleur aubergine. C'est une sorcière.

Le visage du gamin se transforma lentement.

— Du genre autoritaire-mais-c'est-pour-ton-bien ? Avec un sac en osier ? Elle traite les taches sur le visage avec de l'hamamélis et du raifort ?

— Ça lui ressemble assez... Qu'utilisez-vous d'autre contre les taches ?

— Je ne sais pas, mais le raifort marche très bien.

Elle est descendue ici, si c'est bien elle. Mais c'était il y a plusieurs mois.

— Oui. C'est ça.

— Elle se dirigeait vers Grand-Menz, et vous êtes donc sur la bonne route. Bonne chance.

Quand il revint avec la tourte au lapin, il expliqua :

— Vous arrivez à Bruslance-Hauteplaine... à deux jours de marche. Après ça, vous traversez assez vite la prairie. Ensuite, vous avez de la chance si vous voyez le soleil en arrivant à portée de voix de Grand-Menz.

Lune déglutit péniblement une trop grande quantité de tourte.

— Vraiment ? Et pourquoi ?

— Eh bien, vous serez alors dans la Mer-de-Bois, n'est-ce pas ?

— Vraiment ?

— Vous ne vous y connaissez guère en géographie, constata-t-il tristement.

— Je sais que je n'avais jamais entendu dire que la Mer-de-Bois était si épaisse que le soleil n'y brillait pas. Y êtes-vous déjà allé ?

— Non. Mais tous ceux qui y ont été disent que c'est vrai. Et ici, j'entends parler beaucoup de voyageurs.

Lune ouvrit la bouche pour dire qu'elle avait entendu davantage d'absurdités dans les salles d'auberges que n'en pouvait fournir le vaste monde, quand une voix de femme retentit dans la cuisine.

— Stellaron ! Tu travailles ici ou tu veux une chambre, ce soir ?

Le gamin blond eut un large sourire.

— Bonne chance, en tout cas, dit-il à Lune avant de rejoindre rapidement la cuisine.

Lune mangea son déjeuner et paya avec une pièce qui portait le visage du prince. Elle se renfrogna en la posant sur la table. *Tout cela, c'est ta faute*, lui dit-elle. Puis elle endossa son sac et se dirigea vers la porte.

— Il commence à pleuvoir, lui lança le garçon blond. Dans une heure, il tombera des cordes.

— Alors, je me mouillerai. Merci quand même.

La piste était froide, mais du moins se trouvait-elle sur la bonne voie. Cette nouvelle la poussait en avant.

Le gamin ne s'était pas trompé dans ses prévisions. La pluie arrivait par rafales de toutes les directions et trouvait le moyen de pénétrer sous son capuchon et dans toutes les coutures de ses bottes. Une fois en haut de la colline qui dominait Petit-Menz, elle se retrouva trempée et glacée jusqu'aux os et ne rêva plus que de toits étanches, de grandes cheminées, de chemises de nuit propres et sèches. Le spectacle en haut de la piste dissipa ses visions.

Elle s'était attendue à une nouvelle vallée. Ce n'était pas là un bassin, mais un plateau, couvert de longues herbes ondulantes couleur de sable, à l'orée duquel elle se tenait maintenant. Lune plissa les yeux pour regarder devant elle et sur les côtés, à la recherche de la fin du plateau, mais l'herbe s'étendait à perte de vue, interrompue uniquement par de petites éminences et des vallons. Elle soupçonna que, par beau temps, elle n'aurait pu davantage découvrir de limite à cette prairie.

Le même soir, elle plantait son camp au beau milieu de l'océan d'herbe, puisqu'elle ne pouvait s'installer ailleurs. Elle n'avait pas de bois. Elle y avait songé avant de s'aventurer sur ce plateau, mais tout ce qu'elle aurait pu utiliser était détrempé. Aussi dressa-t-elle une toile huilée en guise de précaire protection contre les plus grosses bourrasques de pluie, puis elle rassembla une pile d'herbe humide et se mit au travail. Elle gardait aussi l'œil sur le soleil ; au moment voulu, elle prit le tambour de Chouette-Hulotte et en joua, serrée contre la toile pour l'empêcher de se mouiller. Il n'eut rien à dire.

En une demi-heure, elle eut obtenu une épaisse couronne de paille. Elle la posa sur un cercle de terre qu'elle avait mis à nu et sortit de son sac la boîte d'amadou et trois pommes, ridées et sucrées après le stockage d'hiver. C'était la dernière nourriture qu'il lui restait de la maison.

— Tout part de toi, dit Lune en posant les pommes à l'intérieur de la couronne de paille et en les recouvrant d'un cône d'herbe encore humide. J'ai pris nourriture et marche, respiration et chaleur, baume pour la soif. Je t'échange ceci, avec mon amour, avec ma vénération, si tu acceptes de m'accorder encore ton secours.

Sur ce, elle produisit une étincelle dans le cône d'herbe.

Un instant, elle crut que l'échange n'avait pas été accepté. Elle avait imploré tous les éléments au lieu du seul feu, et le feu s'en était offensé. Une petite flamme bleue lécha alors une tige, puis une seconde. Au bout de quelques minutes, elle avait devant elle un minuscule incendie réconfortant, contenu par la couronne de paille et alimenté pour toute la nuit avec les pommes de Chouette-Hulotte.

Elle resta longuement assise, pliée sous la toile huilée, enveloppée dans sa cape, le petit feu entre les pieds. Elle allait à Grand-Menz parce qu'elle pensait que c'était là ce qu'aurait fait Chouette-Hulotte. Mais pas nécessairement. Elle avait pu prendre au sud, en direction de Cystegonde. Ou au nord, pour pénétrer dans les crocs de glace des Ossements de la Terre. Elle avait pu partir n'importe où et Lune ne pouvait le découvrir. Elle avait bien demandé à l'accompagner... mais elle n'avait pas insisté, elle n'avait pas essayé de la suivre. Elle avait simplement dit adieu. A présent, elle ne la retrouverait jamais.

— Qu'est-ce que je fiche ici ? chuchota Lune.

Aucune réponse n'arriva, en dehors du bruissement constant de l'herbe dans le vent, qui disait *chut, chut, chut*. Elle finit par avoir assez chaud pour dormir.

Le lendemain matin, le soleil reparut, hésitant et larmoyant. A sa lumière, elle put enfin voir véritablement le grand océan brun doré au milieu duquel elle naviguait. Elle aperçut derrière elle la crête au-delà de laquelle se nichait Petit-Menz. Devant elle, tout n'était qu'herbe.

Ce fut une longue journée, avec ce seul spectacle à contempler. Elle se força donc à regarder d'un peu plus près. Elle vit les nouvelles pousses d'herbe au pied des anciennes, leurs feuilles encore enroulées les unes autour des autres comme des amants qui s'enlacent. Un chardon étendait sa rosace de feuilles sauvages pour s'emparer du sol, mais il n'était pas encore très grand. Et elle vit l'empreinte de sabots de chevaux, du crottin et, une fois, une large trouée coupant son chemin, tel le lit d'un torrent traversant la prairie, la terre boueuse déformée par les sabots. Au fur et à mesure qu'elle avançait, le soleil grimpait dans le ciel et transformait en vapeur la pluie dont sa cape était imbibée.

Au soir, elle atteignit la ville de Bruslance-Hauteplaine. Oui, lui dit le propriétaire de l'hostellerie, un nouveau jour de marche devait la conduire sous les branches de la Mer-de-Bois. Il lui faudrait marcher prudemment, parce qu'elle était remplie de brigands, de fantômes et d'animaux sauvages.

— Eh bien, répondit Lune, les brigands ne se donneraient pas la peine de m'arrêter et je ne crois pas avoir la moindre querelle avec les morts. Je me concentrerai donc sur les animaux sauvages. Merci beaucoup pour vos avertissements.

— C'est un vilain endroit, la Mer-de-Bois, ajouta l'hôtelier.

Lune songea que les gens qui vivaient dans une éternité d'herbe étaient *forcés* de redouter les forêts. Mais elle se contenta de demander encore :

— Je suis en quête de quelqu'un qui a dû passer par ici il y a plusieurs mois. Elle s'appelle Chouette-Hulotte et elle partait à la recherche du prince.

Après que Lune lui eut donné son signalement, le propriétaire pinça les lèvres.

— Voilà qui me semble familier. Je crois qu'elle a dû passer, en effet, et elle allait vers l'ouest. Mais, comme vous dites, c'était il y a plusieurs mois, et je ne pense pas l'avoir revue.

Jamais entendu d'encouragement aussi décourageant, songea Lune lugubrement avant de revenir à son repas.

Le lendemain après-midi, elle atteignait la Mer-de-Bois. Tout changea : les odeurs, la couleur de la lumière, la température de l'air. Malgré l'avertissement de l'hôtelier, Lune ne put tout à fait repousser son soulagement, son humeur joyeuse. Le parfum secret de l'humus de pin montait autour d'elle sous ses pas et les branches sombres étaient emplies d'un tapage d'oiseaux. Elle entendait de l'eau toute proche ; elle suivit ce son jusqu'à un ruisselet et à la source qui l'alimentait. L'eau était froide et d'une acidité vive due aux pins ; elle remplit sa bouteille et se baigna le visage.

Elle resta un moment auprès de l'eau. Puis elle fit tomber le sac de ses épaules et fouilla dedans pour trouver la petite bourse en toile qui contenait ses objets précieux. Elle fit tomber une agrafe de châle en forme de grenouille en train de bondir. Elle la portait les jours de fête avec son foulard vert. C'était un cadeau de Chouette-Hulotte... comme tout ce qu'elle possédait, d'ailleurs. Elle la lança dans l'eau.

Était-ce bien ce qu'il fallait faire ? Oui, la grenouille était une bête aquatique et peu importait si elle respirait de l'air la moitié du temps. Et l'argent était un métal aquatique, même s'il s'extrayait de la terre et se façonnait grâce au feu, noircissant rapidement sous l'effet de l'eau comme de l'air. Comment quelqu'un pouvait donc prétendre que la magie se fondait sur une compréhension de la vraie nature des choses ?

Une bulle monta à la surface et explosa bruyamment, ce qui la fit rire.

— De rien, à charge de revanche, dit-elle avant de reprendre sa route.

La Mer-de-Bois lui offrit un siècle d'épines sèches et aplaties pour se coucher et plein de bois sec pour se réchauffer. Il faisait froid sous ce toit de branches, mais il existait des remèdes contre le froid. Elle veilla à ce que son feu reste bien allumé pour lutter contre lui et écarter les carnivores trop affaiblis par l'hiver pour aller chasser les chevaux de Bruslance-Hauteplaine.

Une autre journée de voyage, puis une autre encore. Si elle grimpait au plus haut du plus grand des pins, la Mer-de-Bois ressemblerait-elle à la plaine herbeuse : ondulante, presque infinie ? Le troisième jour, quand les rares brins de soleil qui atteignaient le tapis de la forêt s'allongeaient obliquement, le vent se leva. Lune écouta les vieux troncs qui craquaient au-dessus d'elle, les branches qui s'agitaient comme des balais dans des mains en colère, et elle décida de planter son camp.

Dans la Mer-de-Bois, le dernier cercle du couchant n'était jamais visible. A ce moment-là, sous les arbres, il faisait sombre. Lune alluma donc son feu et mit de l'eau à bouillir avant de prendre dans son paquet le tambour de Chouette-Hulotte.

Au-dessus de sa tête, les arbres grondaient, mais à leur pied Lune ne sentait qu'une brise furieuse. Elle se recroquevilla dans sa cape et percuta le tambour.

Il n'émit aucun bruit ; mais, vers le haut, elle entendit un coup de tonnerre et sentit une rafale lui courir sur le visage. Elle bondit en arrière. Le tambour lui échappa des mains.

Une forme pâle était assise sur une branche basse derrière le feu. La lumière tombait irrégulièrement sur ses énormes yeux jaunes, les touffes longues qui lui couronnaient la tête, sa poitrine pâle. Une chouette.

— Hou, déclara celle-ci, plus fort que le vent grondant. Hou-hou.

Tout en l'observant, Lune se pencha en avant pour reprendre le tambour.

La chouette battit bruyamment des ailes et ouvrit largement le bec.

— Hou-ghaine, lui cria-t-elle. Akiléé. Akiléé.

Le sang de Lune se glaça dans ses veines. La chouette glissa de sa branche et plongea droit comme une pierre. Ses serres se refermèrent sur la lanière du tambour. Les grandes ailes battirent une fois, deux fois, et l'oiseau disparut dans les ténèbres bruissantes.

Lune tomba à genoux, haletante. Elle avait encore dans les oreilles la voix de la chouette, écho d'une autre voix. *Graine. Achillée. Achillée.*

Des larmes lui coulaient sur le visage.

— Oh, ma graine, ma tige d'achillée, répéta-t-elle en un chuchotement. Reviens ! hurla-t-elle dans la nuit.

Elle n'obtint d'autre réponse que celle du vent. Elle porta ses mains vides au visage et s'endormit en pleurant.

Au matin, la Mer-de-Bois se refermait autour d'elle comme auparavant, emplie d'oiseaux chanteurs et de douceur, traîtres et impudiques. D'une certaine façon, son esprit l'accompagnait désormais. Sous les arbres, la lumière était grise et elle entendait le tapotement de la pluie dans les branches supérieures. Lune remua les cendres froides de son feu et attendit que son cœur fonde un peu. Elle irait jusqu'à Grand-Menz, et au-delà s'il le fallait. Il devait encore y avoir de l'espoir. Sinon, des comptes devraient être rendus.

Toute la journée, le sentier la conduisit vers le bas et elle avança jusqu'à ce que ses cuisses soient brûlantes et que son estomac se torde de faim. La pluie tombait plus fort, l'aspergeant ignominieusement quand le vent secouait les branches. Elle voulait quitter la Mer-de-Bois avant de se recoucher, même si cela signifiait qu'elle devrait marcher toute la nuit. Mais les arbres se mirent à s'éclaircir vers la fin de la journée et, peu après, elle vit devant elle une éminence dénudée. Elle monta et put regarder ce qui se trouvait en contrebas.

La vallée était gorgée d'une brume basse qui tournait lentement sous la pluie. Il en émergeait la ville la plus importante que Lune eût jamais vue. Elle possédait des murailles de pierre et des portes de chêne et de fer, les toits étaient couverts d'ardoises et de tuiles, signes de prospérité. Des bannières flottaient à toutes les tourelles, leurs couleurs assombries par la pluie et balayées par la lumière grise. Au cœur de la ville se dressait une haute bâtisse blanche dotée à chaque coin d'une tourelle, tout comme la muraille.

Le gamin ne s'était pas trompé, là aussi. Elle ne pourrait jamais trouver de nouvelles de qui que ce fût dans un tel lieu, à moins que la personne en question ne fût le roi ou la reine. Lune se pencha sous une nouvelle rafale de pluie.

Mais pourquoi pas ? Chouette-Hulotte était partie chercher le prince. Pourquoi ne serait-elle pas allée jusqu'au palais pour signaler sa quête, avant de repartir de là ? Et pourquoi Lune ne l'imiterait-elle pas ?

Elle secoua une poche d'eau qui s'était formée dans

sa cape et s'engagea sur la piste. Il lui fallait une nouvelle heure de marche avant d'atteindre les portes et entrer en ville au coucher du soleil.

La muraille se dressa enfin devant elle, d'une hauteur oppressante, sombre et brillante sous la pluie. Les énormes portes doubles étaient ouvertes et elle s'affola devant cette foule de chariots, de chevaux, de piétons qui entraient et sortaient. Personne ne parut la remarquer quand elle rejoignit ce flot de mouvements pour entrer ; malgré tous ses efforts, elle ne put distinguer qui que ce fût qui lui parût avoir une attitude plus officielle que les autres. Tout le monde, en fait, avait un air affairé et important. *Voilà donc la vie citadine*, songea Lune en sortant du flot de circulation pour inspecter son environnement.

Sans son point de vue aérien, elle savait qu'elle ne pourrait trouver le palais, sauf par hasard. Elle demanda donc son chemin à une femme et un homme qui déchargeaient une charrette de balles de foin.

Ils la regardèrent en clignant les yeux, comme trop las pour réfléchir ; ils étaient plus détrempés que Lune et paraissaient avoir encore moins d'espoir de trouver ce qu'ils cherchaient. Leurs expressions de surprise se ressemblaient tellement que Lune se demanda s'ils étaient parents, car ils avaient les mêmes yeux, gris-vert comme ceux des sages. L'homme portait une veste marron poussiéreuse usée à un coude, la femme un long châle noir en haillons rabattu sur ses cheveux blancs.

— Suivez la muraille par là, fit enfin l'homme. Jusqu'à une rue très large pavée de briques. Prenez-la vers le haut jusqu'à ce que vous le voyiez.

— Merci.

Lune jeta un coup d'œil sur la charrette de foin, qui était presque pleine. Le travail constituait un baume pour le cœur. Chouette-Hulotte le disait tout le temps.

— Vous voulez que je vous aide ? Je pourrais monter dans la charrette et vous jeter les balles.

— Oh, non, répondit la femme. Ça ira comme ça.

Lune secoua la tête.

— On dirait mes voisins. Avec eux, il fallait tout le

temps discuter un quart d'heure. Alors, je vais vous jeter le foin.

Elle grimpa rapidement dans la charrette et souleva une balle. Quand elle se retourna pour la passer à l'homme et la femme, elle les trouva en train de se regarder, puis l'homme s'avança pour prendre la balle.

Ce travail cuisant la fit transpirer, mais il fut bref. Une fois la charrette vidée, ils échangèrent des remerciements et Lune repartit pour le palais. En route, elle regarda l'œil du soleil se fermer derrière l'alignement de collines.

La rue pavée de briques évoluait en courbes allongées, comme le lit d'un fleuve. Elle ne vit pas le palais avant d'avoir négocié le dernier tournant et se trouva devant les hautes murailles blanches ainsi qu'un nouveau portail. Celui-ci, fermé, portait des sculptures peintes représentant une harde d'oiseaux en plein envol.

Deux hommes gardaient ce portail. Ils étaient jeunes, grands, les épaules larges, et Lune les identifia comme étant du genre qui faisait bégayer les filles du village. Ils se tenaient très droits et portaient des manteaux et des capes de couleur verte décorées, de l'avis de Lune, d'une quantité excessive de garnitures dorées. Elle s'avança jusqu'au plus proche.

— Excusez-moi. J'aimerais parler au roi et à la reine.

Le garde cligna les yeux encore plus nettement que le couple à la charrette de foin. Avec une excellente raison, se rendit compte Lune ; à présent, elle était non seulement détrempée et salie par les intempéries, mais aussi couverte de poussière de foin. Elle poussa un soupir, ce qui sembla accroître l'embarras du jeune homme.

— Je vais commencer presque au commencement, lui dit-elle. Je suis venue chercher ma préceptrice, qui est partie à la fin de l'automne dernier pour se mettre en quête du prince. Vous rappelez-vous une sorcière du nom de Chouette-Hulotte, en provenance d'un village distant de deux semaines à l'est ? Je pense qu'elle a pu venir au palais pour consulter le roi et la reine.

Le garde eut un sourire. Lune songea qu'elle ne mépriserait pas trop quelqu'un qui bégaierait en sa présence.

— Sans doute pourrais-je transmettre un message à Leurs Majestés, dit-il enfin. Quelqu'un du palais a pu rencontrer ta préceptrice. Hé, Roseau ! lança-t-il au garde de l'autre côté de la porte. Cette femme cherche sa préceptrice, une sorcière qui s'est mise en quête du prince. Qui devrait-elle interroger, hein ?

Roseau arriva d'un bond, cape au vent. Il haussa les sourcils en contemplant Lune.

— Toutes les sorcières de Finimenz se sont mises à la recherche du prince, à un moment ou un autre. Comment se souvenir d'une en particulier ?

Lune se redressa et découvrit qu'elle était presque aussi grande que lui. Elle haussa un unique sourcil, mouvement qui produisait toujours son effet sur Féroce.

— Je suis navrée que votre mémoire ne soit pas ce que vous aimeriez qu'elle fût. Pourrais-je préciser qu'on n'a plus entendu parler de cette sorcière ?

— Impossible. Elles reviennent toutes, le chapeau à la main et de la crotte sur les chaussures en disant « Je vous demande pardon, monseigneur » et « terriblement navrée, madame ». On pourrait acheter et revendre tout ce bavardage avec le cuivre de mon fourreau.

— Quant à vous, lui dit sévèrement Lune, vous ne servez pas à grand-chose.

— Je sers davantage que tous ceux qui ont pu se lancer à sa recherche. Si seulement on avait envoyé mon unité...

Elle fixa son jeune et dur visage.

— Vous l'aimiez, n'est-ce pas ?

Il pinça brutalement les lèvres et la souffrance dans ses yeux le fit un instant paraître aussi jeune que Féroce. Ce fut un baume sur sa propre douleur.

— Comme tout le monde. Il était... il est le cœur même de ce pays.

— J'éprouve les mêmes sentiments pour ma préceptrice. Je vous en prie, puis-je parler à quelqu'un ?

Le garde poli, inquiet, les considérait à tour de rôle. Roseau se tourna vers lui et fronça les sourcils.

— Emmène-la... Dieu du ciel, je ne sais pas. Essaie le chambellan. Il s'imagine tout savoir.

Ainsi s'ouvrit la porte des Oiseaux pour Lune-très-Mince. Elle suivit le garde poli à travers une cour pavée qu'embrassaient les grands membres du palais, encadrée de colonnades aux sculptures représentant une foultitude d'animaux et de fleurs. Sur chaque colonne brûlait une flamme dans sa torchère en fer, crachotant dans la pluie, éclairant la cour comme une scène. Tout cela était très beau, bien qu'un peu sinistre.

Le garde la conduisit jusqu'à une petite porte cerclée de fer donnant sur un parloir immaculé. Un feu brûlait dans la cheminée en brique et révélait tapis, tentures et murs lambrissés noircis par l'âge. Le garde tira sur un cordon brodé proche de la porte et se tourna vers Lune-très-Mince.

— Je dois retourner au portail. Dites simplement au chambellan, sire Leyan, ce que vous savez de votre préceptrice. S'il existe une assistance quelconque par ici, il vous la fournira.

Quand il fut parti, elle s'enveloppa dans sa cape humide et se demanda si elle devait s'asseoir. Elle entendit alors des pas et une porte qu'elle n'avait pas remarquée s'ouvrit dans les panneaux.

Un homme très grand et très droit apparut. Ses cheveux étaient blancs, épais et lui caressaient les épaules, où ils rejoignaient un manteau de velours brodé de satin. Il ne sembla pas surpris par son apparence, ce que Lune considéra comme de bon augure.

— Comment puis-je vous aider ?

— Sire Leyan ?

Il branla du chef.

— Je m'appelle Lune-très-Mince. Je viens de l'est et je recherche ma préceptrice, la sorcière Chouette-Hulotte, qui est partie l'automne dernier pour dénicher le prince. Je pense à présent que... je ne la retrouverai plus. Mais il faut que j'essaie.

Horrifiée, elle sentit les larmes lui monter aux yeux.

Sire Leyan traversa la salle à longues enjambées et lui saisit les mains.

— Ma chère, ne pleurez pas. Je me rappelle votre préceptrice. C'était une femme angoissante, mais elle nous avait donné beaucoup d'espoirs. Elle n'est donc pas retournée auprès de vous ?

Lune déglutit et secoua la tête.

— Vous avez fait un long voyage. Vous allez prendre un bon bain et changer de vêtements, et je vais voir si quelqu'un peut vous en dire davantage sur votre maîtresse.

Avant que Lune ait pu savoir de quelle manière elle était arrivée là, elle se tenait dans une belle pièce sombre avec un lit aux tentures de velours et une cheminée plus grande que celle du parloir ; une femme au visage rubicond et aux cheveux en bataille était en train de verser des bidons d'eau dans une baignoire qui avait la forme et la couleur d'un cygne.

— Je n'ai jamais rien vu d'aussi ridicule, dit Lune, ébahie.

La femme au visage rubicond eut soudain un large sourire.

— Oui. Et il se peut que les seigneurs et les dames le pensent également mais qu'ils aient peur de l'avouer.

— L'un d'eux a dû l'acheter un jour.

— Certainement. Enfin, tout le monde n'a pas bon goût. Prenez votre bain et je vous apporterai des vêtements propres dans un instant.

— C'est inutile. J'en ai dans mon sac.

— Oui, mais sont-ils décorés de dentelle, chaque couture possède-t-elle une fleur ? Sinon, vous feriez mieux de me laisser vous les apporter, car on raconte que vous allez manger avec le roi et la reine.

— Vraiment ? lâcha Lune, horrifiée. Pourquoi ?

— Sire Leyan est allé les voir et ils ont dit de vous faire venir. Ne me regardez pas comme ça, je n'y peux rien.

Lune se récura et finit par avoir le corps tout rose et sentir le savon à la violette. Elle se lava trois fois les cheveux, se coupa les ongles et considéra avec désespoir le reflet dans le miroir. Elle ne pensait pas qu'elle dégoûterait quiconque au repas, mais il ne faisait aucun doute qu'elle avait devant elle Lune-très-Mince, grande, brune et franche.

— Allez, tenez, dit la femme rubiconde à la porte. J'ai pensé que ceci serait joli et que vous n'auriez pas l'air trop bête avec. Qu'en dites-vous ?

Elle portait, drapés sur les bras, une robe simple à col montant et un mantelet de velours roux. Ourlet et col étaient brodés d'or et représentaient des fleurs d'achillée. Lune fixa tout cela, puis leva les yeux sur la femme. Son expression demeurait impavide.

— C'est... c'est joli. C'est un peu trop, mais...

— C'est juste le minimum pour aller dîner dans la grande salle. Je vais vous habiller.

Elle l'aida à enfiler sa robe et lui fit passer par-dessus la tête des longueurs de tissu parfumé à la lavande. Puis elle peignit les cheveux de Lune, les tressa et les attacha avec un serre-cheveux en or.

— Parfait. Vous ressemblez assez à vous-même, mais sur votre trente et un, comme il se doit. Je vais vous conduire jusqu'à la grande salle à manger.

Lune jeta un dernier regard à son reflet. Elle ne trouva pas du tout qu'elle ressemblait à elle-même. Éberluée, elle suivit son guide hors de la chambre.

Elle sut le moment où elles furent presque arrivées à destination. Une odeur s'échappait de la salle, qui rappela à Lune qu'elle avait sauté trois repas. A la porte, la femme rubiconde l'arrêta.

— Ça ira, je pense. Pourtant... ne dites pas de mensonges, même si l'on vous en sert. Regardez tout le monde droit dans les yeux, même si personne ne le désire guère. Et prenez tout ce qu'on vous donnera de la main droite. Ça ne vous fera aucun mal.

Sur ce, la femme fit volte-face et disparut dans le labyrinthe du couloir.

Lune redressa les épaules et, l'estomac serré par la faim et la nervosité, elle entra dans la grande salle.

Elle resta bouche bée. Elle ne put s'en empêcher, bien qu'elle se fût promis de l'éviter. La salle avait la hauteur de deux chambres, la longueur et la largeur d'un champ de blé. Les deux cheminées étaient assez grandes pour contenir un bœuf entier. Des bannières pendaient à toutes les poutres, recouvertes de bêtes, d'oiseaux et de créatures dont elle ignorait le nom. Finimenz ne possédait pas assez de chandelles pour l'éclairer de haut en bas, ni la Mer-de-Bois assez de combustible pour la chauffer, aussi, comme la cour, était-elle belle et sinistre.

Les tables étaient disposées en U, la table d'honneur dressée au fond. A ses yeux émerveillés, toutes les places paraissaient occupées. C'était déjà assez gênant de devoir dîner en compagnie du roi et de la reine. Pourquoi n'avait-elle pas pensé que toute la cour serait également présente ?

A la table d'honneur, le roi se leva en souriant.

— Notre invitée ! lança-t-il. Venez, une place vous est réservée à côté de moi et de mon épouse.

Lune sentit son visage s'empourprer tandis qu'elle s'avançait vers la table d'honneur. La cour l'observait ; mais il n'y eut ni chuchotement ni mains levées pour cacher des lèvres qui bougeaient. C'était agréable, mais fort bizarre.

Elle disposait effectivement d'un fauteuil à côté de ceux du roi et de la reine. Le roi avait les cheveux blancs et de larges épaules, avec un visage ouvert, souriant, et de grosses mains. Les cheveux de la reine étaient blanc et or, ses yeux larges et gris comme des tempêtes. Elle souriait aussi, mais comme si elle répugnait à montrer ses sentiments.

— Sire Leyan nous a conté ton histoire, dit la reine. Je me rappelle ta préceptrice. Étais-tu restée longtemps auprès d'elle ?

— Toute ma vie, répondit Lune.

Des plats vinrent parader devant elle pour qu'elle pût se servir : viande rôtie, salades, pains, compotes, légumes, sauces, tranches de fromages. Elle pouvait se limiter à une bouchée de chaque et quitter encore la salle le ventre rebondi. Elle gardait la main gauche serrée entre les genoux de peur de l'utiliser. Tous les plats étaient excellents, mais pas autant que leur apparence ne le laissait croire.

— Tu es donc également sorcière ? demanda le roi.

— Je l'ignore. J'ai reçu les enseignements d'une sorcière et j'ai les connaissances d'une sorcière. Mais elle m'a également appris le jardinage et la charpenterie.

— Tu espères la retrouver ?

Lune le regarda et pesa sérieusement la question pour la première fois depuis la Mer-de-Bois.

— J'espère pouvoir apprendre qu'elle a été transformée et que je peux lui rendre son apparence normale. Je crois l'avoir rencontrée la nuit dernière dans les bois et l'espoir me semble bien lointain.

— Mais désires-tu continuer ? insista la reine. Que feras-tu ?

— Le seul but que je puisse imaginer est celui qu'elle s'était fixé, à savoir : retrouver votre fils.

Lune ne put comprendre pour quelle raison la reine se mit alors à pâlir.

— Oh, mon petit, non, fit le roi. Notre fils est perdu, ta préceptrice est perdue... quel bénéfice tirerais-tu de te jeter derrière eux ? Repose-toi ici, puis rentre chez toi et vis. Notre fils a disparu.

La salle était belle et riche, le roi beau et impressionnant. Mais il lui semblait soudain que le palais et ses occupants se recouvraient d'une couche de suie.

— A quoi ressemblait le prince ?

Le roi fronça les sourcils. La reine tira un médaillon de son vertugadin, en fit passer la chaîne par-dessus la tête et le montra à Lune. Il ne contenait pas la miniature précieuse à laquelle elle s'attendait, mais un croquis au crayon rapidement exécuté. Le premier objet sans apprêt qu'elle voyait dans ce palais.

— Il était trop remuant pour poser à l'intention d'un peintre, dit la reine avec tristesse. L'un de ses amis aime dessiner. Il m'a donné ceci... après la disparition de mon fils.

Peut-être lisait-il quand cet ami avait profité de cet instant de tranquillité pour s'emparer de son apparence. Le front haut s'appuyait sur une main aux doigts allongés ; il dirigeait les yeux vers le bas, cachés par les paupières. Les cheveux étaient à peine ébauchés ; clairs ou sombres, ils tombaient en bataille autour de la main qui servait de point d'appui. Même en écartant l'œil amical qui avait informé le crayon, Lune accorda aux filles de village le droit de commettre des folies pour ce garçon. Elle referma le médaillon et le rendit à la reine.

— Vous ignorez ce qui lui est arrivé. Comment pouvez-vous abandonner sans le savoir ?

— Nombreuses sont les choses en ce monde que je ne connaîtrai jamais, répondit sèchement le roi.

— J'ai rencontré au portail un homme qui pleure encore le prince. Il m'a dit qu'il était le cœur du pays. Rien ne peut vivre sans cœur.

La reine poussa un soupir et tourna le visage vers son assiette, mais elle resta coite.

— Il suffit, dit le roi. Si tu dois partir en chasse, fais-le. Mais je veux la paix et la tranquillité à ma table. Tiens, mon enfant, bois avec moi à la santé de la paix et de la tranquillité.

Il mit sa main sur la droite de Lune, qui reposait sur la nappe blanche, et il lui tendit sa tasse de vin.

Elle resta paralysée, fixant l'argent repoussé et son propre reflet. Puis elle leva les yeux et répondit :

— Non.

Un silence fracassant s'instaura dans la salle.

— Tu refuses de boire ?

— Je ne veux pas boire... à la santé de votre paix. Il n'en est aucune en ce lieu, bien que tout le monde se donne toutes les peines du monde pour le dissimuler. (Cela, elle savait pertinemment que c'était vrai.) Excusez-moi, ajouta-t-elle en retirant sa main de sous celle du roi, grosse mais molle. Je vais me coucher. Il me faudra partir tôt, demain.

Elle se leva et retraversa toute la salle, qui clapotait désormais dans un silence bien différent.

Une domestique l'attendait dans le couloir et la conduisit à sa chambre. Elle y trouva ses propres vêtements propres, secs, pliés, le feu alimenté, le lit ouvert. La femme au visage rubicond n'était pas présente. Elle ôta ses atours, les posa sur un fauteuil et enfila sa vieille chemise de nuit. Puis elle s'approcha du miroir pour libérer et brosser sa chevelure.

Elle avait l'épingle à la main et allait la poser quand elle vit ce que c'était. Une petite grenouille en train de bondir. Mais en or, désormais.

Elle lui appartenait. Ces jambes en extension, ces yeux globuleux, la moindre irrégularité... c'était bien son épingle. Elle se précipita vers la porte et l'ouvrit brutalement.

— Hé ? lança-t-elle. Oh, et puis zut !

Elle rentra dans sa chambre et la fouilla pour finir par découvrir le cordon déguisé en bout de tenture.

Au bout de quelques instants, une jeune fille aux cheveux noirs et aux yeux brillants se présentait à la porte.

— Oui, m'dame ?

— La femme qui m'a aidée, qui m'a versé mon bain et m'a apporté mes vêtements. Est-elle toujours ici ?

La fille parut décontenancée.

— Pardonnez-moi, m'dame. J'ignore qui s'est occupée de vous. A quoi ressemblait-elle ?

— Ma taille, à peu près. Avec un visage rubicond et des cheveux minces en bataille.

La fille la contempla un long moment et répondit :

— M'dame... en êtes-vous sûre ? Je ne vois ici personne qui ressemble à ça.

Lune se laissa lourdement tomber dans le fauteuil le plus proche.

— Pourquoi ne suis-je pas surprise ? Merci beaucoup. Je ne voulais pas te déranger.

La fille hocha la tête et referma la porte derrière elle. Lune éteignit les chandelles, grimpa dans le lit et resta éveillée pendant une période inhabituellement longue.

Dans l'aube grise et humide, elle s'habilla, mit son sac en bandoulière et, en prenant simplement tous les escaliers descendants, découvrit une porte qui s'ouvrait sur l'extérieur. Il s'agissait d'une petite poterne donnant sur un jardin potager et une cour de buanderie clôturée de pierres. En bordure de l'allée, un homme était accroupi près d'une charrette et réparait une roue.

— Hé, m'selle ! lança-t-il, sa voix semblable à une bêche enfoncée dans du gravier. T'nez-moi c't'essieu, voulez ben ?

Lune poussa un soupir. Elle voulait partir. Elle voulait se mettre en route parce que ce serait agir un peu. Et elle voulait sortir de ce lieu magnifique qui avait perdu son âme. Elle se pencha au-dessus d'un buisson de rhubarbe et souleva l'essieu.

Ce qui avait endommagé la roue avait aussi fendu l'essieu ; une longue écharde pénétra dans la main droite de Lune. Elle cria et ôta sa main. Le sang coula de la coupure et tomba parmi les tiges de rhubarbe... quelques gouttes seulement. Puis il cessa de couler.

Effrayée, Lune leva les yeux sur l'homme à la roue.

C'était l'homme au chariot de foin, les cheveux blancs, les yeux aussi verts et gris que ceux d'un sage. Le visage rougeaud, sombre. Rubicond, comme la femme qui avait...

La femme qui l'avait aidée la veille était celle du chariot de foin. Pourquoi ne l'avait-elle pas reconnue ? Mais elle s'en souvenait, à présent, ainsi que des yeux verts, et même du fétu de foin dans les cheveux en bataille. Lune se releva d'un bond.

Le vieillard lui prit la main.

— La rhubarbe nettoie et la rhubarbe signifie le conseil. Tourne-toi. Tu as à faire là-dedans.

Il pointa un doigt rouge et rude vers le palais, en haut de la tourelle d'angle la plus proche. Puis il se leva, épousseta son pantalon, s'engagea dans l'allée et disparut.

Lune ouvrit la bouche, ce dont elle avait été incapable jusqu'alors. Elle sentait encore la pression de sa main, chaude et couverte de cals. Elle baissa les yeux. Dans la paume qu'il avait tenue se trouvait un brin d'hysope et une tige de genêt, ainsi qu'un bout de liseron tout entortillé.

Lune se précipita par la porte de la poterne et monta le premier escalier en colimaçon qu'elle trouva pour arriver au bout des marches. Puis elle se rua en tous sens. Dans quelle direction se trouvait cette fichue tourelle ? Elle s'orienta en regardant par les fenêtres du couloir. Ce devait être cette porte. Elle voulut l'ouvrir ; elle résista.

Il aurait pu garder son bouquet et me donner une clé, songea-t-elle furieusement. Puis : *Mais, c'est ce qu'il a fait !*

Elle prit le liseron, le fourra dans le trou de la serrure et ordonna :

— Tourne, détourne, recule devant le tournant du jour. Ce que le fer a tourné pour verrouiller, l'herbe le tournera dans l'autre sens.

Le métal grinça contre le métal et le penne céda.

La chambre d'un jeune homme, congelée dans le temps. Un justaucorps de cuir piqué et peint, en boule sur un fauteuil ; une bibliothèque aux livres en rangée de reliures éclatantes ; une flûte en bois et une paire de gants en cuir posés sur un coffre en cèdre ornementé ; un lit défait, la courtepointe à moitié répandue sur le sol.

Une chambre figée en un tableau d'atrocité et d'accusation. Car Lune le sentait bien, ce qui s'était passé ici, qui se passait toujours parce que la chambre n'avait pas été touchée. Vigne de Judée et aubépin, scutellaire, jusquiame et fougère blanchis et ratatinés sous la pierre. Lune reconnut leurs senteurs et leur force contournée tout autour d'elle, la puissance du travail qu'ils avaient produit et la honte qui les gardaient au secret.

De la poussière de feuilles et de fleurs sur le linteau de la porte, sur l'appui de toutes les fenêtres, formant comme des coutures sur le moindre pli des rideaux du lit. Elle serra les poings sur les herbes dans sa main quand la rage bourgeonna en elle et se répandit.

A l'aide du genêt et de l'hysope, elle épousseta le linteau, les fenêtres, les rideaux.

— Joyeux ou attristés, derniers ou premiers, entonna-t-elle en maniant ses armes, crachant tous les mots avec fureur, volez et soyez chassés, ou restez et soyez maudits !

— *Que faites-vous ici ?* lança une voix à la porte, et Lune virevolta, leva son bouquet comme une dague.

C'était le roi, manteau dépenaillé, cheveux dépeignés. Le visage blanc et cadavérique, il avait les yeux dilatés d'un homme qui voit l'échafaud et sait que le nœud coulant l'attend.

— Vous êtes responsable de ceci, souffla Lune. (Et, plus fort :) — Vous l'avez donné au roi des Pierres, de votre propre main.

— Il le fallait, chuchota-t-il. Il a fait de moi un mendiant. Mon fils en était le gage.

— Vous l'avez emprisonné sous terre. Et vous avez laissé ma maîtresse trouver la... trouver la *mort* pour payer votre gage.

— C'était sa vie ou la mienne !

— Votre femme sait-elle ce que vous avez commis ?

— Sa femme l'a aidé à le commettre, dit la reine en sortant de l'obscurité du couloir. (Elle se tient bien droite, le visage paisible, comme si elle acceptait la corde.) Parce qu'il était son amour et l'autre son fils uniquement. Parce qu'elle redoutait de perdre son pouvoir de reine. Parce qu'elle était folle, et faible. Puis elle a gardé le secret, parce qu'elle avait le cœur noir et brisé et qu'elle pensait que rien de pire ne pouvait arriver.

Lune se tourna vers le roi.

— Expliquez-moi, ordonna-t-elle.

— Je chassais seul, dit le roi d'une voix tremblante. Je débusquai un sanglier. Je... j'avais l'orgueil d'un adolescent et le bras d'un vieillard, le sanglier était trop fort pour moi. Je saignais, je souffrais, j'étais presque aveugle quand j'entendis des pas. Je criai pour avoir de l'aide.

« — Tu es en train de mourir », me dit-il, et je le niai en pleurant. « Je ne veux pas mourir », répétais-je sans cesse. Je lui promis n'importe quoi s'il me sauvait la vie.

La voix du roi faiblit et s'arrêta.

— Où ? demanda Lune. Où cela s'est-il passé ?

— Dans le bois, sous le mont du Sureau. Près de la cascade qui alimente la rivière qu'on appelle la Rieuse.

— Indiquez-moi la route, ordonna-t-elle.

Le ciel était blanc et brumeux, l'air chaud et immobile. Lune épongeait la sueur sur son front tout en marchant. Elle aurait pu exiger un cheval, mais elle marchait depuis le début et la distance qui restait à parcourir ne représentait plus grand-chose. Elle espérait qu'il ferait plus frais sous les arbres.

Son espoir fut déçu ; les moustiques s'acharnaient sur son visage, ainsi que les mouches voraces. Lune agitait régulièrement les mains en escaladant les roches. Le temps lui parut long avant qu'elle entende la cascade, puis elle la vit. Elle se débattit pour retrouver la clairière et se demanda : en existait-il plusieurs ? ou une seule, si petite qu'elle risquait de passer à côté sans la voir ? Elle ne disposait que des indications d'un homme effrayé qui croyait qu'il allait mourir.

Dans un rai de soleil, elle aperçut un bout de blanc crémeux... la tête d'une fleur, ronde et plate comme une petite assiette, réduite par sa floraison précoce. Elle leva les yeux, se rendit compte qu'elle se tenait à l'orée d'une clairière et qu'elle n'était pas seule.

Il portait une armure, plaques gris mat aux estompages fantastiques, décorée d'émail noir. Il avait sur tout cela une cape grise, rejetée en arrière de ses épaules, mais la capuche relevée et rabattue sur le front. Lune ne pouvait distinguer son visage.

— Selon l'ordre normal des choses, dit-il d'une voix tranquille et sonore, je me rends auprès de ceux que je désire voir. Je ne suis pas habitué aux invités imprévus.

L'armure était en ardoise et en obsidienne, car il s'agissait du roi des Pierres.

Lune-très-Mince était incapable de parler. Elle pouvait donner des ordres au roi de Finimenz, mais elle avait devant elle un roi dont l'empire n'était pas échu par un accident héréditaire ni l'approbation des mortels. Il constituait un pouvoir incarné, une force paisible de peur révérencielle et de terreur.

— Je suis venue chercher un homme et son âme, chuchota-t-elle. Ils furent pris à tort.

— Jamais je ne prends à tort. Es-tu certaine de ce que tu affirmes ?

Elle sentit son visage s'échauffer, puis se glacer en songeant à ce qu'elle avait dit : elle l'avait accusé.

— Non, admit-elle d'une voix grinçant sous la peur. Mais je sais qu'ils furent donnés à tort. Ceux qui te les ont donnés n'en avaient nul droit.

— Tu parles du prince de Finimenz. Ils étaient ses parents. Voudrais-tu que quiconque puisse dire qu'il ne peut donner ce qu'il a fabriqué ?

Les lèvres de Lune s'écartèrent pour prononcer une parole ; puis, horrifiée, elle le regarda fixement. Son esprit se débattit dans la logique, remonta jusqu'à la racine de sa question.

Il exprima à voix haute la pensée qu'elle avait alors.

— Tu as assisté à la mort d'un enfant, provoquée dans le sein de sa mère pour sauver celle-ci. Quelle est la différence ?

— C'est quand même différent ! s'écria-t-elle. Lui était un adulte et il s'était façonné à sa manière.

— Il avait le rire de sa mère, le nez de son grand-père. Son père lui apprit à monter à cheval. Quelle part de lui-même lui restait-il en propre ? Dis-moi, et nous verrons si je devrais rendre cette partie.

Lune porta les poings aux lèvres, comme si elle pouvait ainsi se forcer à réfléchir jusqu'au bout avant de parler.

— Son père lui apprit à monter, répéta-t-elle. Si le cheval refuse de traverser un gué, qu'est-ce qui pousse le père à user des éperons et le fils à mettre pied à terre et user de la bride ? Il a le rire de sa mère... mais devant quoi rit chacun d'eux ?

— Certes, dit le roi des Pierres. Bien, par goût de la discussion, je dirai que son esprit, ainsi que son cœur, sont à part. Et son corps ?

— Les corps grandissent grâce à l'alimentation et à l'exercice, repartit Lune. (Le terrain où elle s'avançait à présent était plus ferme.) Pensez-vous que le roi et la reine l'aient fait à sa place ?

Le roi des Pierres rejeta en arrière sa tête encapuchonnée et son rire fut un son glacial et tonitruant. Il replongea Lune dans une terreur raisonnable. Elle recula d'un pas et se retrouva contre un tronc d'arbre.

— Et son âme ? demanda enfin le roi des Pierres.

— Celle-ci n'appartenait pas à sa mère ni à son père, dit Lune, à peine audible à ses propres oreilles. Si elle appartenait à quelqu'un en dehors de lui-même, je pense que vous n'auriez pu l'arracher à sa mère.

Le silence régna longuement dans la clairière. Puis il déclara :

— Je viens de recevoir une bonne leçon. Pourtant, un marché fut conclu, un travail fut réalisé et les deux parties savaient à quoi elles s'engageaient et ce que cela impliquait. Légalement, le contrat fut respecté.

— C'est inexact. Sous l'effet de la peur, le roi vous promit n'importe quoi, mais jamais il n'aurait pensé à la vie de son fils !

— Il aurait donc pu me la refuser et mourir. Il me proposa « n'importe quoi », ce qui voulait dire la vie de son fils, de sa femme, tout son royaume.

Il l'avait stoppée par ses paroles. Mais, à cours de mots, désormais inutiles, elle sentait encore en elle un nœud de colère devant ces événements, une indignation devant un acte qui, elle le savait malgré toutes les paroles, était mauvais.

Elle l'exprima donc à haute voix :

— C'est un méfait. Ce fut un contrat qu'il ne fallait pas conclure et encore moins respecter. Je le sais.

— Qu'est-ce qui te conduit à dire cela ? demanda le roi des Pierres.

— Mon jugement. Ma tête. (Lune déglutit.) Mon cœur.

— Ah. Et que sais-je de ton jugement ? Est-il bon ?

Elle se frotta le visage. Il avait parlé avec légèreté, mais Lune savait que cette question n'avait rien de léger. Elle devait dire la vérité ; il lui fallait trouver la vérité.

— Il n'est pas parfait, répondit-elle à contrecœur. Mais oui, je pense qu'il vaut bien celui de la plupart des gens.

— T'y fies-tu suffisamment pour le mettre à l'épreuve ?

Lune leva la tête et le regarda fixement, inquiète.

— Quoi ?

— Je vais mettre ton jugement à l'épreuve. Si je le trouve bon, je te laisserai libérer le prince de Finimenz. Sinon, je le garderai et tu remporteras chez toi ta colère, ton indignation et ton échec pour les nourrir comme des enfants le restant de ta vie.

— Est-ce là une prophétie ? demanda Lune d'une voix rauque.

— A toi de le prouver, si tu veux. Acceptes-tu mon épreuve ?

Elle reprit longuement son souffle en tremblant.

— Oui.

— Approche, donc.

Sur ce, il rabattit sa capuche en arrière.

En dessous, ce n'était pas un casque de pierre, ni une tête monstrueuse. Elle vit le visage d'un homme à la peau blanche, osseux, nerveux, sans la moindre mollesse, et les longs cheveux noirs jaillirent de la capuche. Les orbites de ses yeux restaient dans une ombre noire, alors que la lumière qui tombait dans la clairière aurait dû éclairer toute la figure. Lune le considéra et fut plus effrayée qu'elle l'eût été par une monstruosité, car elle savait que rien de ceci, armure, visage, yeux, n'avait le moindre rapport avec sa forme véritable.

— Avant de commencer, dit-il de sa voix douce et froide, il est encore une vie que tu ne m'as point réclamée, celle que je pensais que tu voudrais en premier lieu.

Le courage de Lune retomba et elle ferma les yeux.

— Chouette-Hulotte.

— Tu ne peux la récupérer. Aucune traîtrise avec elle. Elle au moins, je l'ai prise justement, car elle me salua et m'accueillit gracieusement.

— Non ! s'écria Lune.

— Elle souffrait d'une maladie incurable, avant même de te quitter. Mais elle me demanda de lui donner des ailes pour une nuit, afin que tu le saches, et je le lui accordai volontiers.

Elle crut avoir déjà pleuré tout son soûl pour Chouette-Hulotte. Mais c'était là sa dernière mort, la mort de son petit espoir idiot, et elle versa pour celui-ci et pour Chouette-Hulotte des larmes lourdes et silencieuses.

— Voici donc mon épreuve. (Il tendit les mains, ses doigts revêtus de mailles pliés sur ce qui reposait dans les paumes.) Tu n'as qu'à choisir.

Il ouvrit les doigts et révéla deux bagues, l'une en argent, l'autre en or.

Elle porta son regard des bagues au visage et son expression dut être loquace.

— Tu es une sorcière, dit le roi des Pierres, gentiment moqueur. Tu déchiffres les symboles, tu les fabriques, les façonnes en filets qui capturent la vérité. C'est là la substance de ta formation, de lire la vraie nature des choses. Voici ces symboles : choisis l'un d'eux. Prends le plus vrai. Prends le meilleur.

Il avança une main, puis l'autre.

— L'or ou l'argent ? La gauche ou la droite ? La nuit ou le jour, la lune... (encore cet air moqueur) ou le soleil, l'eau ou le feu, la montée ou la descente, le féminin ou le masculin. En ai-je oubliés ?

Lune essuya les larmes sur ses joues et contempla les bagues en se renfrognant. C'étaient de simples anneaux de métal poli, pas vraiment destinés à devenir des bagues. Des cercles, complets en eux-mêmes, innocents de toute égratignure ou ternissure.

L'or ou l'argent. Arrachés à la terre, forgés dans le feu, refroidis dans l'eau, percés par l'air. L'or était plus rare, l'argent plus dur, mais les deux étaient des métaux purs. Devait-elle choisir la rareté ? La dureté ? La couleur la plus claire ? Mais l'un comme l'autre possédait un vif éclat. La couleur de la lune ? Mais elle avait vu la lune, basse sur l'horizon, aussi jaune qu'une pêche. Et la lumière de la lune était le reflet de la lumière du soleil, dont la couleur paraissait jaune bien que dans le ciel elle fût d'un blanc brûlant, et dont le métal était l'or. On ne pouvait choisir entre les deux.

Le sang lui monta au visage, les mains gantelées et leurs deux bagues s'embrumèrent devant ses yeux. C'était cela.

Son regard se dressa vers le visage du roi des Pierres.

— C'est un faux choix. Ils sont égaux.

En prononçant ces mots, elle sentit son cœur exécuter un unique bond de terreur. Elle s'était trompée. Elle était vaincue, elle était folle. Les doigts du roi des Pierres se refermèrent sur les bagues.

— Prends cette piste jusqu'à une roche de granit, puis entre deux coudriers. C'est là que tu le trouveras.

Elle restait seule dans la clairière.

Lune s'engagea sur la piste, hébétée de soulagement, de tension envolée. Elle trouva la roche, les deux jeunes coudriers, minces et couverts de feuilles d'un vert fragile, et passa entre eux.

Elle plongea immédiatement en plein soleil, dans l'insolite. Une autre clairière, tapissée d'herbe épaisse, les étoiles des fleurs du printemps, entourée d'arbres en fleurs... mais les arbres en fleurs ne fructifiaient pas ainsi, telle l'enfant vaniteuse qui porte tous ses colifichets à la fois. Elle vit des pommes, des cerises et des poires sous les fleurs pâles, mûres et sans taches. De l'autre côté de la clairière, une pierre plate surgissait de l'herbe. Dessus, comme endormi, reposait un jeune homme, vêtu de manière exquise.

Des cheveux dorés, songea-t-elle. *C'est pour cela que le trait était aussi léger. Comme de l'ambre, ou du miel.* Le beau visage ressemblait beaucoup au croquis dont elle se souvenait, comme la main d'érudit posée à côté sur la pierre. Elle s'avança.

A côté de la pierre, les branches noires d'un arbre se soulevèrent, s'écartèrent de leurs voisines et du tronc... Ce n'était pas un arbre. Un cerf s'avança dans la clairière, dispersant les fleurs de pommier avec l'ampleur de ses bois. Il avait un pelage noir comme le charbon et les pointes de ses bois, au nombre de douze ou plus, étaient d'un noir éclatant. Il avait de grands yeux rouges.

Il renâcla et baissa la tête, de telle sorte qu'elle le vit à travers une forêt de dagues noires et luisantes. Il déchira le gazon d'un sabot fendu.

J'ai franchi son épreuve avec succès ! s'écria-t-elle.

N'avait-elle pas gagné ? Alors, pourquoi ceci ? *C'est là que tu le trouveras*, lui avait dit le roi des Pierres. Puis sa colère remonta quand elle se rappela une autre phrase qu'il avait prononcée : *Je te laisserai libérer le prince de Finimenz.*

Qu'était-elle donc censée faire ? Abattre ce cerf de ses propres mains ? L'effrayer par un froncement de sourcil ? Le transformer en...

Elle poussa un petit cri à cette idée et le cerf, surpris, se mit à charger. Elle bondit derrière le mince tronc d'un cerisier. Le tissu se déchira quand le cerf se libéra de sa cape.

Le personnage sur la pierre n'avait pas bougé. Elle le contempla en sachant que ses yeux devraient se fixer sur le cerf, surveiller sa respiration.

— Oh, quel tour *idiot !* lança-t-elle dans le vide avant de crier à l'adresse du cerf : — Fleur, feuille et tige, ô toi, je t'adjure de revenir tel que tu devais être. Coque humaine et esprit humain, bannissez ceux du daim ou de la biche.

Elle songea que cela était assurément ridicule, vu qu'il ne s'agissait pas du tout d'une biche.

Il gisait sur l'herbe, nu, le poil couleur de miel de la tête aux pieds. Il avait les yeux fermés, mais ses sourcils étaient froncés, comme s'il luttait pour quitter le sommeil. Une longue main bronzée se plia et se raidit. Ses yeux s'ouvrirent brutalement, braqués dans le vague ; les doigts se crispèrent à nouveau ; il finit par les regarder, comme s'il devait se forcer, redoutant ce qu'il allait voir. Lune l'entendit reprendre sèchement son souffle. Il ne restait plus rien sur la pierre plate.

Un mouvement de l'autre côté de la clairière attira le regard de Lune et elle leva les yeux. Parmi les arbres se tenait le roi des Pierres dans son armure grise. Le soleil se reflétait dessus, dans son visage sans sourire, perçait l'obscurité de ses orbites. Elle vit qu'il avait des yeux aussi verts que ceux d'un sage.

Le prince s'était relevé sur les coudes. Lune vit le tremblement des bras et du dos. Elle ôta sa cape déchirée de ses épaules et l'en enveloppa.

— Peux-tu parler ? lui demanda-t-elle. Elle releva les yeux. Ils étaient désormais seuls dans la clairière.

— Je ne... oui, répondit-il, tel un corbeau qui chuchote. (Il eut un petit rire aigu. Il tendit une main tremblante.) Dis-moi. Tu ne vois pas de sabot, n'est-ce pas ?

— Non, mais tu en avais quatre, auparavant. Tu n'es plus aussi impressionnant, sous cette forme.

Il éclata encore de rire, mais cette fois-ci le son provenait du fond de la poitrine.

— Tu ne m'as jamais vu tout couvert de satin et de perles comme un éléphant savant.

— Non, fort heureusement. Tu peux te lever ? Appuie-toi sur moi, si tu veux, mais nous devrions partir d'ici.

Il lui étreignit l'épaule (les longs doigts d'érudit étaient très robustes) et il se releva péniblement, puis se serra un peu plus dans la cape de Lune.

— Par où va-t-on ?

La traversée du bois lui fut difficile, parce qu'elle savait combien elle devait l'être pour lui, pieds nus, désorienté, arraché à son environnement et à son époque. Après avoir trébuché assez gravement, il s'affala contre un arbre et lâcha un petit rire.

— J'espère que ça passera. Je vois dans ma mémoire des éclairs de ce bois, mais j'ai l'impression d'avoir des yeux de part et d'autre de la tête.

— Le souvenir s'estompe, dit-elle. Ne t'inquiète pas.

Il la regarda rapidement, de la souffrance sur le visage.

— Vraiment ? (Il secoua la tête.) Pardonne-moi... m'as-tu donné ton nom ?

— Je m'appelle Lune-très-Mince.

Il lui demanda d'un air très grave :

— Es-tu montante ou descendante.

— Cela dépend du moment.

— Cela semble logique. Acceptes-tu de m'appeler Robin ?

— Si tu le désires.

— Oui, je t'en prie. Je suis terriblement heureux d'avoir retrouvé un nom.

Les arbres finirent par s'écarter et, dans un repli de coteau verdoyant, ils découvrirent une ferme. Un homme se tenait à la porte du bâtiment et les regardait s'approcher. Quand ils furent assez proches pour distinguer sa calvitie et son manteau en laine, il bougea : il fit trois pas hésitants dans son jardin ; il se mit à crier et courut vers eux. Une grande femme ronde apparut à la porte en tordant son tablier. Alors, elle aussi se mit à courir.

L'homme s'arrêta juste devant eux, bouche bée, le visage devenu un modèle d'espoir, et de peur que l'espoir ne lui fût arraché.

— Votre Altesse ?

Robin branla du chef.

La femme toute ronde avait rejoint son mari. Des larmes lui coulaient sur le visage. Elle ordonna calmement :

— Cardère, ne les laisse pas d'bout dans la cour. On dirait qu'on les a traînés à travers les ronces, tous les deux, et probable qu'y sont aussi affamés qu'des chats sauvages. (Elle s'avança et toucha en hésitant la joue du prince.) Vous êtes revenu, chuchota-t-elle.

— Je suis revenu.

On les nourrit de pantagruélique façon, Robin reçut des vêtements plus décents de toile et de cuir appartenant au fils aîné de Cardère.

— Nous allons devoir partir, annonça enfin le prince à regret.

— Bien entendu, acquiesça Cardère. Oh, qu'y vont être contents d'vous r'voir, au palais.

Lune vit à nouveau l'ombre d'une souffrance traverser rapidement le visage de Robin.

Ils foulèrent les fougères fraîches, le soleil couchant dans le dos.

— Je préférerais... (Robin hésita et recommença.) Je préférerais ne pas arriver ce soir au palais. Cela ne te dérange pas ?

Lune scruta son visage.

— Voudrais-tu rester seul ?

— Non ! Je suis seul depuis... combien de temps ?

Un an ? Cela suffit. A moins que tu ne veuilles pas passer la nuit à la belle étoile.

— Ce serait idiot de m'arrêter maintenant que je m'y suis habituée, déclara joyeusement Lune.

Ils campèrent en bas d'une colline proche d'un ruisseau comme s'assombrissait le ciel et que sortaient les étoiles, semblables au givre. Ils n'avaient pas besoin de faire de la cuisine, mais Lune alluma quand même un feu. Elle sentait son regard sur elle ; elle savait quand il la regardait et se demanda pourquoi elle le ressentait aussi nettement. Quand il fit vraiment noir et que Robin contempla les flammes, Lune demanda :

— Tu es donc au courant ?

— De la manière dont je... ? Oui. Juste avant... il y eut un moment où je sus ce qui s'était fait et qui l'avait fait. (Il entrelaça ses doigts bronzés sur la bouche et resta un moment silencieux ; puis il demanda.) Ne vaudrait-il pas mieux éviter ce retour ?

— Tu le désirerais ?

— Si cela était préférable.

— Que ferais-tu donc ?

Il poussa un soupir.

— Je partirais cultiver les pommiers.

— Eh bien, ce ne serait pas préférable, dit Lune d'un ton désespéré. Il faut que tu reviennes. J'ignore ce que tu trouveras à ton arrivée. J'ai lancé sur ton père et ta mère une malédiction et un bannissement et je ne sais pas vraiment comment ils réagiront.

Il leva le regard, le feu brillant dans ses yeux.

— Tu as fait cela ? Au roi et à la reine de Finimenz ?

— Penses-tu qu'ils ne le méritaient pas ?

— Je regrette qu'ils le méritent.

Il ferma les yeux et laissa retomber son menton sur les mains jointes.

— Je pense que tu es le cœur du pays, dit Lune, surprise.

Ses yeux se rouvrirent soudain.

— Qui a dit cela ?

— Un garde à la porte du palais. Il tombera probablement à genoux en te voyant.

— Malheur et cendres, dit le prince. Peut-être pourrai-je entrer par la porte de derrière.

Ils se séparèrent le lendemain en vue des murailles de Grand-Menz.

— Tu ne peux me laisser accomplir cela tout seul, protesta Robin.

— A quoi te servirais-je ? Je suis encore moins au courant que toi, même si tu as effectivement un an de retard.

— Beaucoup d'événements se produisent en un an, répondit-il doucement.

— Et beaucoup ne changent pas. Tu t'en tireras sans peine. Rappelle-toi que tout le monde t'aime et a besoin de toi. Pense à eux et tu n'auras pas à t'inquiéter sur ton sort.

— Est-ce ton expérience qui te fait dire cela ?

— Un peu. (Lune ravala la boule qu'elle avait dans la gorge.) Mais je ne suis qu'une sorcière de campagne et ma place est à la campagne. Deux jours à l'est, à pied, juste sur l'autre rive de la rivière du Forgeron. Si jamais tu effectues un voyage officiel, arrête-toi pour prendre le thé.

Elle se retourna et s'éloigna à grands pas avant qu'il (ou qu'elle) n'ait pu dire ou faire de bêtise.

Au cours des semaines suivantes, Lune se demanda comment ce voyage avait pu lui paraître aussi étrange. Si la Mer-de-Bois regorgeait de fantômes, aucun n'était en rapport avec elle. La prairie herbeuse était impressionnante, mais ce n'était que de l'herbe où régnait une grande chaleur. A Petit-Menz, elle passa la nuit et le gamin blond se souvenait d'elle.

— Avez-vous retrouvé votre maîtresse ?

— Non. Elle est morte. Mais il me fallait l'apprendre. Le voyage ne fut pas inutile.

Il savait déjà que le prince était revenu ; tout le monde le savait, comme si la nouvelle avait balayé le royaume à l'instar du coton sauvage. Elle n'en parla même pas.

Elle rentra chez elle et commença à remettre de l'ordre. Il ne lui fallut pas longtemps. Le jardin n'aurait rien de remarquable, cette année-là, mais sa production suffirait ; il était rempli de plantes spontanées issues des graines de l'an passé. Elle se jeta au travail ; c'était un baume pour le cœur. Elle gardait l'esprit fixé sur les besoins de ses voisins pour l'écarter des siens. Elle savait à présent que sa théorie était juste, que la terre, l'air, le feu et l'eau faisaient partie d'un tout, qu'ils étaient unis, reliés, un peu comme la joie et la douleur.

— Tu as grandi, lui dit Barbotine Largeau, mais sur un ton méditatif, comme si elle voulait parler d'autre chose que de la taille, qui ne suscitait pas en elle une joie ineffable.

L'année grimpa jusqu'au milieu de l'été et toutes les pompes de la vie. Lune se rendit au village pour la Saint-Jean et regarda les jeux avant de se trouver en train de remonter la pente de la colline. Elle se sentait incroyablement âgée. Le jour même de la Saint-Jean, elle mit son tablier et sortit arracher les mauvaises herbes entre les dalles.

Elle sentit dans la terre la vibration avant de l'entendre. Des sabots de cheval qui montaient. Elle se redressa.

Le cheval avait une robe couleur noisette et le cavalier une chevelure couleur miel. Arrivé au portail, il tira sur les rênes, se laissa glisser de selle, la regarda avec une question dans les yeux. Elle ne savait trop ce qu'il voulait dire, mais elle comprit qu'il s'agissait d'une question.

Elle retrouva sa voix.

— Voyage officiel ?

— Pas le moins du monde. (Sa voix ressemblait bien à ce qu'elle se rappelait, chaque fois qu'elle n'avait pas eu le bon sens de noyer ses souvenirs dans le bruit.) Ai-je quand même droit au thé ?

Elle avait les mains glacées et nouées dans son tablier.

— A la menthe ?

— Ce sera parfait.

Il attacha son cheval à la clôture et franchit le portail.

— Comment s'est passé le retour, finalement ?

Elle respirait péniblement et se maudissait d'avoir la bouche aussi desséchée.

— Mal pour sa partie inéluctable. Mes parents ont choisi l'exil. Ils me manquent... ou du moins, ils me manquent tels qu'ils furent jadis. Tout le reste va assez bien. Ce royaume a toujours été raisonnable et agréable.

A présent qu'il était plus près, Lune voyait sa pomme d'Adam monter et descendre quand il déglutissait, et son pouce tournait sans cesse la bague qu'il portait au majeur.

— Lune, dit-il soudain, doucement, comme si c'était la première parole qu'il prononçait. (Il prit un objet à l'intérieur de son pourpoint et le lui tendit.) Voici pour toi. (Il ajouta rapidement, sur un ton plus léger.) Tu serais surprise des difficultés que l'on rencontre pour en trouver. J'ai pensé que mieux valait la cueillir tant que je le pouvais et te la donner séchée et aplatie, autrement je serais arrivé ici les mains vides.

Elle regarda fixement la tige verte bien droite, le bouquet de fleurs bleu nuit encore bien colorées, le fantôme douceâtre de vanille. Ses doigts se serrèrent encore plus sur le tablier.

— C'est un héliotrope, parvint-elle à dire.

— Oui, je sais.

— Est-ce que... tu sais ce qu'il signifie ?

— Oui.

— C'est l'attachement.

— Je sais. (Robin la regarda droit dans les yeux, comme il le faisait depuis qu'il avait prononcé son nom, mais son visage parut quelque peu faiblir.) Légèrement sec, mais pour toi, si tu l'acceptes.

— Je suis une sorcière de campagne, déclara Lune d'une voix plus forte qu'elle ne l'avait voulu. Je ne veux pas cesser de l'être.

Robin eut un petit sourire, un curieux petit sourire.

— Je n'ai jamais dit le contraire. Mais cette fleur t'appartient, que tu l'acceptes ou non. Et je veux que tu la prennes, parce que mon bras commence à fatiguer.

— Oh ! (Lune sortit les mains de son tablier.) *Oh !* Est-ce qu'il n'existe pas une plante dans ce malheureux jardin qui signifie « Je t'aime aussi ? » *Zut !*

Elle se précipita dans ses bras et il les referma sur elle.

Il était une fois, au royaume de Finimenz, un roi qui était jeune et beau, bon et sage, et responsable d'un total de six nouvelles variétés de pommes. Il était la même fois une reine en Finimenz qui avait résolu l'énigme de l'or et de l'argent : toute chose est liée sans commencement ni fin, rien ne peut être compris tant que tout ce qui est séparé n'est pas réuni. Ils ne vécurent pas heureux à tout jamais, car rien ne vit à tout jamais ; mais ils vécurent aussi longtemps qu'il le fallait, puis entrèrent ensemble dans le pays où les arbres portent à la fois des fleurs et des fruits, où jamais ne se fanent les fleurs printanières.

LA MORT ET LA DAME
(Death and the Lady)

JUDITH TARR

I

L'année qui suivit la Grande Peste, on réalisa la meilleure moisson de mémoire d'homme. La meilleure et la pire, car nous fûmes bien peu à la rentrer ; les hommes qui avaient survécu à la peste étaient tous partis (même les adolescents) livrer les interminables guerres des puissants. Il ne restait plus que quelques vieux, des éclopés, des demeurés, et les femmes. Nous plaisantâmes, cette année-là, de la manière dont l'Ange de la Mort avait pris sa part d'hommes, et le seigneur et comte le restant.

Nous fîmes ce que nous pûmes, à Sency-la-Forêt. J'avais perdu un bébé, cet été-là, j'avais failli y laisser la vie et j'étais encore un peu faible ; malgré tout, j'aurais voulu moissonner l'orge si mère Adèle ne m'avait surprise la faux à la main. Elle avait la langue bien pendue, mère Adèle, et la bure de saint Benoît n'avait pu la raccourcir. Elle prit ma faux, releva sa robe et s'engagea dans les sillons à ma place après m'avoir ordonné d'aller m'occuper des enfants.

Ils étaient plus nombreux qu'en bien des lieux, s'il fallait en croire les voyageurs. Chaque maisonnée avait payé sa part à la noire pestilence et, dans le manoir au bord du cours d'eau, l'ange noir avait emporté tout le monde en dehors de ceux qui avaient eu la présence d'esprit de s'enfuir. Nous ne constituions donc plus qu'un domaine sans seigneur et sans hommes, une cité des femmes, comme disait l'une des nonnes du prieuré ; elle lisait beaucoup et certains de ses livres n'appartenaient pas aux Écritures.

Assise sous l'aubépine, je l'apercevais dans le champ, liant les gerbes là où passaient les faucheurs. Elle était accompagnée d'enfants ; ma Céline, juste assez grande pour travailler, avait sa propre gerbe à rassembler et lier. Je m'occupais des plus petits, des bébés dans leur parc comme des moutons à cinq pattes, et les nourrissons se trouvaient pour l'instant sur mes genoux et en cercle autour de moi tandis que je leur racontais une histoire. C'était une très vieille histoire ; je n'avais pas tellement besoin d'y prêter attention, ma langue allait toute seule et je regardais les faucheurs ; je décidai d'aller réclamer ma faux. Que mère Adèle se charge des bébés. J'étais plus grande, et plus robuste, qu'elle.

La colère montait en moi, tandis que je souriais aux enfants et les faisais rire. Même Francha, qui n'émettait jamais un son, depuis que sa famille était morte autour d'elle, avait dans les yeux une étincelle de rire, mais elle baissa vite le regard. Je tendis la main pour l'attirer sur mes genoux. Elle était raide, osseuse et tremblante comme un petit animal sauvage, mais elle ne s'enfuit pas comme elle avait coutume de le faire. Au bout d'un moment, elle appuya sa tête contre ma poitrine.

Cela calma mes humeurs. Je finis mon histoire. Comme j'ouvrais la bouche pour en commencer une nouvelle, Francha se raidit entre mes bras. Je tentai de l'apaiser par la voix et les caresses. Elle se tortilla, non pas pour s'échapper, mais pour regarder ce qui arrivait derrière moi.

Sency s'appelle Sency-la-Forêt non en raison de ses anciens bois, bien que nous en ayons un certain nombre ; ni en raison de la forêt qui se referme sur la route menant à Sency-les-Champs et, plus loin, en Normandie ; mais en raison des arbres qui forment sa limite occidentale. On traverse Sency du nord au sud et du sud au nord. Parfois, on prend à l'est pour aller en Maine ou en Anjou. Mais jamais à l'ouest. L'est, le sud et le nord sont des bois appartenant en partie au sire de Sency (si la Peste a laissé quelqu'un qui puisse se réclamer de ce titre), en partie aux terres communales pour la chasse, les coupes de bois et le pacage des cochons. L'ouest, c'est le Bois, avec un grand B. Maudit, selon le prêtre qui a pris peur devant la Peste et s'est enfui à Avranches. Ensorcelé, selon les vieilles le soir au coin du feu. Enchanté, selon les hommes avant leur conscription. Parfois, un jeune homme jurait qu'il allait chasser dans le Bois, ou une jeune femme disait qu'elle allait chercher un amant dans l'eau du puits près de la chapelle abandonnée. S'ils le faisaient, jamais ils n'en discutaient ; et personne ne les interrogeait. Mieux valait éviter de parler du Bois.

J'avais Francha raide comme un bâton entre les bras et je fixais le même point qu'elle dans la pénombre verte du Bois. Quelqu'un se tenait à la lisière. Ç'aurait presque pu être un voyageur venu du sud ou de l'est ayant pris en direction de l'ouest à un tournant de la route, ou attiré par les arbres. Nous avions alors un bourg vraiment impressionnant, avec la palissade que messire Arnaud avait fait ériger avant dc mourir, et ce n'était que vers le nord qu'on avait ouvert un portail.

Francha s'arracha à mes bras. Ma Perrine, toujours la première à bondir sur tout ce qui est nouveau, se précipita joyeusement à la suite de Francha. En un clin d'œil, ils furent tous partis et les bébés dans leur parc se mirent à hurler, les faucheurs les plus proches marquèrent un temps d'arrêt et certains se redressèrent pour regarder.

Si j'eus la moindre pensée, elle me vint par la suite. La Peste n'avait pas disparu depuis longtemps. Les routes étaient pleines de loups, presque tous à deux pattes, et mortellement dangereux. Le Bois abritait des créatures plus funestes que tous les loups du monde, s'il fallait en croire le quart de ce qu'on racontait.

Tout en courant, je songeais à Perrine et à Francha. J'aurais pu les rattraper facilement, une saison auparavant. Ma blessure se manifesta au bout de quelques enjambées, je me pliai en deux et je jurai. Je continuai quand même à courir, mais en traînant la jambe. Je voyais assez bien ce qui se passait. Un personnage seul se tenait à l'orée du Bois, debout et immobile face à la marée d'enfants. C'était une femme. Comment je le sus ? Je l'ignore. Il n'y avait là qu'une robe brune informe, une capuche sans visage. Les enfants n'étaient pas du tout effrayés. Ils avaient vu la Peste. Elle ne constituait qu'une curiosité, une voyageuse sur la route que personne n'empruntait, quelque chose de nouveau après quoi courir, crier et se disputer.

Tandis que les enfants se séparaient comme un troupeau de moutons pour l'encercler, la silhouette se pencha. Elle se redressa avec l'un des enfants dans les bras. Francha, la blanche et silencieuse Francha qui ne parlait jamais, qui s'enfuyait même devant ceux qu'elle connaissait, accrochée à l'étrangère comme pour ne plus jamais lâcher prise.

Les faucheurs abandonnaient leur travail. Certains avec lenteur, fatigue, ou méfiance. D'autres aussi rapidement que possible. Nous n'avions confiance en personne, à cette époque-là, mais Sency connaissait le calme depuis le printemps, depuis que le représentant du comte était venu chercher nos hommes. Nos bois nous protégeaient, ainsi que nos prières.

Je fus la première après les enfants à rejoindre l'étrangère. Sa capuche était profonde, mais la lumière lui tombait dessus. Je vis un visage blême, de grands yeux qui me fixaient.

Les premières paroles qui me passèrent par la tête furent :

— Nos salutations, étrangère, et que Dieu vous bénisse.

Elle lâcha un son qui ressemblait à un rire, ou un sanglot. Mais elle prononça assez clairement :

— Salutations et bénédiction, au nom de Dieu.

Elle avait une voix de noble, ainsi qu'un accent de dame, avec un petit côté chantant qui me faisait penser à un oiseau.

— D'où venez-vous ? Êtes-vous porteuse de la maladie ?

La dame ne bougea pas. Ce fut moi qui sursautai et fis volte-face.

Mère Adèle était elle-même de haute naissance, bien qu'elle en fît peu de cas ; elle se montrait aussi franche avec monseigneur l'évêque qu'avec n'importe laquelle d'entre nous. Elle se tenait juste derrière moi, les mains sur ses larges hanches, et elle fixait l'étrangère de son regard dur.

— Eh bien ? Seriez-vous muette ?

— Ni muette, ni ennemie, répondit la dame de sa voix douce. Je n'ai aucune maladie en moi.

— Et comment pouvons-nous en avoir la preuve ?

Je repris mon souffle dans un sifflement.

La dame parla avant moi, toujours aussi douce, et patiente, la tête de Francha nichée dans le creux de son épaule. J'avais pensé qu'il pouvait s'agir d'une nonne ayant fui son couvent. Si c'était le cas, je pensais savoir pour quelle raison. Aucune épouse de Notre Seigneur ne porterait l'enfant d'un mortel en son ventre, le gonflant sous la bure grossière.

— Nul n'est jamais certain de rien de la part d'un étranger, dit-elle à mère Adèle ; en ces temps du moins. De vous je ne solliciterai davantage qu'une baguette, votre charité, et votre bénédiction si vous voulez bien me l'accorder.

— Le pain, vous pourrez l'avoir, répondit mère Adèle. Pour la bénédiction, il me faut y réfléchir. Si vous désirez un lit pour la nuit, la paille ne manque pas, et vous aurez un repas de faucheur si vous jugez convenable de le gagner.

— Même sans bénédiction ? demanda la dame.

Mère Adèle se régalait : je voyais une étincelle dans son regard.

— Méritez votre repas, répondit-elle, et vous aurez également droit à la bénédiction.

La dame inclina la tête, gracieuse comme la reine d'un conte. Elle murmura à l'oreille de Francha. L'étreinte de Francha se relâcha sur son cou. Elle déposa l'enfant devant moi... une Francha aux yeux grands ouverts, à la réticence muette... et suivit mère Adèle à travers le champ. Aucun des enfants ne la suivit, même pas Perrine. Ils étaient plus obéissants que je les avais jamais vus, et plus silencieux ; mais ils redevinrent rapidement eux-mêmes, une fois que je les eus ramenés sous l'aubépine.

***

Lys était son nom. Elle ne nous en apprit pas davantage, ce soir-là, assise près du feu dans le champ moissonné, à manger du pain et du fromage, à boire la bière blonde qui constituaient tout ce que nous avions. Dans la chaleur du jour, elle avait ôté sa capuche et sa bure pour travailler comme les autres, en chemise de toile fine presque neuve. Elle était bien enceinte, de deux saisons, estimai-je, ce qui se voyait d'autant plus du fait de sa minceur. Elle avait des os d'oiseau, une peau si blanche qu'on distinguait les veines en dessous et une chevelure aussi noire que sa peau était blanche, coupée très court comme chez une nonne.

Ce qu'elle n'était pas, jura-t-elle. Elle le jura et se signa, abaissant les paupières sur ses grands yeux gris. Ai-je parlé de sa grande beauté ? Oui, telle un lys blanc, avec une voix ténue, au timbre grave, et de longues mains fines. Francha défendait ses genoux contre tous les autres enfants, mais Perrine restait sous le charme, comme Céline et tous ceux que leurs mères n'avaient pas reconduits à la maison.

— Je ne suis pas nonne, mais une grande pécheresse, qui fait pénitence pour se racheter par ce long voyage.

Nous hochâmes la tête. Les pèlerinages, nous les comprenions ; ainsi que les pèlerins, même nobles, solitaires, à pied et tondus, foulant péniblement la route de leur salut. Guillemette, qui était jolie et très bête, poussa un soupir et porta les mains à sa poitrine.

— Comme c'est triste, dit-elle, et brave, de quitter ainsi votre seigneur et votre château... car vous avez sûrement un château, vous êtes bien trop belle pour être la femme d'un homme du commun... et de partir sur la longue route.

— Mon seigneur est mort, dit la dame.

Guillemette cligna les yeux. Ils se remplirent immédiatement de larmes apparues sans peine.

— Oh, comme c'est terrible ! A cause de la guerre ?

— A cause de la peste, répondit Lys. Et ce fut il y a six mois, à en juger d'après sa fille qui est en mon ventre, et vous pouvez pleurer si vous voulez, mais mes larmes se sont taries.

C'était bien l'impression qu'elle donnait : sèche et paisible. Aucune colère en elle, ni mollesse d'ailleurs. Elle se leva dans le silence.

— Si vous avez un lit pour moi, je le prendrai volontiers. Je partirai au matin.

— Où ?

Mère Adèle, brutale comme toujours et allant droit au fond des choses.

Lys se tenait immobile. Elle était grande ; plus grande encore à la lumière du feu.

— Mes vœux me conduisent vers l'ouest, dit-elle.

— Mais vous ne trouverez rien à l'ouest, lui annonça mère Adèle.

— Il existe pourtant tout un royaume, à des lieux de ces marches et jusqu'à la mer.

— Ah, fit mère Adèle, sèche, concise. Ce n'est pas l'ouest, c'est l'Armorique. L'ouest n'est point lieu où doive s'aventurer une créature humaine. Si c'est l'Armorique que vous visez, vous devriez d'abord prendre au sud, puis à l'ouest, sur la route du roi.

— Nous avons un autre nom pour ce royaume, là où je suis née. (Elle se secoua, puis lâcha un soupir.) Je partirai au matin.

⁂

Elle dormit dans la maison où je m'étais installée en épousant Claudel, dans le lit voisin du mien, avec les enfants en nid chaud, Céline, Perrine, Francha, les chats qui avaient pu trouver une place. Tout cela était l'œuvre de Francha, qui s'était agrippée à elle comme une folle, alors qu'elle se serait volontiers couchée dans la grange des nonnes, amenant ma langue à parler à ma place pour lui proposer ce que j'avais.

Je ne dormis pas trop. Ni elle, à mon avis. Elle resta

immobile toute la nuit, lovée sur le côté contre Francha. Les enfants émettaient leurs bruits nocturnes, les chats ronronnaient, Mamère Mondine ronflait dans son lit auprès du feu. L'absence de Claudel m'était encore douloureuse. C'était pire encore, avec cette étrangère qui occupait sa place. Ma main ne cessait de ramper vers la chaleur et le son de sa respiration, comme si un contact pouvait la changer, la transformer en celui qui me manquait. A la fin, je serrai le poing, le fourrai sous ma tête, fermai énergiquement les yeux et invoquai la venue de l'aube.

L'aube vint et s'en fut, et une aube nouvelle, et Lys demeura. Le ciel qui avait été si clair prenait une couleur grisâtre. Il nous fallait jusqu'au dernier bras pour rentrer les récoltes avant la pluie. Même les miens... au début, mère Adèle me gronda du regard quand je pris ma place, mais je lui fis baisser les yeux. Lys s'engagea dans la rangée à côté de la mienne. Personne ne parlait. Nous étions tous silencieux, ce jour-là et le suivant, à courir contre la pluie.

Les dernières bottes d'orge entrèrent dans la grange à la tombée des premières gouttes. Nous restâmes sur place, trop las et trop traumatisés par l'interruption d'une si longue course pour faire autre chose que garder le regard fixe. Quelqu'un se mit alors à sourire. Puis un autre l'imita. Alors, nous fîmes tous la même chose. Nous avions réussi, nous, les femmes, les enfants et les hommes trop vieux ou trop faibles pour combattre. Nous avions rentré la moisson de Sency-la-Forêt.

Cette nuit-là, nous fîmes la fête. La cuisinière de mère Adèle égorgea un bœuf et nous apportâmes tout ce que nous avions ou pouvions récupérer. Il y eut de la viande pour tout le monde, et un gâteau au miel, des pommes des vergers, et même un peu de vin. Nous restâmes assis dans le réfectoire des nonnes, écoutâmes la pluie sur le toit et mangeâmes à satiété. Bertrand l'éclopé avait sa flûte, Raymonde son tambourin, Guillemette sa voix de linotte. Certains des plus jeunes se levèrent pour danser. Je vis que Pierre Allard regardait Guillemette, lui qui était à peine assez âgé pour s'occuper de ses propres moutons :

trop jeune et trop petit au printemps, quand les hommes du comte étaient venus pour leur sinistre moisson, il avait bien grandi cet été et jetait à notre ravissante idiote des regards d'homme fait.

Je bus peut-être un plus de vin que je n'aurais dû. Je dansai et tout le monde applaudit : j'avais encore le pied léger et Pierre Allard arrivait même à suivre mon pas.

Ç'aurait dû être Claudel, qui dansait là. Il n'avait rien d'un Apollon, mon Claudel, et il n'était guère plus grand que moi, mais il dansait comme feuille au Bois ; il dansait bien, il riait avec moi quand je quittais la danse en virevoltant, tout étourdie et haletante. Ici, personne ne pouvait m'attraper et m'emporter dans un lit à la belle étoile ou, plus probablement, par une nuit pareille, dans la grange, parmi les vaches, loin des enfants, des questions, des yeux curieux.

Je partis peu après, alors que la danse battait son plein. La pluie était régulière et guère froide. Je fus rapidement trempée jusqu'aux os, mais cela était plus agréable que désagréable. Mes jambes connaissaient le chemin du retour dans le noir, le long du sentier qui suivait le mur du prieuré, jusqu'à la rivière et une montée dans l'obscurité profonde et une senteur de fumier qui ne pouvait être qu'à moi. On distinguait la lumière par une fente de la porte : le feu, couché sans être couvert. Mamère Mondine dodelinait devant lui. Elle était aveugle et presque sourde, mais elle sourit quand je l'embrassai sur le front.

— Jeannette, dit-elle. Ma jolie Jeannette.

Elle tapota ma main qui reposait sur son épaule et retourna à ses rêves.

Les enfants étaient au lit, endormis. Il n'y avait pas avec eux de silhouette plus importante. Les yeux de Francha me fixèrent en étincelant à la lumière de la lampe. Ils étaient gonflés, rougis ; elle avait les joues rayées de larmes.

Je commençai à parler. Pour dire que Lys arrivait, qu'elle ne tarderait pas, qu'elle était encore au prieuré. Mais je ne pus trouver la force de mentir. Elle avait mangé avec nous. Elle se trouvait avec nous quand les enfants étaient sortis tous ensemble en protestant bruyamment. Quand la danse avait commencé, je ne l'avais pas vue. J'avais songé, si j'avais songé à quoi que ce fût, qu'elle était rentrée avant moi.

Dans la nuit et la pluie, une étrangère risquait facilement de s'égarer. Il n'y avait pas loin jusqu'au prieuré, un mille, peut-être, mais cela représentait un bon nombre de pas, plus que suffisant pour se perdre.

Je ne saurais dire ce qui me fit penser au Bois. Ses paroles à l'adresse de mère Adèle. Le premier aperçu que j'avais eu d'elle à l'orée du Bois, sa bizarrerie simple. Assise au bord du lit en m'efforçant de réconforter Francha, je distinguais dans la pénombre le souvenir de son visage. Nous avions des histoires, à Sency, sur ce qui habitait le Bois. Des animaux à la fois familiers et étranges, des ombres projetées par des créatures non vivantes, des sentiers qui s'insinuaient dans les profondeurs pour se terminer là où ils commençaient ; et loin à l'intérieur, derrière un mur d'ombres et de peur, un royaume régi par un roi immortel.

Je me secouai vivement. Que représentait pour moi qu'une étrangère égarée fût venue, eût rentré notre moisson avant de repartir ? Mais c'en était trop pour Francha et je ne pouvais pardonner cela. Ce qui avait rendu notre pauvre enfant muette aussi parfaitement amoureuse de la dame n'avait fait aucun bien à Francha, et plutôt du mal. Elle refusait à présent que je la touche, elle se rua de l'autre côté du lit quand je m'allongeai et tentai de l'attirer contre moi, mais je restai lovée sur place, car je ne voulais pas réveiller les autres. Finalement, j'abandonnai et fermai les yeux. Je me trouvais au bord du lit. Francha était coincée contre le mur. Il lui faudrait me passer sur le corps pour s'échapper.

J'eus l'impression qu'un instant je m'inquiétais pour Francha. Et que le suivant, le coq rouge chantait ; je me levai en titubant pour exécuter les tâches du matin. Aucun signe de Lys. Elle n'avait que ses vêtements sur le dos ; ils avaient disparu. C'était comme si elle n'était jamais passée par ici.

Découvrir le feu, le ranimer et le réalimenter soigneusement. Remplir la marmite et la pendre au-dessus des flammes. Traire la vache, trouver deux œufs dans le nid que la poule noire avait cru bien cacher. Nourrir les cochons et gratter le dos de la vieille truie en lui promettant une journée dans les bois, si j'arrivais à persuader Bertrand de la prendre avec son troupeau. Donner à Mamère Mondine son bol de bouillie d'avoine avec un peu de miel, et un peu plus pour chacun des enfants. Francha refusait de manger. Quand je tentai de l'alimenter comme la première fois que je l'avais prise avec moi, elle fit voler la cuillère. Les autres enfants en furent enchantés. Les chats aussi, qui se mirent aussitôt au travail, léchant l'avoine sur le mur, la table et le sol.

Je poussai un soupir et récupérai ma cuillère. Le visage de Francha était verrouillé. Impossible de la raisonner, aujourd'hui, ni, soupçonnai-je, les jours qui allaient suivre. En moi-même, je maudis cette femme venue ensorceler une pauvre enfant brisée et repartie sans un mot. Et si Francha en tombait malade, si elle dépérissait et mourait... comme elle pouvait le faire, comme elle avait failli le faire avant que je m'occupe d'elle...

Je remis l'avoine dans la marmite. J'essuyai le visage des enfants et les mains de Francha. J'exécutai le travail nécessaire. Cependant, la colère montait en moi.

La pluie était partie avec la nuit. Les derniers nuages filaient vers l'est et le soleil se leva, réchauffant la terre humide, érigeant des colonnes et des rideaux de brume. Les batteurs ne tarderaient pas à se mettre au travail, comme moi.

Mais je restai dans mon jardin potager, regardai pardessus la haie et vis le mur de gris et de vert qu'était le Bois. L'une des chattes s'enroula autour de mes chevilles. Je la pris dans mes bras. Elle ronronna.

— Je sais où est allée la dame, lui dis-je. Elle est allée à l'ouest. Comme elle l'avait annoncé. Dieu la protège ; rien d'autre ne le fera, là où elle se rend.

Le ronronnement de la chatte s'arrêta. Elle me griffa la main et se débattit pour s'échapper ; elle me souffla après ; et fila de l'autre côté du fumier.

Je léchai ma main douloureuse. Céline sortit de la maison en courant, hurlant de cette voix aiguë que mes gifles n'arrivaient pas à lui faire abandonner :

— Francha pleure encore, maman ! Francha n'arrête pas de pleurer !

J'avais des pensées complètement folles. Je devais rentrer, bien entendu, et faire tout mon possible pour réconforter Francha, rassembler les enfants, rejoindre les batteurs.

Je m'agenouillai dans la terre entre les tuteurs des haricots et pris Céline par les épaules. Elle s'arrêta de hurler pour me regarder fixement.

— Tu es une grande fille, n'est-ce pas ?

Elle se redressa.

— Je suis grande, répondit-elle. Tu sais, maman.

— Alors tu peux t'occuper de Francha ? Et de Perrine ? Et les conduire toutes les deux auprès de mère Adèle ?

Elle fronça les sourcils.

— Tu ne viens pas aussi ?

C'était une maligne, ma Céline.

— J'ai quelque chose d'autre à faire. Tu pourras y arriver, Céline ? Et dire à mère Adèle que je reviendrai dès que possible ?

Céline réfléchit. Je retins mon souffle. Elle finit par hocher la tête.

— Je vais emmener Perrine et Francha à mère Adèle. Et je vais lui dire que tu vas revenir. Ensuite, je pourrai aller jouer avec Jeannot ?

— Non. (Puis :) — Oui. Joue avec Jeannot. Reste avec lui jusqu'à mon retour. Tu y arriveras ?

Elle me considéra d'un air parfaitement écœuré.

— Bien sûr que j'y arriverai. Je suis grande.

Je me mordis la lèvre pour éviter de rire. Je l'embrassai une fois sur chaque joue pour chacune des deux autres fillettes, et une fois sur le front pour elle-même.

— Vas-y. Fais vite.

Elle partit. Je me relevai. Au bout d'un moment, je les entendis toutes partir, Perrine déclarant bien haut qu'elle allait manger des gâteaux au miel avec mère Adèle. J'entrai dans la cuisine et remplis une serviette de pain, de fromage et de pommes, puis ajoutai un couteau bien enveloppé dans le tissu, et attachai tout cela avec mon fichu. Mamère Mondine était endormie. Elle pouvait rester seule jusqu'au soir. Si je restais absente plus que cela, mère Adèle enverrait quelqu'un. Je l'embrassai et reposai un instant ma joue contre sa vieille peau desséchée. Elle soupira mais ne s'éveilla pas. Je me redressai et retournai dans le jardin potager.

Notre maison est l'une des dernières du village. Le mur du jardin fait partie de la palissade de messire Arnaud, bien que nos haricots la dépassent facilement, et j'ai une vigne qui est presque prospère. Claudel y avait taillé une porte, ce qui nous aurait causé des ennuis si messire Arnaud avait vécu pour la découvrir ; mais messire était mort, ses héritiers bien loin de chez nous et notre petite poterne était bien dissimulée dans les plantes grimpantes à l'intérieur et les ronces à l'extérieur.

Je m'en tirai avec cinq ou six égratignures, mais la majeure partie de ma dignité intacte. C'était une conséquence du vin, j'en étais sûre, et ma colère, ainsi qu'un peu d'honnête inquiétude, peut-être. Lys avait été mon invitée. S'il lui arrivait quelque chose, j'en endosserais la culpabilité.

Jamais je n'avais dépassé la palissade, en dehors des champs, depuis le départ de Claudel. Je voulais avoir le soleil sur le visage, aucun enfant en train de s'accrocher à mes jupes, le souvenir de la mort repoussé au loin. J'avais peur, bien entendu ; le Bois était une horreur issue de mes souvenirs d'enfance. Mais il était difficile d'être normalement terrifiée en foulant le sentier sous les premiers arbres, où le soleil tombait en longs rais obliques, où le vent murmurait dans les feuilles, où les oiseaux lançaient leurs chants suaves et paisibles. Le sentier était couvert d'une couche épaisse de mousse. L'air embaumait un parfum de verdure, plus capiteux après la pluie, avec la riche promesse des champignons. Je trouvai un véritable champ de ceux-ci et en cueillis autant que mon tablier pouvait en contenir, mais en avançant rapidement et sans m'attarder.

Sency était désormais loin derrière moi et les arbres se refermaient. Le sentier s'insinuait parmi eux, ni plus large ni plus étroit qu'auparavant. Je commençais à me demander si je n'aurais pas dû aller chercher le chien des Allard. J'avais de la compagnie, il est vrai : la chatte rayée m'avait suivie. Sa présence s'avérait plus réconfortante que je ne l'aurais cru.

Nous continuâmes d'avancer. Le parfum des champignons m'encerclait comme un charme destiné à repousser les diables. Cela me fit éclater de rire. Et ce bruit tomba doucement parmi les arbres. Des bouleaux qui se doraient avec l'automne. Des chênes qui se transformaient en bronze. Des frênes aux feuilles emplumées, des épineux en buissons. Les oiseaux chantaient toujours, mais le silence régnait en bas.

La chatte marchait devant moi, à présent, la queue en l'air élégamment recourbée. On eût dit qu'elle était déjà venue par ici.

Moi, j'étais venue, il y avait bien trop longtemps. J'avais marché comme aujourd'hui, mais sans champignons, me signant, semblait-il, à tous les virages du sentier. Je m'étais engagée sur cette dernière rampe brutale et avais fait le tour du fourré (ce devait être une haie) d'épineux pour sortir en pleine lumière. J'avais été éblouie, tout comme aujourd'hui, par tant de lumière après cette pénombre verte. Je clignai les yeux pour voir clair.

La chapelle n'avait pas changé. Les deux murs debout ; le troisième à moitié écroulé. Les restes d'un porche, l'arche d'une porte, avec encore quelques sculptures, bien effacées par l'âge et les intempéries. Le bras supérieur de la croix s'était brisé. La Vierge assise en dessous avait perdu sa main levée, mais l'enfant Jésus dormait comme toujours sur ses genoux, et il avait le même sourire doux et patiné.

Je me signai devant elle. Aucun diable pour se précipiter en voletant par le toit troué. Rien ne bougeait, en dehors de la chatte, qui déambula prudemment sur le porche et disparut dans la chapelle.

J'avais les mains glacées. Je déplaçai ma prise sur mon ballot. J'avais soudain très faim, ce qui me donna envie de rire, ou peut-être de pleurer. Mon estomac menait une vie à part ; ni la peur ni la colère ne comptait pour lui.

Je ne tarderais pas à le nourrir. Je rassemblai mon courage et m'avançai sous l'arche, baissant inutilement la tête : c'était un lieu sacré, quoique peut-être dédié à un Dieu autre que celui que je connaissais.

Jadis, le dallage était magnifique. A présent, il était terne et fendu. L'autel s'était écroulé. Les fonts baptismaux étaient intacts, mais aussi lisses que les sculptures de la porte. Une source y faisait des bulles et se déversait par des rigoles dans le mur. Ils avaient une origine fort étrange : la souche d'un grand arbre, un chêne selon les histoires, recouverte d'étain depuis longtemps dépouillé de ses dorures, avec des croix sculptées dessus. Là, le toit était presque entier, permettant de s'abriter de la pluie ; sinon, le bois antique se serait depuis longtemps transformé en sciure.

Elle était agenouillée près des fonts, sa tête brune penchée au-dessus, ses mains blanches agrippées au rebord. Je ne voyais pas l'eau. Je ne voulais pas la voir. Je l'entendis, mais elle ne parlait pas une langue connue. Ses intonations étaient assez troublantes : une désespérance pure et débridée, implorant si fortement que je me précipitai en avant, la main tendue. Je m'arrêtai avant de pouvoir la toucher. Si elle invoquait son amant, alors elle l'appelait d'entre les morts.

Je frémis. Je n'émis aucun bruit, mais elle sursauta et fit volte-face. Elle avait le visage aussi blanc que la mort. Ses yeux...

Elle baissa les paupières. Son corps se détendit graduellement. Elle ne parut ni surprise ni en colère, seulement lasse.

— Jeannette, dit-elle.

— Vous étiez partie, répondis-je. Francha a pleuré toute la nuit.

Son visage se figea.

— Il me fallait partir.

— Ici ?

Elle regarda autour d'elle. Elle aurait pu rire, si elle en avait eu la force.

— Je devais être ici la première. A présent, il semble que ce sera ici en dernier et toujours. Et jamais.

Je la regardai sans parler.

Elle secoua la tête.

— Tu ne comprends pas. Comment le pourrais-tu, d'ailleurs ?

— Je puis essayer. Je ne suis pas une dame, je vous l'accorde, mais je suis vive d'esprit, pour une gamine de paysan.

— Bien entendu.

Elle parut surprise. Comme si c'était moi qui doutais et non elle.

— Très bien. Je vais te le dire. Il ne me laissera plus repartir.

— Qui ?

— Lui, fit Lys en indiquant les fonts baptismaux.

Seule l'eau était visible. Pas de visage. Pas l'image d'un amant désiré.

— Mon seigneur du Bois. Le roi de glace.

Je frissonnai.

— Nous ne prononçons pas son nom, ici.

— Ce n'est que sagesse.

— Il ne veut pas vous laisser passer ? demandai-je. Alors, faites demi-tour. Prenez au sud, comme vous l'a dit mère Adèle. La route est longue, mais sûre, et elle finira par vous ramener vers l'ouest.

— Je ne veux pas faire demi-tour. Je veux rentrer.

— Vous êtes folle.

— Oui. Il ne veut pas me laisser rentrer. J'ai marché, vois-tu, j'ai dépassé ce lieu. Je suis allée là où les arbres sont très, très anciens, et où pénètre rarement le soleil, même en plein midi. Petit à petit, ils se sont refermés devant moi. J'ai fini par ne plus pouvoir avancer. *Fais demi-tour*, me disaient les arbres. *Fais demi-tour et laisse-nous tranquilles.*

— Ce fut sage d'obéir.

— Fou... et sage. (Son sourire fut un peu forcé.) Oh, oui. Je suis donc revenue en ce lieu, qui est la porte et la sentinelle. Et il m'a parlé dans l'eau. *Fais demi-tour*, me dit-il de la même manière que les arbres. Je me suis moquée de lui. N'avait-il pas autre chose à me proposer ? *Rien que ceci*, me répondit-il. *La route est barrée. Si tu voulais l'ouvrir, si tu le pouvais... fais donc. Ce ne sera pas mon œuvre.*

Je la contemplai. Elle était plus mince que jamais, et le poids de son ventre l'alourdissait.

— Pourquoi ? demandai-je. Pourquoi désirez-vous rentrer ? C'est la folie, là-bas. Toutes les histoires l'affirment.

— C'est exact. C'est pour cette raison que j'avais quitté ce lieu.

Il y eut un silence. Vibrant.

— Vous ne ressemblez pas à un diable. Ni à un sujet du diable.

Elle éclata de rire. Ce fut un son suave et affreux.

— Mais, mon petit, c'est bien ce que je suis. Je suis tout ce qui est noir et terrible.

— Vous allez tomber.

Je l'enlaçai avant qu'elle ne s'écroule et la fis s'asseoir au bord des fonts baptismaux. Je ne pus m'empêcher de jeter un coup d'œil dans l'eau. Ce n'était toujours que de l'eau.

— Nous allons nous reposer, dis-je, parce que j'en ai besoin. Et manger, parce que j'ai faim. Ensuite, nous rentrerons à Sency.

— Pas moi.

Je ne lui prêtai pas attention. Je dénouai mon fichu et déployai tout ce que j'avais, à quoi j'ajoutai une poignée de champignons ; en me promettant que je m'arrêterai de nouveau sur le chemin du retour pour remplir mon tablier. Nous n'avions que de l'eau à boire, mais cela ferait l'affaire. Lys refusa de boire aux fonts baptismaux et n'accepta que l'eau de la source. Je l'imitai, pour éviter tout conflit. La chatte vint partager le fromage et quelques miettes de pain. Elle leva le nez devant les champignons.

— Il y en aura plus pour nous, lui dis-je.

Elle leva la queue d'un air méprisant et s'en fut en quête d'un mets plus convenable.

Nous mangeâmes sans parler. Lys avait faim ; elle mangea aussi délicatement et aussi férocement qu'une chatte. Une chatte, voilà à quoi elle me faisait penser quand je la regardais, une chatte blanche qui n'affrontait pas mon regard.

Quand nous eûmes terminé, je rassemblai les miettes dans ma jupe et sortis sur le porche pour les disperser à l'intention des oiseaux. Je coulai un regard en direction du soleil. Il était un peu plus de midi. J'aurais cru l'heure plus tardive.

Lys arriva derrière moi. Son pas était silencieux mais son ombre me caressa froidement et me fit frissonner.

— Il est une autre raison pour que je reste et que tu partes. Mon seigneur qui est mort avait un frère. Celui-ci est vivant et me pourchasse.

Je me retournai face à elle.

— Il me veut pour ce que je suis, continua-t-elle, et pour ce qu'il pense que je puis lui donner. Pour moi-même aussi, peut-être. Un peu. Je l'ai berné à Rouen : je me suis coupé les cheveux, j'ai revêtu des habits de nonne et je suis sortie tranquillement au milieu de la suite d'une abbesse. Il a dû apprendre cela depuis longtemps et commencer à me suivre à la trace.

Je haussai les épaules.

— Que représente un homme dans toute la Normandie... ou une femme, d'ailleurs ? Avec un peu de chance, il ne vous retrouvera jamais.

— Il me retrouvera, affirma Lys avec une certitude absolue.

— Eh bien, qu'il le fasse.

Je secouai ma jupe une dernière fois et quittai le porche.

Je n'étais pas tellement sûre qu'elle me suivrait. Mais quand j'arrivai parmi les arbres, elle se trouvait derrière moi.

— Tu ignores qui il est. Il arrivera armé, Jeannette, et suivi de ses hommes.

Cela me fit marquer un temps d'arrêt, mais je n'allais pas lui montrer mon hésitation.

— Nous avons des murs, s'il arrive. Mieux vaut qu'il vous trouve là-bas plutôt que dans une chapelle en ruines et qu'il frappe à une porte qui reste obstinément close.

— Les murs peuvent s'abattre.

— Et les portes ?

Elle ne répondit rien. Et elle ne me quitta point.

Au bout d'un moment, elle posa la question.
— Pourquoi ?
— Vous êtes mon invitée, répondis-je.
— Pas une fois que je t'ai quittée.
— Quel est le rapport ?
Elle commença à parler. Puis s'arrêta. Et prononça un mot, un seul.
— Francha.
— Francha. (Je laissai transparaître une partie de ma colère.) Dieu sait comment, mais elle a décidé qu'elle vous appartient. Vous êtes partie et l'avez abandonnée. Sa mère est morte, son père est mort sur elle ; c'est ainsi que nous l'avons trouvée, telle qu'elle est aujourd'hui, et il avait commencé à se décomposer.
Je ne vis pas si elle avait bronché. Je l'espérai.
— Je l'ai prise auprès de moi. Je l'ai amenée à manger, à affronter le monde, à vivre. Alors, vous êtes arrivée. Elle a fixé tout son être sur vous. Et vous l'avez abandonnée.
— Je n'avais pas le choix.
— Mais si. Vous saviez nécessairement que la route était barrée. Il vous a exilée, n'est-ce pas ? Votre roi de glace.
— Je me suis exilée.
Sa voix était raidie par l'orgueil. Je reniflai.
— Je crois ce que vous avez dit, vous savez. Que vous êtes l'une d'entre Eux. Seule une créature dépourvue d'âme pouvait agir comme vous l'avez fait envers Francha.
— Une créature dépourvue d'âme reviendrait-elle ? Admettrait-elle qu'elle était dans l'erreur ?
— Avez-vous fait l'un ou l'autre ?
Elle me saisit par la manche et me fit faire volte-face. Elle était vigoureuse ; ses doigts étaient cruels et s'enfonçaient dans mon bras. Elle me foudroyait du regard.
Je lui rendis la pareille. Je n'avais pas peur. Pas le moins du monde. Et pourtant je la perçais à jour. Une chatte, avais-je songé à la chapelle ? Une chatte, oui, aux yeux de chatte, et sans rien d'humain en elle.
A l'exception de la voix, rude et rendue rauque par la colère.

— A présent, tu as vu. A présent, tu sais.

Je me signai, par sécurité. Elle ne disparut pas dans un nuage de fumée. Honnêtement, je ne m'attendais pas à ce qu'elle le fît. Elle portait une croix sur la gorge, qui luisait sous sa robe.

— Elles sont donc vraies, toutes ces histoires.

— Certaines d'entre elles. (Elle me lâcha.) Voilà ce qu'il veut, mon seigneur Giscard. Il désire l'enfant que je porte, dont il pense qu'elle sera la fondation de sa maison.

— Alors, peut-être devriez-vous l'affronter et invoquer la foudre pour qu'elle lui tombe dessus.

Elle parut aussi traumatisée que si j'avais été moi-même responsable de cet acte.

— C'est le Péché ! Comment peux-tu en parler avec autant de légèreté ?

— Le Péché ? demandai-je. Chez les créatures dépourvues d'âmes qui hantent le Bois ?

— Nous sommes aussi chrétiens que vous.

Cela était à ce point improbable que ce ne pouvait être que vrai. Je lui tournai le dos... non sans un picotement dans la nuque... et continuai d'avancer sur le sentier. Après un bref laps de temps, elle me suivit.

II

Le battage fut terminé, les greniers remplis, les pommes rentrées et les fruits tombés pressés pour le cidre, mon unique vigne vierge vendangée et ses fruits séchés au soleil ; quand Sency eut organisé une fête pour se préparer à l'hiver à venir, une compagnie arrêta ses chevaux à notre porte. Nous les attendions, Lys, moi et mère Adèle, depuis que les feuilles avaient commencé de tomber. Nous avions un gamin à la porte durant presque toute la journée et nous la barricadions durant la nuit. Nous ne possédions aucune arme, en dehors de nos faux, de nos gaules et d'une antique épée rouillée que la veuve du forgeron avait déterrée dans son atelier.

Pierre Allard se tenait à la porte le jour de l'arrivée de messire Giscard et Céline était accrochée à ses basques comme elle le faisait bien trop souvent. Ce fut elle qui vint me chercher en courant.

J'étais déjà presque arrivée sur place. Toute la journée, Lys s'était montrée aussi nerveuse qu'une chatte. Soudain, en plein milieu du raccommodage de la chemise de Francha, elle se leva d'un bond et fila. Je faillis la renverser dans ma course, à côté du puits, où elle se tenait, raide et les yeux fixes, l'aiguille dans une main, la chemise pendant au bout de l'autre. Je la secouai rudement.

Elle revint à elle, en partie.

— S'il me voit, dit-elle. S'il sait que je suis ici...

— Et alors. Seriez-vous lâche ?

— Non ! (Elle me foudroya du regard, redevenue la vraie Lys, fière et susceptible comme jamais.) Je suis lâche pour vous tous. Il brûlera ce village sur place pour m'avoir recueillie.

— Pas si nous avons notre mot à dire.

Je relevai ma jupe et grimpai au-dessus de la porte. Pierre s'y tenait déjà, ainsi que mère Adèle, surgie de je ne sais où ; il y avait loin jusqu'au prieuré et c'est à peine si elle soufflait. Elle portait sa plus belle guimpe, remarquai-je, ainsi que sa croix incrustée de joyaux. Le soleil faisait scintiller les pierres, blanches, rouges, et une aussi verte que l'herbe tendre. Elle me salua avec un grognement et Lys eut droit à un hochement de tête, mais elle conserva les yeux sur les hommes en dessous.

Nous avions devant nous une belle compagnie. Pareille à celle qui avait emporté Claudel : des hommes en cottes de mailles grises avec des surcots aux couleurs éclatantes, et l'un d'eux portait une bannière... rouge, celle-ci, comme le sang, avec un peu d'or dessus.

— « Lion rampant », annonça Lys.

Elle était encore sur l'escalier sous le parapet. Elle aurait eu de la peine à distinguer cette bannière. Mais elle devait la connaître.

— Les armes de Montsalvat, conclut-elle.

Le seigneur était en cotte de mailles comme ses hommes. Derrière lui, une mule portait sans doute son armure. Il était juché sur un grand cheval alezan, lui-même n'étant pas de petite taille, apparemment. Je ne me trouvais pas tellement plus haut que lui, debout au-dessus de la porte. Il tourna son visage vers moi. Un visage surprenant, après tout ce que j'avais entendu. Bien plus jeune que je ne m'y attendais, et bien rasé. De toute façon, il ne pouvait avoir beaucoup de barbe, songeai-je. Il avait le poil blond comme l'orge.

Il me sourit. Ses dents étaient blanches et presque régulières. Il avait des yeux d'un bleu pur et innocent.

— Voilà un bien beau gardien ! fit-il en riant et en me saluant sur sa selle. Belle dame, pouvez-vous prendre en pitié de pauvres voyageurs et nous laisser entrer dans votre demeure ?

Mère Adèle renifla.

— Je préférerais laisser entrer un taureau avec les vaches. Êtes-vous ici pour prendre ce qu'il nous reste de nos hommes ? Ou bien me croirez-vous si je vous dis que nous avons été saignés à blanc ?

— Voilà qui est assez mal avisé, commenta Lys, toujours sur l'escalier.

— Laissez-moi en juger, dit doucement mère Adèle sans se retourner. (Elle croisa les bras sur le parapet et se pencha en avant, ce qui lui donnait tout l'air d'une ménagère à sa fenêtre.) Ce ne sont point là des armes de la région, dit-elle en inclinant la tête en direction de la bannière. Quel intérêt Montsalvat porte donc au pauvre Sency ?

— Aucun, en vérité, répondit messire en souriant toujours. Et vos hommes ne nous intéressent pas davantage, révérende mère. Nous cherchons l'une des nôtres qui s'est égarée. Peut-être l'avez-vous aperçue ? Elle donnait l'impression d'être en pèlerinage.

— Nous voyons bien un pèlerin de temps à autre, dit mère Adèle. Ce devait donc être une vieille femme ? Avec un gamin qui s'occupait d'elle, un petit chien, et une grosse mule blanche ?

Je m'efforçai de ne pas rire. Messire Giscard... car c'était lui, sans doute possible... cligna ses grands yeux bleus et parut complètement idiot.

— Eh bien, non, madame, rien d'aussi marquant. Elle est jeune, notre cousine, et seule. (Il baissa la voix.) Et pas aussi... pas tout à fait, si vous me comprenez. Mon frère entretenait cette femme, voyez-vous. Il est mort, elle est devenue folle de chagrin et s'est enfuie.

— Pauvre petite, dit mère Adèle sur un ton qui manquait un peu de compassion.

— Oh ! fit-il, et s'il ne versa point de larme, sa voix était suffisamment larmoyante. Oh, pauvre Alys ! Elle avait plein d'idées terribles. Nous avions dû l'attacher pour éviter qu'elle ne se fasse du mal ; mais cela ne fit qu'aggraver son état. A peine l'avions-nous relâchée qu'elle s'échappa.

— C'est tout à votre honneur, dit mère Adèle, de vous

soucier à ce point de la maîtresse d'un frère au point de traverser toute la Normandie pour la retrouver. A moins qu'elle n'ait emporté quelques joyaux de famille ?

Lys lâcha un sifflement derrière elle. Mère Adèle ne lui prêta nullement attention. Messire Giscard secoua la tête.

— Non. Non, bien entendu ! Seul son esprit s'est égaré, et il lui appartenait depuis le début.

— Bon, alors, pourquoi désirez-vous la retrouver ?

Il plissa les yeux. Il ne paraissait plus aussi beau, ni aussi idiot.

— Elle est donc ici ?

— Oui, je suis ici.

Lys était montée à côté de moi. Elle avait perdu une partie de sa maigreur en vivant avec nous. Le poids de son enfant ne pouvait porter atteinte à sa grâce. Ses mains soutenaient son ventre, remarquai-je, en dessous du haut du parapet, là où il ne pouvait le voir. Elle baissa les yeux droit sur lui. Un instant, je crus qu'elle allait cracher.

— Où étiez-vous donc ? Je vous ai cherchés à la Saint-Michel et nous sommes presque à la Toussaint.

Il parut quelque peu décontenancé, mais il répondit assez vite :

— Nous avons rencontré des problèmes sur la route. Des Anglais, accompagnés par des Normands.

— Vous avez gagné, constata-t-elle.

— Nous avons parlementé. (Il l'étudia.) Vous paraissez en bonne santé.

— Je suis en bonne santé.

— Le bébé ?

— Aussi.

Je distinguai alors son désir, créature noire et affamée, si différente de son visage que je fermai les yeux. Quand je les rouvris, elle avait disparu. Il souriait.

— Voilà une excellente nouvelle, madame. Oui, une bien bonne nouvelle.

— Elle ne vous est pas destinée, déclara Lys, dure, froide, calme.

— Si c'est un garçon, il est l'héritier de Montsalvat.

— C'est une fille. Vous êtes au courant de la manière dont je le sais.

Il ne bougea point, mais ses hommes se signèrent.

— Peu importe. J'aimais aussi mon frère. Ne partagerez-vous point ce qui reste de lui ?

— Vous avez ses ossements, ainsi que son tombeau à Montsalvat.

— Je pense, dit mère Adèle en s'immisçant dans ce dangereux dialogue, que mieux vaudrait discuter de tout ceci entre quatre murs. Mais pas ceux de Sency, ajouta-t-elle comme l'espoir illuminait le visage de messire. Le prieuré de Sainte-Agnès peut héberger un hôte de haute lignée. Nous allons nous y rendre et vous nous suivrez.

Il s'inclina et obéit. Nous descendîmes de la porte. Mais mère Adèle ne partit pas immédiatement pour Sainte-Agnès. Des gens étaient venus voir ce qui se passait. Elle leur distribua diverses tâches, comme toujours : étayer des murs, rentrer des animaux encore dehors, barricader Sency contre un siège, si nécessaire.

— Non que je m'attende à un combat, dit-elle, mais avec ces nobles, on ne sait jamais. (Elle se tourna vers moi.) Tu m'accompagnes.

Elle ne se tourna point vers Lys. La dame devait suivre ; la moindre de ses rides le lui avait dit.

C'était également écrit chez Francha, qui s'en éloignait rarement. Mais la dame lui prit le visage entre ses longues mains blanches et ordonna :

— Va m'attendre. Je reviendrai.

On se serait difficilement attendu que Francha se fiât à elle, ce fut pourtant ce que fit l'enfant. Elle hocha gravement la tête, sans manifester la moindre résistance. Uniquement de l'acceptation et de l'adoration.

Il n'en alla pas de même pour Céline. Finalement, je dus l'acheter avec l'aide de Pierre, à qui je dus promettre une tarte au raisin s'il l'emmenait à la maison pour la garder.

***

Mère Adèle nous mena au prieuré d'un pas vif, qui ne me laissa pas le temps de me soucier de mon fichu effrangé, de ma jupe tachée à l'ourlet, ni de mes pieds nus. Naturellement, il avait fallu que messire arrive alors que j'avais entrepris de nettoyer l'enclos à cochons.

Lys nous arrêta à la porte du prieuré et fit volte-face. Les femmes étaient entrées ; nous les entendions, les chevaux renâclant et tapant des pieds, des voix graves assourdies dans la cour du prieuré. Lys parla doucement, mais avec la même tonalité tranchante qu'avec messire Giscard.

— Pourquoi ?

Mère Adèle haussa les sourcils.

Lys paraissait prête à la secouer.

— Pourquoi faites-vous tout cela pour moi ?

— Vous êtes notre hôte, répondit mère Adèle.

Lys rejeta la tête en arrière. Je crus qu'elle allait rire, ou pleurer. Elle ne fit rien de cela. Elle déclara :

— Ceci dépasse la simple hospitalité. Vous risquez la mort pour moi.

— Il n'y aura pas de morts. A moins que vous ne soyez assez folle pour en provoquer.

Elle posa la main sur le bras de la dame, l'écarta tranquillement, fit un signe de la tête à la sœur tourière, qui paraissait sur le point d'exploser d'excitation, puis entra.

***

Messire Giscard avait tout loisir de profiter de la nourriture et du reste, ainsi que d'un bain si bon lui semblait. Il prit les trois, tandis que nous attendions, et je regrettai plus que jamais de ne pas m'être arrêtée pour changer de robe. Je brossai celle que je portais et l'une des sœurs me prêta un fichu propre. Quand on l'introduisit enfin, je me trouvais aussi présentable qu'il m'était possible de l'être.

Le salon de réception de mère Adèle était un lieu imposant, allongé, large, avec un plafond voûté, sculpté, peint, doré, et une grande cheminée en pierre à l'extrémité. Ce n'était pas l'endroit qu'elle préférait pour travailler ; elle adoptait plus volontiers sa cellule, nue, simple, étrangère même à toute prétention liée à la charge de prieure. Elle venait ici pour impressionner les étrangers ; et aussi les amis, en fait. J'éprouvai quelques difficultés avec le fauteuil qu'elle m'assigna, tant il était grand, sculpté de partout, avec un coussin qui devait être en soie véritable... d'une douceur incroyable, comme une oreille de chaton. Du moins me permit-il de me cacher les pieds, mais je fus bien embarrassée quand la servante fit entrer messire et que je dus me déplier pour me redresser et essayer de m'incliner sans tomber. Lys et mère Adèle s'assirent dès que messire l'eut fait, ce qui signifiait que je pouvais les imiter : bien raide, cette fois-ci.

Il se sentait très à son aise, bien entendu. Il connaissait parfaitement les fauteuils, ainsi que les plafonds dorés. Il me sourit... aucune erreur : j'étais installée sur le côté et il dut se tourner légèrement. Je sentis mes joues s'empourprer.

— Je connais cette dame, dit-il en détournant les yeux de moi pour les fixer sur Lys. Et vous, révérende prieure ? Et cette charmante demoiselle ?

Tu parles, songeai-je. Ma rougeur en fut guérie. Je n'avais rien de charmant, si je disposais d'autres atouts.

— Je suis mère Adèle, et voici Jeannette Laclos de Sency. Vous êtes Giscard de Montsalvat, venu de l'autre côté de la Normandie, et vous prétendez avoir des droits sur notre hôte ?

Il fut totalement désarçonné. Peut-être n'avait-il pas l'habitude de tant de rondeur, à la cour d'où il venait. Mais il avait l'esprit vif, ainsi que la langue.

— Je ne prétends pas davantage que ce que j'ai déjà annoncé. Elle était la maîtresse de mon frère. Elle porte son enfant. Il souhaitait le reconnaître ; avant sa mort, il m'a fait prêter serment d'agir au mieux de ses intérêts pour son compte.

— Pour une graine de bâtard ? demanda mère Adèle. J'aurais pensé que vous seriez heureux d'en être débarrassé. Votre frère n'était-il pas l'aîné ? Et son bébé ne serait-il pas son héritier, s'il était de sexe masculin et elle son épouse ?

— Elle se refusait à l'épouser, répondit messire Giscard. Elle était aussi de noble extraction, mais exilée, et dépourvue de dot.

— Une raison supplémentaire pour la laisser partir. Pourquoi la chasser ainsi ? Ce n'est pas une voleuse, avez-vous dit. Que détient-elle que vous désiriez ?

Il considéra ses pieds dans leurs fines chaussures. Il s'était peut-être trompé dans son calcul. Mon estomac se serra tandis que je l'observais. Les hommes comme ça... de beaux animaux robustes qui n'avaient jamais connu un moment de soif ou de faim en dehors de celui qu'ils se choisissaient, à la guerre ou à la chasse à courre ; qui n'avaient jamais été contré, ni ne savaient que faire dans un tel cas... ces hommes étaient dangereux. L'un d'eux m'avait rencontrée dans les bois avant que j'épouse Claudel ; aussi Céline était-elle blonde, comme le Normand qui l'avait engendrée. Un Normand qui ressemblait beaucoup à celui-ci, à part qu'il n'était pas aussi beau. Il s'était montré très doux, à sa façon. Mais il me désirait, et ce qu'il désirait, il le prenait. Il ne m'avait même pas demandé mon nom. Je ne lui avais pas demandé le sien.

Celui-ci me l'avait demandé. Cela m'avait radoucie... davantage que je ne voulais l'admettre. Bien entendu, cela lui était égal. Si nous n'avions été que nous deux sous les arbres et que son sang s'était échauffé, les noms n'auraient eu aucune importance.

Lys parla et me fit sursauter ; j'étais plongée dans mes pensées.

— Il me désire, dit-elle. En partie pour ma beauté. Mais surtout pour ce qu'il pense que je lui donnerai.

Messire Giscard arbora son sourire facile.

— Voilà donc que vous me soumettez à la tentation. J'aurais peine à pécher au point de convoiter la femme de mon frère. C'est de l'inceste, prohibé par notre sainte mère l'Église. (Il se signa avec dévotion.) Non, mère Adèle ; elle est peut-être belle, mais j'ai prêté serment à mon frère.

— Vous aviez promis de me laisser partir.

— Pauvre dame. Vous étiez hors de vous du fait de votre chagrin. Que pouvais-je dire sinon acquiescer à tout ce que vous demandiez ? J'implore votre pardon pour cette tromperie ; je l'avais jugée nécessaire, en toute honnêteté. Jamais je n'aurais voulu vous chasser.

— Jamais vous n'auriez voulu me libérer.

— Le haïssez-vous à ce point ? demanda mère Adèle.

Lys la regarda, puis posa les yeux sur lui. Il souriait toujours. Beau, oh, si beau avec le soleil qui tombait en biais sur sa chevelure éclatante, et ses dents blanches qui étincelaient !

— Aymeric ne fut jamais aussi beau, déclara Lys. Tout cela échut à son frère. C'était un petit homme à la bouche de grenouille, aux jambes arquées, basané comme un Sarrasin, aux yeux myopes, aux dents gâtées, dépourvu de toute grâce. Seulement... il entrait dans une pièce et l'on pensait : « Quel vilain petit bonhomme ! » Puis il souriait et rien au monde ne comptait plus, en dehors du fait qu'il était heureux. Tout le monde l'aimait. Même ses ennemis... ils le détestaient avec un respect sincère et l'admiraient profondément. Je fus son ennemie, au début. J'étais une créature fière et cruelle, exilée de mon propre gré, ayant juré de me frayer un chemin dans ce monde, seule et isolée. Il... il voulait me protéger. « Tu es une femme », disait-il. Comme si c'était là une raison suffisante.

« Cela me faisait le détester. Il se sentait si sûr de soi, si insupportable, simple mortel devant tout ce que j'étais et avais été. Mais il se refusait à céder un pouce de terrain en tout domaine et, à la fin, comme tous les autres, je capitulai sous son charme.

— A moins que ce ne fût lui sous le vôtre, déclara messire Giscard. Dès le moment où il vous vit, il fut ensorcelé.

— C'était mon visage et rien de plus. Le restant crût avec ma résistance. Il aimait la lutte, Aymeric. Ni lui ni moi ne cédions. Jusqu'au jour de sa mort, il fut déterminé à me protéger, comme je le fus à lui résister.

Messire Giscard sourit triomphalement.

— Vous voyez ? dit-il à mère Adèle. Elle résiste encore. Et pourtant, ne suis-je pas son seul parent en ce monde ? Mon frère ne me l'a-t-il pas confiée ? Ne respecterai-je pas la promesse que je lui fis sur son lit de mort ?

— Elle ne le souhaite pas, dit mère Adèle.

— Ah, dit messire Giscard, les femmes enceintes... vous savez comment elles sont. Elle est angoissée ; elle est affligée. A juste titre, d'ailleurs. Mais elle devrait également songer au bébé ainsi qu'aux dernières volontés de son amant. Il ne lui aurait jamais permis de traverser à pied toute la largeur de la Normandie, à la recherche de je ne sais quoi.

— A la recherche des miens, répondit Lys. J'ai encore des parents, Giscard. L'un d'eux est même roi.

— Quoi, le roi des fées ? (Giscard secoua la tête.) Mère Adèle, à l'en croire, elle serait la fille du roi des elfes.

— Je suis la fille de son frère, déclara Lys. (Elle en avait tout à fait l'apparence, avec son blanc visage bouleversé.) Vous ne pourrez les abuser ainsi, Giscard, ni espérer prouver ma folie. Elles sont au courant. Elles vivent à l'orée du Bois.

Il se pencha en avant dans son fauteuil. Tout son éclat s'était enfui, toute cette fausse apparence suave. Il était aussi dur, cruel et froid qu'elle.

— Allez. Allez, Alys. Dites-leur le reste. Dites-leur ce que vous avez fait pour que mon frère vous aime à ce point.

— Quoi, que je fus sa putain ?

Je la regardai et frissonnai. Non, il n'avait pu être aussi dur, ou cruel, ou froid. Il était humain. Elle...

Elle éclata de rire.

— Ceci serait évident même pour un homme aveugle. Ce que les personnes présentes ne sont point. Elles ne sont ni des aveugles, ni des hommes, ni des idiotes.

— Savent-elles ce que vous êtes aussi ? (Il se dressait presque au-dessus d'elle.) Le savent-elles ?

— Il leur serait difficile de l'ignorer, vu qu'elles savent quels sont mes parents.

— Si elles vous croient. Si elles ne font pas que ménager une pauvre folle.

— Nous la croyons, répondit mère Adèle. Est-ce là ce que vous souhaitez ? Que nous la brûlions en tant que sorcière ?

Il se signa.

— Par tous les saints, non !

— Non, dit Lys. Il souhaite m'utiliser. Pour ce qu'il

pense que je suis. Pour ce qu'il s'imagine que je puis accomplir.

— Pour ce que vous *pouvez* accomplir, dit-il. Je vous ai vue. En haut de la colline, les étoiles dans les cheveux. En train de danser ; et la lune est descendue danser à votre côté. Lui vous regardait, il tapait des mains comme un enfant. (Son visage se déforma.) Jamais je n'aurais été aussi demeuré. Je vous aurais maniée comme une épée.

Les mots manquaient à Lys. Mère Adèle s'immisça sèchement dans son silence.

— Je vois pourquoi elle n'accorde pas facilement son consentement. Les femmes sont assez maudites par la nature, faibles, fragiles comme le disent tous les sages ; et faites, prétend-on, pour le plaisir de l'homme et peu d'autres choses. Il arrive qu'elles ne l'acceptent pas facilement. C'est un défaut qui leur est propre, j'en suis consciente.

— Mais un défaut qui peut être corrigé, déclara messire Giscard. Une main ferme, la caresse d'un éperon... mais aussi de la douceur. Voilà ce dont une femme a besoin.

— Cela marche pour les juments, dit mère Adèle.

Elle se leva. Je ne lui avais jamais vu cette apparence, à la fois plus petite et plus grande qu'en réalité. Plus petite parce qu'il était immense. Plus grande, parce qu'elle parvenait mystérieusement à le dominer de haut.

— Nous réfléchirons à ce que vous avez dit. En attendant, vous pouvez abuser de l'hospitalité de notre prieuré. Par courtoisie, nous vous demandons de ne point vous rendre en ville. La maladie y est récente ; elle n'est pas encore tout à fait disparue.

Il accepta sans peine : si facilement qu'il ne me fut pas aisé de retenir mon rire. Inutile de lui indiquer qu'il s'agissait d'une fièvre d'automne qui avait touché les enfants et ne pouvait mettre en péril que les plus faibles. Le terme de maladie, cette année-là, faisait trop clairement penser à la Peste.

***

— Voilà qui le retiendra un certain temps, dit mère

Adèle lorsque nous fûmes revenues en sécurité : à l'intérieur des murs de Sency, sous mon toit au chaume neuf. Les gens qui passaient par là pouvaient en soulever un angle et regarder à l'intérieur, mais cela ne me faisait pas peur. La plupart étaient dans leur propre demeure, en train de manger leur dîner, ou à la taverne en train de le boire.

Nous avions terminé le nôtre, enrichi d'un jarret de mouton du prieuré. Perrine avait le visage luisant de graisse. Même Francha, pour une fois, avait mangé comme un oiseau. Elle était lovée sur les genoux de sa dame, le pouce dans la bouche, et elle sommeillait tandis que nous réfléchissions à voix haute.

— Il n'entrera pas en un lieu où l'on trouve des maladies, mais je doute qu'il s'en aille. Il tient absolument à s'emparer de vous.

La bouche de Lys se contorsionna.

— Il veut ma sorcellerie. Ni plus, ni moins. S'il a mon corps en prime... cela ne le dérangera pas. Mais c'est surtout mon pouvoir qu'il convoite ; ou ce qu'il s'imagine être mon pouvoir.

— Pourquoi ? demandai-je. Pour devenir maître de la Normandie ?

— Oh, non. Il ne viserait pas aussi haut. Il veut simplement être le meilleur des seigneurs de Montsalvat. C'est tout. Si le reste suivait... si son ange gardien devait l'appeler à un destin plus glorieux... eh bien, serait-il sage de le refuser ?

— Il mériterait le bûcher, déclara mère Adèle. Et vous aussi. On n'est guère délicat avec les sorciers, de nos jours.

— L'a-t-on jamais été ? (Lys peignait du bout des doigts les cheveux emmêlés de Francha.) C'est pis encore au sud, en Provence, où l'Inquisition pourchasse encore les hérétiques. Mais le nord est à peine plus hospitalier envers ceux de ma race.

— Nous sommes des nordiques, annonçai-je.

Elle me jeta un coup d'œil : ce fut comme la caresse du tranchant d'un couteau.

— Vous vivez à l'orée du Bois. Cela vous transforme.

Je haussai les épaules.

— Je ne me sens pas différente. L'histoire est-elle vraie, selon laquelle votre roi fut jadis un mortel, roi du royaume occidental ?

— Jamais il ne fut mortel. Il fut le roi de mortels pendant une centaine d'années et davantage. Mais il finit par partir. Il n'est de merci pour un peuple d'être dirigé par quelqu'un qui ne vieillit ni ne meurt.

— Ni de merci pour lui, d'ailleurs, commenta mère Adèle, de voir son peuple vieillir et mourir. (Comme Lys la considérait de ses grands yeux stupéfaits :) — Non, je ne suis point d'une sagesse plus grande qu'il ne se doit. J'ai simplement lu beaucoup de livres. Je voulais savoir la nature de ces histoires. Selon ces contes, il fit vœu de passer sous les arbres et de n'en jamais ressortir ; en cet âge du monde, du moins.

— Et il ne le fera pas, ajouta Lys, amère. Ni aucun de ceux qui l'accompagnèrent, ni aucun de ceux qui naquirent par la suite. C'est un royaume plus vaste que vous ne pouvez le concevoir et ce monde-ci n'en constitue qu'un recoin ; c'est pourtant une prison. J'avais envie de cet air, de ce soleil, de cette terre. Son vœu... prononcé avant même ma naissance... m'interdisait ne fût-ce que d'y songer.

— Aussi y avez-vous songé. (Mère Adèle poussa un soupir.) Les jeunes ne changeront jamais.

— C'est ce qu'il a dit, fit Lys d'un ton tendu par la colère au point que je l'entendis à peine. C'est exactement ce qu'il a dit.

— Il vous a laissée partir.

— Comment pouvait-il me retenir ? Il savait ce qui se produirait. Que les murs se refermeraient une fois que je les aurais ouverts. Que je ne pourrais revenir.

— Le souhaitiez-vous ?

— A cette époque, non, répondit Lys. A présent... (Ses doigts se nouèrent dans les boucles de Francha. Elle les desserra précautionneusement.) Ce monde n'est pas fait pour mes semblables. Il me hait, ou me craint, ou les deux à la fois ; il me voit comme un objet, que l'on utilise ou que l'on brûle. Même vous, qui m'avez accueillie, qui osez éprouver pour moi de l'affection... vous savez que vous pourriez en souffrir. Vous en souffrirez, car votre bravoure ira jusque-là. Mais vous finirez par m'abhorrer.

— Cela est probable, dit mère Adèle. Mais il est possible que non. Je doute que vous restiez ici suffisamment longtemps.

— Je ne retournerai pas à Montsalvat, affirma Lys sur un ton où chaque mot était taillé dans la pierre.

— Vous risquez de ne pas avoir le choix, dit mère Adèle. A moins que vous ne trouviez un moyen de vous débarrasser de messire. Nous pourrons le tenir à distance pendant un certain temps, mais il a des hommes armés et des chevaux. Nous ne possédons rien de tout cela.

Lys baissa la tête.

— Je sais. Oh, je le sais.

— Vous en savez trop ! lançai-je. (J'étais soudain en colère ; écœurée par tout ce bavardage.) Pourquoi ne cessez-vous pas de savoir pour *agir* un peu ? Là-dehors, il y a vingt soldats, plus un homme qui les commande et qui veut une sorcière comme animal favori. Soit vous lui cédez maintenant, avant qu'il ne tue quelqu'un, soit vous trouvez un moyen de le chasser. Vous pouvez faire descendre la lune, selon lui. Et pourquoi pas la foudre, aussi ?

— Je ne peux pas tuer, répondit Lys, à ce point horrifiée que je sus qu'elle disait la vérité. *Je ne peux pas tuer*.

— Vous l'avez déjà dit. Voilà donc tout ce que vaut votre sorcellerie ? Vous levez les mains, vous vous rendez et vous remerciez Dieu de ne pas utiliser ce dont il vous fit le présent ?

— Si ce présent est bien de Lui et non de l'Autre.

— C'est de l'hérésie, déclara mère Adèle, mais sans donner l'air d'y attacher grande importance. Je pense que vous devriez réfléchir un peu. Voici où vous a conduite de jouer à la bonne chrétienne. Il vous enlèvera, mon enfant. Soyez-en sûre. Et il nous fera payer pour vous avoir accueillie.

Lys se leva, avec Francha profondément endormie dans ses bras. Elle posa l'enfant dans le lit, la couvrit soigneusement et l'embrassa. Puis elle se retourna.

— Très bien. Je vais me rendre. Je le laisserai me ramener à Montsalvat.

Mère Adèle fut debout si rapidement et elle agit si soudainement que je ne sus ce qu'elle avait fait avant d'avoir entendu le bruit de la gifle.

Lys avait la main sur la joue. Je voyais la marque rouge qui grandissait sur la peau blanche. Elle paraissait parfaitement heurtée, mais restait sans expression.

— Est-ce là tout ce dont vous êtes capable ? lui lança mère Adèle. Vous cacher, vous recroqueviller, gémir, émettre des vociférations sur la vengeance et céder au moindre signe de menace ?

— Que puis-je faire d'autre ? repartit Lys.

— Réfléchir, répondit mère Adèle.

Elle sortit.

***

La nuit fut très tranquille. Je me surpris moi-même : je réussis à dormir. En me réveillant, je fus encore plus surprise de constater la présence de Lys. Elle était assise auprès du feu quand je m'étais endormie. Elle se trouvait toujours à la même place, mais le feu avait été couvert, elle avait remonté les jambes aussi haut que le lui permettait son gros ventre, et elle ne cessait de se balancer d'avant en arrière.

Elle revint rapidement à elle, elle tendit la main pour soulever le couvercle du feu ; pareille à elle-même, elle effectua toutes les tâches du matin qu'elle s'était assignées. Mais j'avais vu les traces de larmes sur son visage dès le début, avant qu'elle se lève pour prendre la marmite.

Quand elle se redressa, les mains au creux du dos comme n'importe quelle femme enceinte depuis Ève, j'étais prête à l'entendre.

— Je vais au prieuré.

Je l'accompagnai. Le matin était gris, de plus en plus froid, l'air piquant. Cette fois-ci, j'avais mis ma jolie robe et mon plus beau fichu, ainsi que la cape en laine de Claudel. Ils constituaient une sorte d'armure. Lys avait sa beauté et le manteau bleu que j'avais tissé pour mon mariage. Elle affichait un petit air presque ordinaire...

diminuée. Elle possédait une sorte d'éclat, disait mère Adèle. Il ne brillait pas en elle, ce matin. Elle ne semblait pas plus humaine qu'un ange sur un autel.

⁂

Messire Giscard nous rencontra à courte distance du prieuré, sur son grand cheval, suivi par une poignée de ses hommes. Il nous sourit.

— Bonjour à vous, jolies dames, dit-il.

Nous ne lui rendîmes point son sourire. Lys continua de marcher comme s'il n'avait pas été là. Je me montrai plus prudente et ce fut une erreur : il me vit le regarder et m'adressa toute la largeur de son sourire.

— Voulez-vous monter avec moi, Jeannette Laclos ? Ce n'est pas loin, je sais, mais Flambard serait heureux de vous porter.

Je fixai mon regard sur Lys et marchai plus vite. Le cheval alezan avançait à côté de moi. Je ne levai pas les yeux, mais ma nuque se hérissa. Dans un instant... d'un instant à l'autre... il allait se saisir de moi et me jeter en travers de sa selle.

— Oh, allez, dit-il de sa voix légère de prince. Je ne suis pas un diable aussi méchant que ça. Si vous me plaisez... et vous ne pouvez que plaire à un homme... quel mal pourrais-je vous faire ? N'aimeriez-vous pas vivre dans une belle maison et être vêtue de soieries ?

— Et porter vos bâtards ? lui demandai-je, toujours sans le regarder. Non, merci. J'ai laissé tomber ce genre de vie il y a six ans au Carême.

Il éclata de rire.

— Jolie, et avec un esprit vif ! Vous êtes un joyau caché dans ce fumier.

Je m'arrêtai net.

— Sency n'est pas la fosse à purin des hommes !

Je me sentais assez furieuse pour oser le regarder. Il n'était pas du tout en colère. Il souriait largement.

— J'aime les femmes qui ont de la vivacité, dit-il.

C'est alors que son cheval tourna la tête pour essayer de me mordre. Je le frappai aussi fort que je pus. Il se déroba et son maître jura. Je lâchai un rire bref avant de saluer la sœur tourière.

***

— Je vais rentrer avec vous, déclara Lys.

Nous étions de nouveau dans le salon de réception de mère Adèle, tous les quatre. Cette fois-ci, il était accompagné de son sergent, soit pour le protéger, soit pour lui servir de témoin. L'homme se tenait debout derrière le fauteuil de son seigneur et nous surveillait sans mot dire, mais ce qu'il pensait de nous était assez clair. Nous n'étions que de faibles femmes. Jamais nous ne résisterions à son maître.

Lys était assise, les mains sur ce qui restait de libre de ses genoux, les nouant et les dénouant.

— J'ai réfléchi, annonça-t-elle. Je ne puis faire davantage. Je vous donnerai ce que vous souhaitez. Je retournerai à Montsalvat.

J'ouvris la bouche. Mais il ne me seyait point de parler. Messire Giscard était manifestement enchanté. Mère Adèle n'affichait pas ses sentiments.

— Vous le voulez vraiment ? demanda-t-elle.

— Oui, répondit Lys.

Messire Giscard lui présenta sa figure la plus chaleureuse et la plus douce.

— Je veillerai à ce que vous ne le regrettiez pas.

Lys leva les yeux sur lui. Ses yeux véritables, pas ceux que les gens désiraient voir. J'entendis le souffle de sa respiration. Son sergent fit le signe des cornes et, tout de suite après, celui de la croix.

Elle sourit.

— Cela ne sert à rien, Raimbaut.

Le sergent s'empourpra sombrement. Lys tourna la force de son regard sur Giscard.

— Oui, je rentrerai avec vous. Je serai votre sorcière. Votre maîtresse aussi, peut-être, quand ma fille sera née ; si vous voulez de moi. Je suis une exilée, après tout, pauvre, sans famille en ce monde.

Il perdait rapidement sa joie. La mienne ne montait pas

encore. Mais Lys ne s'était pas rendue. Je le vis sur son visage ; dans la férocité de son sourire.

— Mais, avant de partir ou de m'accepter, vous devriez savoir ce que vous prenez.

— Je le sais, dit-il un peu vivement. Vous êtes une sorcière. Vous ne vieillirez pas, vous ne perdrez pas votre beauté. Le feu est votre serviteur. Les étoiles descendent à votre appel.

— Les hommes aussi, si je le souhaite.

Un instant, je vis sa convoitise à nu. Il la dissimula comme les enfants apprennent à le faire.

— Vous pouvez voir l'avenir. Aymeric me l'a appris.

— Vraiment ? (Lys haussa un sourcil.) Il m'avait promis de ne jamais le faire.

— Je le lui avais fait avouer. Je l'avais déjà deviné, d'après certains détails.

— Il ne savait cacher quoi que ce fût. Oui, j'ai ce don.

— Un don immense, mais terrible aussi.

— Du moins avez-vous l'intelligence de le comprendre. Ou de vous imaginer en être capable.

Elle se leva. Le sergent broncha. Messire Giscard resta immobile, mais ses yeux s'étaient étrécis. Lys vint se tenir devant lui. Elle avait les mains sur le gonflement de son ventre, comme pour le protéger.

— Passons un marché, mon seigneur. J'ai accepté de céder à votre volonté. Mais avant de m'emmener permettez-moi de lire votre destinée. Alors, si vous êtes toujours sûr que je ferai votre fortune, vous pourrez disposer de moi à votre guise.

Il distingua aussitôt le piège. Moi aussi ; et je n'étais pas fille de seigneur.

— Un marché intéressant, vu qu'il vous suffit de prédire ma mort et vous débarrasser ainsi de moi.

— Non. Ce n'est point votre mort que je verrai. Je vous dirai la vérité, Giscard. Vous avez ma parole.

— Jurez-le sur la croix.

Elle posa la main sur la croix de mère Adèle et jura. Mère Adèle restait coite. Elle attendait, comme moi, de voir ce que Lys avait tramé.

Elle se signa : ses lèvres formèrent des mots qui ne

pouvaient que constituer une prière. Puis elle s'agenouilla devant Giscard et lui prit les mains entre les siennes. Je le vis se raidir un instant, comme pour se dérober. Elle tint bon. Il se détendit. Elle affronta son regard. Il fit de nouveau mine de résister ; mais elle ne lâcha pas prise.

Je serrais les poings. Mon cœur battait la chamade. Il n'y eut ni foudre ni tonnerre. Rien que la mince silhouette au ventre arrondi, dans mon manteau bleu, et la voix douce et basse.

Elle lui lut son avenir. Leur départ de Sency. Leur retour à Rouen. La guerre qui y faisait rage et continuerait d'innombrables années. Le retour incessant de la Peste. Ses combats dans la guerre, sa survie à la Peste, sa gloire, tandis qu'elle restait à ses côtés, toujours jeune, toujours belle, toujours prête à lui procurer le maximum.

— Toujours, dit-elle. Je serai toujours avec toi, éveillé ou endormi, en temps de guerre comme en temps de paix, dans ton cœur comme dans ton esprit, âme de ton âme, indissociable partie de toi. Chaque souffle, chaque pensée, chaque image... tout cela m'appartiendra. Tu seras chaste, Giscard, en dehors de moi ; sans péché du fait de ton amour. Car rien de ce que tu feras ne me restera inconnu. Ainsi étions-nous, Aymeric et moi, parfaits dans l'amour comme dans l'amitié. Ainsi serons-nous tous les deux.

Longtemps après qu'elle eut fini de parler, nul ne bougea. Les lèvres de messire Giscard étaient entrouvertes. Bouche bée : je dirai que c'est là l'expression la moins flatteuse chez un homme.

Lys lui adressa un sourire d'une tendresse terrifiante.

— Veux-tu de moi, Giscard ? Veux-tu de la gloire que je puis te procurer ?

Il s'arracha à son étreinte. Le mouvement de son bras la fit basculer à terre.

Je bondis vers lui, me détournai et me laissai tomber à son côté. Elle était pliée en deux, autour de son ventre.

Et elle riait. Riait comme une folle. Riait au point d'en pleurer.

Quand elle s'arrêta, il avait quitté les lieux. Elle était allongée, épuisée, entre mes bras. Ses larmes avaient trempé ma robe.

— Aurais-tu réellement pu faire cela ? lui demandai-je.

Elle hocha la tête. Elle s'assit péniblement. Je l'aidai ; lui donnai mon fichu pour s'essuyer le visage.

— Je puis le faire pour toi également, dit-elle d'une voix rauque. J'entends tout, je le vois, le sens... toutes les pensées de toutes les têtes. Tous les espoirs, les rêves, les amours, les haines, les peurs, les folies... tout. (Elle se prit la tête entre les mains.) *Tout.*

Je la tins contre moi et la berçai. J'ignorais pour quelle raison je n'avais pas peur. Trop tard, sans doute. Et elle vivait avec nous depuis la Saint-Michel ; s'il restait quelque chose à lui dissimuler, c'était si profondément caché que je ne pouvais espérer le trouver.

Elle pleurait encore, à gros sanglots qui secouaient tout son corps.

— J'étais la plus douée, selon mon père. De tous les habitants du Bois, c'était moi qui voyais le mieux comment se construisaient et s'abattaient les murs. Aucun de nous n'était mieux armé pour s'aventurer parmi le peuple humain. Je les défiai donc tous, renversai l'enchantement et sortis du Bois. Et j'y parvins. Je parvins à vivre comme les humains. Mais... je ne pouvais mourir comme ils le faisaient. J'en étais incapable. (Sa voix s'éleva et devint lamentation.) Je voulais mourir avec Aymeric. Et je ne réussis même pas à tomber malade !

— Oh, silence !

Mère Adèle se tenait auprès de nous, les mains sur les hanches. Elle était sortie lors de la fuite de Giscard ; elle était revenue, à présent, sans qu'un sourcil ait bougé, sans manifester la moindre terreur devant la femme du Bois.

— Si vous aviez réellement voulu vous jeter dans la tombe de votre amant, vous en auriez trouvé le moyen. Se tuer n'est pas plus difficile que de tuer quelqu'un d'autre. C'est surtout une question de volonté et de courage.

Lys aurait pu la tuer. Oh, sans peine. Mais je fus heureuse qu'un mot l'eût arrêtée, que ce fût la volonté, ou le courage, ou simplement la stupéfaction.

Pour la première fois depuis que je la connaissais, la grâce l'abandonna quand elle se leva. Même sa beauté était pincée, pâle, trop maigre, trop vive, trop bizarre.

Mère Adèle la considéra avec une absence totale de compassion.

— Vous vous êtes débarrassée de sa seigneurie, dit-elle, et de manière fort adroite. Il préférerait rôtir en Enfer plutôt que de revenir à Sency. Vous savez sans doute qu'il aurait pu jurer de nous menacer de l'Inquisition qui nous aurait tous brûlés pour ce que vous lui avez infligé.

— Non. Pas du tout. J'y ai veillé.

— Vous... y avez... veillé ?

Même Lys pouvait se faner face à l'ire de mère Adèle. Elle leva les mains au visage, puis les laissa retomber.

— Je me suis contentée de le forcer à ressortir le meilleur de ce qui est en lui.

— Vous l'avez forcé.

— Auriez-vous préféré qu'il revienne avec le feu et l'épée ?

Un moment, elles s'affrontèrent, elles-mêmes semblables au feu et à l'épée. Mère Adèle secoua la tête et soupira.

— Cela est fait. Je ne puis dire que je souhaite le voir défait. Un souhait pour lequel la pénitence sera lourde. Vous... peut-être connaissez-vous déjà votre pénitence. Vous n'auriez jamais dû quitter votre Bois.

— Non. Je ne le pense pas. En revanche, je crois que je suis restée trop longtemps ici. (Mère Adèle sursauta un peu. Lys eut son petit sourire glacial.) Non, je ne lis pas dans votre esprit. Cela est inscrit sur votre visage. Vous voulez que je parte.

— Pas exactement, dit mère Adèle. Je veux que vous rentriez chez vous.

Lys referma les yeux.

— Par tous les saints, rentrer chez moi... revivre parmi tous ces murs... être ce que je suis, tout ce que je suis, où se trouve mon peuple... ! (Elle respira en frémissant.) Vous pensez que je n'ai pas essayé ? C'est pour cela que je suis venue ici. Pour retrouver la porte. Pour l'abattre. Pour rentrer.

— Vos efforts n'ont pas été suffisants. Votre volonté n'a pas été et ne sera jamais suffisante.

— Ma volonté n'est pas en cause. C'est celle de mon roi.

— Non, c'est la vôtre, dit mère Adèle, immuable. Moi aussi, je sais lire sur les visages. Sont-ils tous aussi têtus que vous, là d'où vous venez ?

— Non, répondit Lys. (Ses yeux s'ouvrirent. Elle se redressa.) Il en est de pires.

— J'en doute. Vous êtes la bienvenue ici. Soyez-en assurée. Mais vous n'êtes pas dans votre monde. Nous ne sommes pas de votre race. Vous l'avez dit vous-mêmes. Vous nous aimez et nous nous permettons de mourir autour de vous.

— Vous n'y pouvez rien, répondit Lys.

Mère Adèle éclata de dire et Lys la regarda fixement.

— Allez-y, mon enfant. Rentrez. Nous ne valons pas mieux pour vous que vous pour nous.

Lys avait été mortellement insultée. Elle était plus ancienne que mère Adèle, peut-être, et de plus haute naissance. Mais elle garda la bouche cousue. Elle pencha la tête, en signe de respect. Sinon en véritable signe d'acceptation.

III

Le Bois était glacial dans la lumière grise du soir. Aucun oiseau ne chantait. Aucun souffle ne bruissait dans les branches des arbres.

Lys avait tenté de s'échapper seule, discrètement. Elle aurait dû savoir que c'était impossible. Cette fois-ci, ce ne fut pas ma faute, pas entièrement du moins : j'avais suivi Francha. Nous nous tenions donc sur le porche de la chapelle en ruine, Francha avait les deux bras autour de sa taille, j'étais simplement en face d'elle.

— Si les murs peuvent s'ouvrir, dit Lys, prudente et froide, votre présence assurera qu'ils restent fermés ensuite.

Je l'entendis, mais je ne l'écoutais pas.

— Allez-vous encore abandonner Francha ?

Lys fronça les sourcils et baissa les yeux sur l'enfant qui s'accrochait à elle.

— Elle ne peut m'accompagner, même si je puis entrer.

— Pourquoi pas ?

— Elle est humaine.

— Elle ne peut vivre en ce monde. C'est à peine si elle y parvenait avant votre arrivée. A votre départ, elle mourra.

— Il nous est interdit...

— Il vous était interdit de sortir. Mais vous l'avez fait.

Lys enlaça Francha, comme si elle ne pouvait s'en empêcher. Elle souleva l'enfant et la tint contre elle.

— Oh, mon Dieu ! Si seulement je pouvais être la créature dure et froide que je feins d'être !

— Vous êtes suffisamment froide, et aussi insensible qu'un chat. Mais même un chat a ses faiblesses.

Lys me regarda.

— Tu aurais dû être l'une d'entre nous.

Je frémis.

— Dieu soit loué pour m'avoir épargné ce destin. (Je levai les yeux sur le ciel.) Vous devriez commencer maintenant. Avant la nuit.

Lys aurait pu discuter, mais même elle ne pouvait empêcher le soleil de se coucher.

Elle n'entra point dans la chapelle comme j'avais pensé qu'elle le ferait. Elle resta dehors, face au Bois, tenant toujours Francha. L'obscurité s'était déjà infiltrée sous les arbres ; une brume grise montait et s'insinuait parmi les branches.

Les yeux de Lys s'ouvrirent tout grand.

— L'ouverture, annonça-t-elle. Les murs sont tombés. Mais...

— Arrêtez de parler. (Ma gorge était douloureuse.) Allez-y.

Elle resta sur place.

— C'est un piège. Ou un artifice. L'enchantement est rusé ; il sait à quoi il sert.

Francha se débattit dans ses bras. Elle lâcha l'enfant. Francha se laissa glisser le long de son corps sans cesser de lui agripper la main. Elle la tira vers le Bois.

Elle plongea son regard dans ces grands yeux, si humains alors que les siens ne l'étaient point.

— Non, Francha. C'est un piège.

Francha releva le menton et se pencha en avant de toutes ses forces. On eût dit qu'elle criait : « *Viens !* »

— Allez-y, dis-je. Comment saurez-vous si c'est un piège tant que vous n'aurez pas essayé ? Allez-y.

Lys me foudroya du regard.

— Comment les humains peuvent-ils...

Je prononçai un mot qui la rendit muette. Tandis qu'elle hésitait, je la poussai et Francha la tira. Propulsée vers ce qu'elle désirait le plus au monde.

Plus tard, ce serait douloureux. Pour l'instant, je désirais seulement qu'elle parte. Avant que je cède. Avant que je lui permette de rester.

Elle marchait toute seule, à présent, quoique lentement. Les arbres étaient tout près. Je sentais la brume, humide et froide, comme l'haleine des morts.

— Non ! s'écria Lys en levant brutalement les mains.

Il en jaillit une lumière. La brume se ratatina et s'enfuit. Les arbres s'élevèrent plus haut que le plus grand des arbres mortels, grandes colonnes soutenant un toit d'or.

La lumière baissa. Les arbres redevinrent arbres, mais leurs feuilles étaient encore dorées, pâles dans le soir. Un sentier serpentait entre eux, luisant faiblement en s'insinuant dans l'obscurité. Il ne resterait pas longtemps visible, je le savais au tréfonds de moi-même. Je me tendis pour la traîner vers lui. Je me refusais à penser à ce qui arriverait s'il se refermait alors que je me trouvais dessus.

Elle posa le pied sur le sentier sans que je la force. Elle fit un pas, deux, trois.

Elle se retourna.

Elle tendait la main. Elle partait. J'avais obtenu cela. A présent, elle m'offrait ce que je l'avais amenée à retrouver. Ce pays resplendissant. Ce peuple qui ne connaissait ni l'âge, ni la maladie, ni la mort. L'évasion. La liberté.

Par rapport à quoi ? me demandai-je alors. Je vieillirais, où que je fusse.

— Accordez cela à Francha. Peut-être pourrez-vous la guérir ; peut-être retrouvera-t-elle sa voix. Peut-être apprendra-t-elle à chanter.

Lys ne baissa pas la main. Elle le savait, la maudite. Oui, c'était volontiers que j'accepterais, avec bonheur.

Je serrai les poings dans ma jupe.

— Je suis née sur cette terre. C'est ici que je mourrai.

Francha lâcha la main de Lys. Elle courut jusqu'à moi, me serra très fort. Mais pas pour rester. Elle avait choisi. Elle l'avait fait à l'époque des moissons, de l'autre côté du Bois.

Lys me regarda comme si elle voulait parler. Je ne voulais pas qu'elle le fasse. Peut-être m'entendit-elle ; ou alors elle le comprit simplement, comme le faisaient les humains, d'après l'expression de mon visage. Elle ne parla point. Elle se contenta de me regarder longuement.

Le sentier s'évanouissait rapidement. Elle se retourna très vite, prit Francha entre ses bras et se mit à courir. Elle s'enfonça dans les ténèbres scintillantes ; vers une lumière que j'étais sur le point d'apercevoir. Des gens se trouvaient là. Des princes et des reines pâles. Un roi blême qui n'avait rien de glacial. Oui, je faillis distinguer ses yeux gris ; ils souriaient, non seulement à l'adresse de la prodigue revenue chez elle, mais aussi à mon intention, simple chair mortelle, seule à côté d'un sanctuaire brisé.

J'eus un rire douloureux. Elle portait la cape que j'avais à mon mariage. Que dirait Claudel quand il rentrerait...

S'il revenait.

Quand il reviendra, me chuchota le Bois. Un cadeau. Une promesse.

Je tournai le dos à l'ombre et aux arbres pour me diriger vers mon foyer : la chaleur, la lumière, les voix de mes enfants, Mamère Mondine endormie près du feu. Au-dessus de moi, tandis que je marchais, telle une gardienne et une guide, s'élevait une étoile blanche et solitaire.

L'INVOCATEUR
(The Conjure Man)

CHARLES DE LINT

« Je ne crois pas qu'il ait eu pour le pleurer d'autres amis que moi et un couple de hiboux. »

J.R.R. Tolkien
Note d'introduction à *L'Arbre et la Feuille*

« Vous ne pouvez voir l'arbre qu'à la lumière de la lampe. Pourriez-vous jamais voir le réverbère à la lumière de l'arbre ? »

C.K. Chesterton
L'Homme qui était jeudi

L'invocateur chevauchait une bicyclette rouge, un ancien modèle doté de pneus épais et d'un seul pignon fixe. Un panier d'osier à l'avant contenait un petit chien bâtard qui avait tout d'un fox-terrier. Derrière la selle était fixée une sacoche marron en piteux état qui cachait aux regards des curieux toute la somme de ses biens terrestres.

Il n'avait pas grand-chose, mais il avait besoin de bien peu. Après tout, il était l'invocateur et il lui était toujours possible d'invoquer ce qu'il n'avait pas.

Il était plus trapu que mince, avec une longue barbe grisonnante et un halo de cheveux gris bouclés qui dépassait de son chapeau noir haut-de-forme comme un enchevêtrement de lierre sous un avant-toit. Dans le ruban du chapeau, il avait piqué un bouquet sec de fleurs des champs et trois plumes : l'une blanche, de cygne ; une deuxième, noire, de corbeau ; la dernière, marron, de hibou. Il portait une veste bleue, chaleureuse comme un magnifique matin d'été. Dessous, il arborait une chemise aussi verte qu'une pelouse qui vient d'être tondue. Son pantalon était coupé dans un velours côtelé marron, rapiécé de carrés de cuir et de tissu écossais ; ses bottes étaient d'un jaune d'or foncé, la couleur des renoncules qui ne sont plus de première jeunesse.

Son âge demeurait énigmatique, se situant entre cinquante et soixante-dix ans. La plupart des gens présumaient qu'il appartenait au monde des sans-domicile-fixe... certes plus pittoresque que la majorité et assurément plus réjouissant, mais marginal malgré tout... de telle sorte que le parfum de pommes qui semblait le suivre était toujours une surprise, de même que la bonne humeur qui allait main dans la main avec l'intelligence vive brillant au fond de ses yeux bleus. Quand il levait la tête, le rebord du chapeau s'inclinant, et qu'il rencontrait votre regard, l'impact de ses yeux était un choc brutal, un diamant à l'état brut.

Il s'appelait John Windle, ce qui peut vouloir dire, pour qui s'intéresse au sens des noms, « favori de dieu » pour son prénom, alors que son patronyme peut signifier alternativement « panier », « grive mauvis », ou encore « perdre force et vigueur, diminuer ». Tout cela restait possible, car il menait une vie d'enchantement ; son esprit était un trésor aussi richement doté en expériences qu'en rumeurs et en histoires ; il possédait une voix haut perchée, claire et chantante ; et s'il n'était pas très grand (un mètre soixante-quinze avec ses chaussures), il avait jadis été d'une taille bien plus élevée.

— J'étais autrefois un géant, aimait-il à expliquer. Quand le monde était jeune. Mais l'invocation coûte cher. A présent, John n'est qu'un vieil homme assez usé. Tout comme le monde, ajoutait-il avec un soupir et un hochement de tête, les yeux brillants, emplis de lassitude et de chagrin. Tout comme le monde...

Non, l'invocateur n'était pas capable de tout arranger.

⁂

En vivant en ville, on s'habituait plus ou moins à ses personnages extraordinaires et l'on finissait même par les remarquer au passage avec une affection presque familiale : la dame aux pigeons en robes fanées de Laura Ashley avec son chariot rempli de sacs de graines pour oiseaux et de miettes de pain. Jack-Papier, le vieil homme noir avec ses oracles chinois et ses habiles sculptures d'origamis. Le cow-boy allemand qui s'habillait comme un figurant de westerns spaghettis et déclamait dans sa langue natale de longs discours que personne n'écoutait.

Et, bien entendu, l'invocateur.

Wendy Saint-James l'avait vu plusieurs douzaines de fois (elle habitait et travaillait au centre ville, qui était le lieu préféré de l'invocateur), mais elle ne lui avait jamais vraiment parlé jusqu'à ce jour où les arbres commençaient à peine à enfiler leurs joyeux costumes d'automne.

Elle était assise sur un banc de la rive du Kichaha ; c'était une petite femme qui ressemblait presque à une épave, avec son jean, son T-shirt blanc, son blouson bomber en cuir marron et ses brodequins. En guise de sac à main, elle avait une petite musette posée sur le banc à côté d'elle, et elle était absorbée par un calepin qu'elle passait davantage de temps à regarder qu'à utiliser pour écrire. Elle avait d'épais cheveux blonds qui lui pendaient plus bas que le col en une coupe au bol où l'on voyait un bon centimètre de racines foncées. Elle mâchouillait le bout de son stylo et cherchait l'inspiration dans le massacre du plastique.

C'était un poème qui l'avait arrêtée au beau milieu d'une promenade et l'avait plaquée sur le banc. Il avait scintillé et brillé dans sa tête jusqu'à ce qu'elle sorte son calepin et son stylo. Il s'était alors enfui, aussi impossible à saisir qu'un rêve qui s'éteint. Plus elle s'efforçait de capturer l'impulsion qui l'avait poussée à coucher l'encre sur le papier, moins elle semblait avoir jamais existé. La présence irritante de trois adolescents qui faisaient les pitres sur la pelouse à six mètres de l'endroit où elle était assise ne lui facilitait pas la tâche.

Elle leur lançait un méchant regard quand elle vit l'un des gamins prendre un bâton et le coincer dans la roue de la bicyclette de l'invocateur qui avançait sur le sentier longeant le fleuve. Le petit chien sauta du panier en osier, mais l'invocateur, quant à lui, tomba dans un entremêlement de membres et de roues qui tournaient. Les gamins s'enfuirent au galop en riant, poursuivis sur quelques mètres par le chien qui jappait avant de revenir auprès de son maître à terre.

Wendy avait déjà posé son calepin et son stylo et rejoint le vieil homme.

— Vous allez bien ? demanda Wendy à l'invocateur en l'aidant à se dépêtrer de la bicyclette.

Elle aussi était tombée en vélo pendant l'été. La roue avant de son dix-vitesses avait heurté un caillou, l'engin s'était mis à louvoyer dangereusement et elle avait serré les freins, mais ses doigts s'étaient refermés en premier sur ceux de devant, et trop brutalement. L'arrière de la bicyclette s'était soulevé et l'avait envoyée par-dessus le guidon, d'où s'était ensuivie une semaine de migraine absolue.

L'invocateur ne lui répondit pas immédiatement. Son regard suivait les gamins qui s'enfuyaient.

— Qui sème le vent, marmonna-t-il.

Wendy suivit son regard et vit le gamin qui avait lancé le bâton trébucher et s'affaler dans l'herbe. Un frisson bizarre lui retomba le long de l'échine. La culbute de l'enfant avait suivi de si près les paroles de l'invocateur qu'elle eut un instant l'impression que c'était lui qui avait provoqué la chute.

Qui sème le vent récolte la tempête.

Elle regarda à nouveau l'invocateur, qui s'était assis et palpait une déchirure dans son pantalon déjà tout rapetassé. Il lui lança un sourire rapide qui remontait jusqu'aux yeux et elle se surprit à songer au père Noël. Le petit chien appuya le nez contre la main de l'invocateur et l'écarta de la déchirure. Mais celle-ci avait disparu.

Ce n'était qu'un pli du tissu, se rendit compte Wendy. C'était tout.

Elle aida l'invocateur à rejoindre le banc en clopinant, puis retourna chercher la vieille bicyclette. Elle la redressa et la fit rouler contre le dossier du banc avant de s'asseoir. Le petit chien sauta sur les genoux de l'invocateur.

— Quelle mignonne petite chienne, dit Wendy en la caressant. Comment s'appelle-t-elle ?

— Pain-d'Épice, répondit l'homme comme si cela était tellement évident qu'il ne pouvait comprendre la raison de sa question.

Wendy examina le chien. Le pelage de Pain-d'Épice était aussi grisonnant que la barbe de son maître et n'avait rien de la teinte marron dudit gâteau.

— Mais elle n'est pas du tout marron, se surprit-elle à dire.

L'invocateur hocha la tête.

— C'est sa nature... c'est un chien en pain d'épice. Tenez.

Il arracha un poil sur le dos de la chienne, ce qui la fit sursauter et lui lancer un regard acerbe. Il offrit le poil à Wendy.

— Goûtez.

Wendy eut une grimace.

— Non, je vous remercie.

— Comme vous voudrez, dit l'invocateur.

Il haussa les épaules et se fourra le poil dans la bouche pour le mâcher avec délectation.

Oh, mon dieu, songea Wendy. Avec quoi se retrouvait-elle sur les bras !

— D'où pensez-vous que vienne l'épice ? lui demanda l'invocateur.

— Quoi ? Vous voulez dire la chienne ?

— Non, l'épice elle-même.

Wendy haussa les épaules.

— Je l'ignore. Ce sont des plantes, sans doute.

— Là, vous vous trompez. On rase les chiens de pain d'épice comme notre Pain-d'Épice ici présente et on moud le poil jusqu'à ce qu'il ne reste plus qu'une poudre extrêmement fine. Ensuite, on la laisse un jour et demi au soleil brûlant... ce qui donne la couleur brunâtre.

Wendy s'arrêta alors de rouler de grands yeux. Il était temps de se dégager de cette rencontre, songea-t-elle. Et grand temps. Elle avait accompli son devoir en s'assurant qu'il ne s'était pas fait mal, et comme l'invocateur ne semblait pas se porter plus mal après sa chute...

— Hé ! dit-elle en le voyant prendre son calepin et commencer à le feuilleter. C'est personnel !

Il repoussa sa main et continua son examen.

— De la poésie, dit-il. Et ce sont des vers charmants.

— Je vous en prie...

— On vous a déjà publiée ?

Wendy laissa retomber sa main et se carra contre le dossier du banc avec un soupir.

— Deux recueils, dit-elle en ajoutant : — Et quelques ventes à des magazines littéraires.

Le terme « ventes » était peut-être exagéré, se reprit-elle, puisque la plupart des magazines ne payaient que sous forme d'exemplaires de presse. Quant aux deux recueils, ils avaient été publiés par l'East Street Press, un petit éditeur local, ce qui signifiait que les librairies de Newford étaient probablement les seuls endroits au monde où l'on pouvait trouver l'un ou l'autre de ses ouvrages.

— Romantique, mais avec un parfum très optimiste, fit remarquer l'invocateur qui continuait de parcourir son calepin où tous ses faux départs et ses ébauches incomplètes avaient été mis à nu. Non pas le *Sturm und Drang* du début du romantisme, mais plutôt le crépuscule que l'on trouve chez Yeats ou... comment Chesterton disait-il ? *Mooreeffoc...* ce petit côté bizarre que l'on découvre quand on regarde sous un angle neuf ce qui est familier.

Wendy n'arrivait pas à croire en cette conversation. Qu'était-il donc ? Un renégat de professeur d'anglais qui vivait dans la rue comme certains philosophes du temps jadis ? Il lui paraissait complètement absurde de rester assise comme ça à écouter ses propos.

L'invocateur se tourna pour lui adresser un sourire enchanteur.

— Parce que c'est notre espoir envers l'avenir, n'est-ce pas ? Que l'imagination se tende au-delà du présent pour avoir un aperçu non pas d'un bout de signification de ce qui nous entoure, mais simplement pour nous permettre de le voir.

— Je... je ne sais que dire, répondit Wendy.

Pain-d'Épice s'était endormie sur ses genoux. Il referma le calepin et la considéra longuement de ses yeux d'un bleu et d'un éclat incroyables sous le rebord de son drôle de chapeau.

— John a quelque chose à vous montrer, annonça-t-il.

Wendy cligna les yeux.

— John ? demanda-t-elle en regardant autour d'elle.

L'invocateur se tapota sur la poitrine.

— John Windle est le nom que me donnent ceux qui me connaissent.

— Oh.

Elle trouva curieux ce passage d'un langage érudit à un idiome bien plus simple, ainsi que sa façon de parler de soi à la troisième personne. Mais, en y réfléchissant une seconde, tout chez lui était curieux.

— Quelle chose ? demanda prudemment Wendy.

— Ce n'est pas très loin.

Wendy jeta un coup d'œil à sa montre. Son travail commençait à quatre heures, dans deux heures donc, et elle avait largement le temps. Mais elle était assez certaine que, malgré l'intérêt que pouvait présenter son compagnon, il n'était pas du tout le genre de personne avec qui elle désirait s'impliquer davantage qu'elle ne l'avait déjà fait. La dichotomie entre absurdité et substance qui émaillait sa conversation la mettait mal à l'aise. Elle ne le trouvait pas vraiment dangereux. Elle avait simplement l'impression de marcher sur un terrain marécageux qui risquait d'un instant à l'autre de se dissoudre en sables mouvants au premier tournant. Elle ne le connaissait guère, mais elle était déjà sûre que l'écouter ne pouvait que constituer potentiellement de prendre de mauvais tournants.

— Vous m'excuserez, dit-elle, mais je n'ai pas le temps.

— C'est, à mon avis, quelque chose que vous pourrez, sinon comprendre, du moins apprécier.

— Je ne doute pas que je serais fascinée, quoi que ce soit, mais...

— Venez donc.

Il lui rendit son calepin et se leva, délogeant Pain-d'Épice qui bondit à terre avec un jappement de protestation. Il ramassa la chienne et la replaça dans le panier en osier accroché au guidon, puis il ramena la bicyclette devant le banc, où il attendit Wendy.

Celle-ci ouvrit la bouche pour continuer sa protestation, mais elle se contenta de hausser les épaules. Pourquoi pas, après tout ? Il n'avait pas l'air si dangereux que ça et elle n'aurait qu'à veiller à ce qu'ils restent dans des lieux publics.

Elle fourra son calepin dans sa musette et le suivit vers

le sud sur le sentier, jusqu'à l'endroit où les pelouses de la Commission urbaine laissaient la place au terrain de l'université Butler. Elle allait lui demander comment allait sa jambe, puisqu'il boitait légèrement, mais à présent il avançait d'un pas rapide et souple (on eût dit quelqu'un qui avait la moitié de son âge), de telle sorte qu'elle dut en conclure qu'il ne s'était pas trop fait mal en tombant.

Ils traversèrent le terrain de l'université et quittèrent le sentier pour couper à travers le gazon en direction de la bibliothèque G. Smithers, se frayant un chemin parmi les îlots d'étudiants engagés dans un certain nombre d'activités qui n'avaient rien à voir avec les études. Quand ils atteignirent la bibliothèque, ils suivirent ses murs tapissés de lierre jusqu'à l'arrière du bâtiment, où l'invocateur s'arrêta.

— Là, lui dit-il en agitant le bras en un geste qui englobait toute la superficie derrière la bibliothèque. Que voyez-vous ?

Le spectacle qu'ils avaient sous les yeux était celui d'une étendue avec d'autres bâtisses en arrière-plan. Comme elle avait fréquenté cette université, Wendy les reconnut tous les trois : le foyer d'étudiants, le bâtiment des sciences et l'un des dortoirs, mais elle ne se rappelait plus lequel. Le paysage cerné par leur présence massive donnait l'impression d'avoir récemment subi un réaménagement complet. Tous les lilas et aubépines avaient été taillés, buissons et mauvaises herbes ne constituaient plus qu'une couverture de sol inégale, on voyait çà et là des plaques de terre à nu, où l'on avait manifestement arraché des arbres, et en plein milieu surgissait une énorme souche.

Il y avait bien quinze ans que Wendy n'avait eu de raison de venir derrière la bibliothèque. Mais tout avait changé. Elle se retrouva en train de regarder autour d'elle avec, flottant dans son esprit, une bulle qui disait : « Qu'est-ce qui ne tourne pas rond dans cette image ? » Jadis, quand elle fréquentait Butler, on trouvait ici une niche de verdure à l'état sauvage, cachée des pelouses tondues et des buissons taillés qui rendaient l'université si pittoresque. Mais elle se rappelait s'être glissée jusqu'ici, son calepin à la main, pour s'asseoir sous l'énorme...

— Tout a été changé, dit-elle lentement. Ils ont enlevé toute la broussaille et coupé le chêne...

Quelqu'un lui avait dit un jour que cet arbre-là était (avait été) une rareté. Il avait appartenu à une espèce non indigène à l'Amérique du Nord... le *Quercus robur*, ou chêne commun d'Europe... et était censé avoir plus de quatre cents ans, ce qui le rendait plus âgé que l'université, plus âgé que la ville de Newford.

— Mais comment ont-ils pu... le couper... ? demanda-t-elle.

L'invocateur indiqua la bibliothèque en agitant le pouce par-dessus l'épaule.

— C'est votre ami aux bouquins qui a fait ça... il n'aimait pas l'ombre qu'il projetait dans son bureau. Ça ne lui plaisait pas d'être obligé de contempler un bout de nature indomptée qui dérangeait son sens de l'ordre.

— Le bibliothécaire en chef ? demanda Wendy.

L'invocateur se contenta de hausser les épaules.

— Mais... personne ne s'est plaint ? Assurément, les étudiants...

De son temps, il y aurait eu des protestations. Les étudiants auraient formé une chaîne humaine autour de l'arbre, refusant de laisser quiconque s'approcher. Ils auraient campé sur place jour et nuit. Ils...

Elle regarda la souche et sentit sa poitrine se serrer, comme si quelqu'un l'avait enveloppée dans du cuir humide qui commençait soudain à sécher et rétrécir.

— Cet arbre était l'amie de John, annonça l'invocateur. La dernière amie que j'aie jamais eue. Elle avait dix mille ans et ils viennent de la couper.

Wendy lui lança un regard bizarre. Dix mille ans ? S'agissait-il d'une exagération, ou quoi ?

— Sa mort est un symbole, continua l'invocateur. Le monde ne veut plus d'histoires.

— Je ne suis pas sûre de vous suivre.

Il se retourna pour la regarder, les yeux scintillant d'une lumière étrange sous le rebord sombre de son chapeau.

— C'était l'Arbre aux Contes, répondit-il. Il en reste très peu, de même qu'il en reste très peu comme moi. Elle captait les histoires, toutes les histoires intéressantes que lui apportait le vent et chacun de ces récits lui permettait de pousser.

— Mais il y aura toujours des histoires, dit Wendy en s'engageant dans l'esprit de la conversation, même si elle n'en saisissait pas vraiment le rapport avec la situation présente. On publie aujourd'hui davantage de livres que dans toute l'histoire du monde.

L'invocateur lui adressa un froncement de sourcils amer et agita encore le pouce en direction de la bibliothèque.

— A présent, vous parlez comme lui.

— Mais...

— Il y a histoires et histoires, l'interrompit-il. Celles qui ont une certaine valeur changent votre vie à tout jamais, de manière peut-être ténue, mais, une fois que vous les avez entendues, elles font partie intégrante de vous-même. Vous les nourrissez, les transmettez et cela vous donne un sentiment de bonheur.

« Les autres ne sont que des mots imprimés sur une page.

— Je le sais, dit Wendy.

Oui, c'était vrai à un certain niveau, bien qu'elle ne se fût jamais arrêtée pour y réfléchir. C'était le genre de connaissance instinctive qui avait toujours été présente en elle, montant à présent dans sa conscience, comme attirée par les paroles de l'invocateur.

— Il n'y a plus que des machines, maintenant, continuait l'invocateur. C'est... comment dit-on ?... un monde de high-tech. Fascinant, assurément, mais John trouve qu'il aliène bien des gens, qu'il discrédite l'expérience humaine. Il n'y a plus de place pour les histoires qui comptent et c'est mal, car les histoires font partie du langage du rêve... elles ne naissent pas chez un écrivain, mais chez un peuple. Elles deviennent la voix d'un pays ou d'une race. Sans elles, les gens perdent le contact avec eux-mêmes.

— Vous parlez des mythes, dit Wendy.

L'invocateur secoua la tête.

— Pas particulièrement... pas dans le sens habituel du

terme. Ces mythes ne sont qu'une partie de l'histoire collective qui est moissonnée par un Arbre aux Contes. Dans un monde aussi pessimiste que celui d'aujourd'hui, cette histoire collective est le seul élément qui reste pour guider les gens à travers les ténèbres envahissantes. Elle sert à créer un sentiment de choix, la possibilité d'une permanence issue du néant.

Wendy commençait à perdre le fil de son raisonnement.

— Que voulez-vous dire, exactement ?

— Un Arbre aux Contes est un acte de magie, de foi. Son existence devient une affirmation du pouvoir que l'esprit humain peut avoir sur son propre destin. Les histoires ne sont que des histoires... elles distraient, font rire ou pleurer... mais, si elles ont la moindre valeur, elles portent en elles une résonance plus profonde qui demeure longtemps après que la dernière page a été tournée, ou que le conteur a terminé son récit. Les deux aspects de l'histoire sont nécessaires pour qu'elle possède la moindre valeur.

Il resta un instant silencieux, puis il ajouta :

— Autrement, l'histoire continue sans vous.

Wendy lui adressa un regard interrogateur.

— Vous savez ce que signifie « à tout jamais » ? lui demanda-t-il.

— Sans doute.

— C'est une extrémité d'un récit... du genre qui commence par « il était une fois ». C'est la fin de l'histoire, quand tout le monde rentre chez soi. C'est ce qu'on disait à la fin de l'histoire dans laquelle se trouvait John, mais John n'a pas fait attention et on l'a oublié.

— Je ne comprends pas très bien, admit Wendy.

Pas très bien ? songea-t-elle. Pas du tout. Tout cela était tellement... eh bien, pas tant absurde que bizarre. Et sans rapport avec le fonctionnement du monde qui lui était familier. Mais le plus bizarre, c'était que tout ce qu'il disait continuait de provoquer une sorte de chatouillement au plus profond de son esprit, de telle sorte que tout en ne le comprenant pas totalement, une partie d'elle-même y parvenait tout de même. Une partie dissimulée derrière la personne qui s'occupait de sa vie quotidienne, la même peut-être qui couchait un poème sur la page vierge, là où aucun mot n'existait auparavant. Cette partie d'elle-même qui était invocatrice.

— John s'occupait de l'Arbre aux Contes, continua l'invocateur. Parce que John fut oublié dans sa propre histoire, il voulut s'assurer que les histoires elles-mêmes continueraient de vivre. Mais un jour il s'aventura trop loin... comme le jour où son histoire se termina... et quand il revint, elle avait disparu. Quand il revint, on lui avait fait *ça* !

Wendy resta coite. Malgré l'aspect comique de ses vêtements flamboyants et son air de père Noël, l'angoisse soudaine dans sa voix n'avait strictement rien d'humoristique.

— C'est bien triste, dit-elle enfin.

Elle le pensait bel et bien. Pas par simple compassion, mais parce que, à sa façon, elle avait également aimé ce vieux chêne. Et (sans doute comme l'invocateur) elle s'était aussi éloignée.

— Parfait, dit l'homme. (Il se frotta la manche contre le nez et détourna le regard.) John voulait simplement que vous voyiez.

Il monta sur sa bicyclette et se pencha en avant pour ébouriffer la fourrure autour des oreilles de Pain-d'Épice. Quand son regard se reporta sur Wendy, ses yeux scintillèrent comme de minuscules flammes bleues.

— Je savais que vous comprendriez, ajouta-t-il.

Avant que Wendy ait pu répondre, il prit son élan et s'éloigna en pédalant, cahotant sur la pelouse inégale, la laissant seule dans ce lieu naguère sauvage et aujourd'hui si déprimant. Elle aperçut alors un mouvement au milieu de la large souche.

Au début, ce ne fut guère plus qu'un vacillement de l'air, comme une onde de chaleur. Wendy s'avança d'un pas, s'arrêtant quand l'ondulation se matérialisa en un arbre minuscule. Sous ses yeux, il adopta la danse lente et majestueuse d'un film en accéléré : les feuilles en bourgeons, qui se déplièrent et grandirent, une croissance semblable à un rondo, un thème de base encadrant deux mélodies totalement séparées. La croissance était le thème, alors que la mélodie de part et d'autre commençait avec l'arbre minuscule et se terminait par un chêne adulte aussi majestueux que le colosse qui s'était dressé au même endroit. Quand il atteignit sa hauteur maximale, la lumière sembla émaner de son tronc, des racines, de chaque large feuille en dents de scie dépourvue de pétiole.

Wendy resta bouche bée, les yeux écarquillés, puis elle s'avança en tendant la main. Dès que ses doigts touchèrent l'arbre brillant, il se désintégra et se dissipa en brume jusqu'à la dernière trace. A nouveau, il ne restait plus que la souche de l'arbre original.

Cette vision, combinée à l'étreinte dans sa poitrine et à la tristesse à laquelle l'avait abandonnée l'invocateur, se transforma en mots qui roulèrent à travers son esprit, mais qu'elle n'écrivit point. Elle ne put que rester à fixer très longtemps la souche avant de finir par se détourner et s'éloigner.

*
**

Le café Chez Kathryn se trouvait dans Battersfield Road, dans le quartier de Lower Crowsea, non loin de l'université, mais de l'autre côté du fleuve et à une distance suffisante pour que Wendy dût se dépêcher pour prendre son travail à l'heure. C'était comme si un trou noir avait englouti les deux heures depuis sa rencontre avec l'invocateur. Elle fut donc en retard... de quelques secondes, mais elle vit que Jilly avait déjà pris les commandes de deux tables normalement placées sous sa responsabilité.

Elle se précipita dans les toilettes du restaurant et quitta son jean pour enfiler une courte jupe noire. Elle rentra son T-shirt, tira ses cheveux en arrière en un chignon hâtif, puis se précipita pour ranger sa musette et prendre son carnet de commandes sur l'étagère derrière le vestiaire des employés.

— Tu as l'air sur les dents, dit Jilly quand elle entra enfin dans la salle.

Jilly Coppercorn et Wendy formaient un couple

presque assorti. Les deux femmes étaient de petite taille, une charpente frêle et de séduisants traits délicats, mais les cheveux de Jilly étaient bouclés et châtain foncé... couleur naturelle des cheveux de Wendy. Si elles avaient cet emploi de serveuses, elles réservaient leur énergie véritable à des occupations créatives : Jilly à la peinture et Wendy à la poésie.

Elles ne se connaissaient pas avant de venir travailler au restaurant, mais elles étaient devenues d'excellentes amies dès le premier jour passé ensemble.

— J'ai la tête sens dessus dessous, répondit Wendy à Jilly.

— Sens dessus dessous ? Vois un peu la cinq... il a changé d'avis trois fois depuis qu'il est arrivé. Je vais attendre cinq minutes avant de donner sa dernière commande à Frank, au cas où il se raviserait encore.

Wendy eut un sourire.

— Et alors il se plaindra du service qui est trop lent et il te laissera un pourboire de misère en partant.

— S'il se décide un jour à partir.

Wendy posa la main sur le bras de Jilly.

— Tu es occupée, ce soir ?

Jilly secoua la tête.

— Qu'est-ce qui se passe ?

— J'ai besoin de parler à quelqu'un.

— Je suis à tes ordres, répondit Jilly avec une petite révérence qui força Wendy à se retenir de pouffer, puis son regard se reporta sur la table cinq. Oh, flûte, voilà qu'il me fait encore signe.

— Donne-moi sa commande. Je m'en charge.

***

La nuit était tellement belle qu'elles s'installèrent simplement derrière le restaurant à la fin de leur journée. Elles suivirent une petite ruelle, arrivèrent à un carré de gazon et descendirent jusqu'au fleuve. Elles s'assirent alors sur un mur de pierre et laissèrent pendre leurs pieds au-dessus de l'eau paresseuse. La nuit paraissait tranquille. Par quelque miracle de l'atmosphère, la circulation voisine sur Battersfield Road n'était plus qu'un murmure lointain, comme si l'on avait placé une barrière anti-bruit entre l'endroit où elles étaient assises et la rue où se trouvait le bâtiment abritant le restaurant ?

— Tu te rappelles quand nous sommes allées camper ? demanda Wendy après qu'elles eurent observé un moment de silence amical. Rien que toi, moi et La Donna. On est restées autour du feu à se raconter des histoires de fantômes pendant la première nuit.

— Bien sûr, dit Jilly avec un sourire dans la voix. Tu n'arrêtais pas de nous rapporter celles de Robert Aickman et le reste... toutes sorties des bouquins.

— Alors que toi et La Donna prétendiez que les vôtres étaient réelles, malgré tous mes efforts pour vous faire admettre que vous mentiez.

— Mais elles étaient vraiment vraies.

Wendy se rappela La Donna en train de leur raconter qu'elle avait vu un Patagon[1] dans le secteur des Mausolées, et les histoires de Jilly sur l'espèce d'esprit de la terre appelé gemmin qu'elle avait rencontré dans le même quartier, ou la race de créatures semblables à des gobelins qui vivait dans les restes souterrains de l'antique ville gisant sous le métro de Newford.

Elle se détourna du fleuve pour dévisager son amie.

— Tu crois vraiment tout ce que tu m'as raconté ?

Jilly hocha la tête.

— Bien entendu. C'est entièrement vrai. (Elle marqua un temps d'arrêt et se pencha plus près de Wendy, comme pour essayer de sonder ses traits dans la pénombre.) Pourquoi ? Qu'est-ce qui s'est passé, Wendy ?

— Je crois avoir fait ma propre rencontre d'un type très curieux, cet après-midi.

Comme Jilly ne disait rien, Wendy se mit à relater sa rencontre avec l'invocateur.

— Ce que je veux dire, c'est que je sais pour quelle raison on l'appelle l'invocateur, finit-elle. Je l'ai vu sortir des fleurs des oreilles de tas de gens et d'autres trucs de magie classiques, mais là, c'était différent. Tout le temps

1. Littéralement : *Grand-Pied. (N.d.T.)*

que j'ai passé en sa compagnie, je n'ai cessé d'avoir l'impression qu'il régnait une magie dans l'atmosphère, une *vraie* magie qui vibrait en quelque sorte autour de lui, et ensuite, quand j'ai vu cette... je suppose que cet arbre était une vision...

— Eh bien, je ne sais trop que penser.

Elle regardait de l'autre côté du fleuve en parlant, les yeux fixés sur les ténèbres de la rive opposée. Elle se retourna alors vers Jilly.

— Qui est-il ? demanda-t-elle. A moins que la bonne question ne soit : qu'est-il ?

— Je l'ai toujours considéré comme une espèce d'archétype. Un bout de mythe en liberté abandonné quand tous les autres sont partis là où vont les mythes quand nous ne croyons plus en eux.

— C'est plus ou moins ce qu'il m'a dit. Mais qu'est-ce que ça veut dire ? Qu'est-il réellement ?

Jilly haussa les épaules.

— Peut-être que l'important, c'est qu'il *existe*, tout simplement. (Devant l'expression intriguée de Wendy, elle ajouta :) — Je n'arrive pas à donner d'autre explication. Je... écoute, l'important, ce n'est pas qu'il soit ou ne soit pas ce qu'il dit être, mais qu'il *le dise*, tout simplement. Qu'il le croie.

— Pourquoi ?

— A cause de ce qu'il t'a expliqué. Les gens perdent contact avec eux-mêmes et avec les autres. Ils ont besoin d'histoires parce qu'elles constituent le seul facteur qui nous réunisse. Le bavardage, les anecdotes, les plaisanteries, les histoires... voilà ce que l'on échangeait, auparavant. Cela maintenait ouvertes les lignes de communication, nous permettait d'être régulièrement en contact.

« C'est ça, l'art. Mes peintures et tes poèmes, les livres qu'écrit Christy, la musique que joue Geordie... ce sont des lignes de communication. Mais, à présent, il est plus difficile de les maintenir ouvertes parce que la plupart des gens ont davantage de facilité à communiquer avec un téléviseur qu'avec une autre personne. On les nourrit donc de toutes ces données, mais ils ne savent plus qu'en faire. Quand ils parlent à autrui, c'est superficiel. "Comment va ? Quel sale temps !" Les seules opinions qu'ils aient sont celles qu'ils tiennent des gens de la télévision. Ils pensent qu'ils sont informés, mais ils ne font que répéter le point de vue des invités et des commentateurs des différentes émissions.

« Ils ne savent plus écouter les vrais êtres vivants.

— Cela, je le sais. Mais qu'est-ce que ça à voir avec ce que me montrait l'invocateur cet après-midi ?

— Je crois que j'essaie de dire qu'il valide une sorte de valeur, c'est tout.

Jilly resta longuement silencieuse. Elle regardait de l'autre côté du fleuve, les yeux captivés par les mêmes ténèbres que Wendy auparavant. Par deux fois, Wendy faillit demander à Jilly à quoi elle pensait, mais elle se ravisa. Finalement, ce fut Jilly qui se tourna vers elle.

— Peut-être qu'il veut que tu plantes un nouvel arbre, annonça-t-elle.

— Mais c'est idiot. Je n'ai aucune idée de la façon dont il faudrait s'y prendre. (Wendy poussa un soupir.) Je ne sais même pas si je crois à l'Arbre aux Contes.

Mais elle se souvint alors de la sensation qui était montée en elle quand l'invocateur lui avait parlé, l'impression de familiarité, comme si on lui rappelait un souvenir et non qu'on lui donnait une information. Et il y avait eu la vision de l'arbre...

Elle poussa un nouveau soupir.

— Pourquoi moi ?

Ses paroles s'adressaient à la nuit et non à sa seule compagne, mais ce fut cette dernière qui répondit. La nuit portait conseil.

— Je vais te poser une question et je ne veux pas que tu réfléchisses pour me donner la réponse. Contente-toi de me dire ce qui te passe par la tête en premier... d'accord ?

Wendy hocha la tête d'un petit air dubitatif.

— Pourquoi pas ?

— Si on t'accordait un souhait... n'importe quoi, sans aucune limite... que demanderais-tu ?

Vu le monde dans lequel elle vivait, Wendy n'hésita pas à répondre :

— La paix.

— Eh bien, ça y est, lui dit Jilly.

— Je ne comprends pas.

— Tu te demandais pourquoi l'invocateur t'avait choisie et en voici la raison. La plupart des gens auraient pensé en premier lieu à ce qu'ils souhaitent pour eux-mêmes. Tu sais, des tonnes de fric, ou la vie éternelle... ce genre de trucs.

Wendy hocha la tête.

— Mais il ne me connaît même pas.

Jilly se leva et remit Wendy sur pieds.

— Viens, dit-elle. Allons voir cet arbre.

— Ce n'est qu'une malheureuse souche.

— Allons-y quand même.

Wendy ne savait trop pour quelle raison elle rechignait, mais, de la même manière que dans l'après-midi, elle se laissa ramener sur le campus.

***

Rien n'avait changé, à part que cette fois-ci il faisait nuit, ce qui donnait aux lieux, au moins du point de vue de Wendy, un air encore plus désolé.

Jilly restait silencieuse à côté d'elle. Elle s'avança devant Wendy et s'accroupit à côté de la souche pour passer la main dessus.

— J'avais totalement oublié cet endroit, dit-elle doucement.

C'est vrai, songea Wendy. Jilly était allée à Butler tout comme elle... et à peu près à la même époque, bien qu'elles ne se fussent jamais rencontrées alors.

Elle s'accroupit à côté de Jilly et sursauta légèrement quand elle lui prit la main pour la poser sur la souche.

— Écoute, lui dit Jilly. On sent presque le chuchotement d'une histoire... un dernier écho...

Wendy frissonna, et pourtant la nuit était douce. Jilly se tourna vers elle et l'éclat que les étoiles projetèrent dans ses yeux lui rappela énormément l'invocateur.

— Il faut que tu le fasses. Tu dois planter un nouvel arbre. Il n'y a pas que l'invocateur qui t'a choisie... l'arbre t'a voulue également.

Wendy n'était plus vraiment sûre de rien. Tout ceci lui semblait vraiment un peu fou, et pourtant, en écoutant

Jilly, elle y croyait presque. Mais c'était là un des dons de Jilly : elle donnait à tout ce qui était bizarre un petit air normal. Wendy n'était pas vraiment sûre qu'on pût appeler ça un don, mais Jilly en était dotée.

— Peut-être qu'on devrait aller chercher Christy pour faire ça, dit-elle. Après tout, c'est lui qui écrit des histoires.

— Christy est adorable, répondit Jilly, mais il se soucie parfois un peu trop de la façon dont il s'exprime plutôt que de l'histoire elle-même.

— Eh bien, je ne vaux guère mieux. Tu sais bien qu'il m'arrive de ruminer des heures sur une strophe... voire un vers.

— Pour montrer que tu es maligne ?

— Non. Pour que ça sonne juste.

Avec les doigts, Jilly ratissa les herbes folles et courtes qui jouaient le rôle de gazon à la base de la souche du chêne. Elle trouva un objet qu'elle remit soigneusement dans la main de Wendy. Celle-ci n'eut pas besoin de le regarder pour savoir que c'était un gland.

— Il faut que tu le fasses, insista Jilly. Plante un nouvel Arbre aux Contes et nourris-le d'histoires. C'est à toi seul que cela revient.

Wendy fit passer son regard des flammes dans les yeux de son amie sur la malheureuse souche. Elle se rappela sa conversation avec l'invocateur et sa vision de l'arbre. Elle referma les doigts sur le gland et sentit les pointes de la cupule lui rentrer dans la peau.

Peut-être était-ce effectivement à elle que cela revenait, se surprit-elle à penser.

***

Le poème qui lui vint à l'esprit, la nuit après qu'elle eut laissé Jilly et fut revenue à son petit appartement de Ferryside, surgit d'une seule pièce, tout prêt. L'acte consistant à le coucher sur le papier ne fut qu'une formalité.

Ensuite, elle resta longtemps assise près de sa fenêtre, son calepin sur les genoux, le gland dans la main. Elle le fit lentement rouler d'avant en arrière sur sa paume. Finalement, elle posa le calepin et le gland sur l'appui de la fenêtre et entra dans sa minuscule cuisine. Elle fouilla dans le placard sous l'évier, sortit un vieux pot à fleurs qu'elle emporta dans sa petite cour et remplit de terre... un terreau riche et aussi sombre et mystérieux que ce lieu indéfinissable en elle-même qui était la source des mots qui emplissaient sa poésie et avait ressurgi sous les paroles de l'invocateur.

Une fois revenue à la fenêtre, elle plaça le pot entre ses genoux. Elle arracha le nouveau poème de son calepin, enveloppa le gland dans le papier et l'enterra dans le pot. Elle l'arrosa jusqu'à ce que la surface de la terre ne soit plus que de la boue, puis elle mit le pot sur l'appui de sa fenêtre et alla se coucher.

Cette nuit-là, elle rêva des gemmins de Jilly... souples esprits de la terre qui apparurent devant la vieille maison de deux étages qui abritait son appartement et scrutèrent le pot à fleurs sur l'appui de la fenêtre. Au matin, elle se leva et alla raconter son rêve au gland.

***

L'automne devint hiver et la vie de Wendy continua sans grand changement. Elle travaillait alternativement au restaurant et à ses poèmes, elle voyait ses amis, elle se lia avec un garçon qu'elle rencontra lors d'une réception dans le loft de Jilly, mais leur relation se dégrada au bout d'un mois.

La vie continuait.

Le seul changement était axé autour du contenu du pot sur l'appui de sa fenêtre. Comme si la minuscule pousse verte qui perçait la terre noire était son amant, elle lui racontait chaque jour tout ce qui lui était arrivé et tout ce qui s'était passé autour d'elle. Elle lui lisait parfois ses récits préférés tirés d'anthologies et de recueils, ou bien des extraits intéressants de magazines et de journaux. Elle harcelait ses amis pour qu'ils lui racontent des histoires et elle les transmettait parfois à la minuscule plante d'une voix douce mais vive, ou alors elle convainquait des amis de venir raconter eux-mêmes les histoires.

En dehors de Jilly, La Donna et des deux frères Riddell, Geordie et Christy, la plupart des gens pensaient qu'elle avait un peu perdu la boule. Rien de grave, attention, mais elle était quand même devenue un peu bizarre.

Wendy s'en moquait.

Ailleurs, il se trouvait d'autres Arbres aux Contes, mais ils étaient rares... s'il fallait en croire l'invocateur. Et elle le croyait, désormais. Elle n'avait aucune preuve, rien que la foi, mais, assez bizarrement, la foi semblait suffire. Mais comme elle croyait, elle savait qu'il était plus important que jamais que prospère son ouaille.

Avec la venue de l'hiver, les gens des rues se faisaient plus rares. Tous restaient à l'intérieur, s'ils en avaient la possibilité. Ou alors, telles des hirondelles, ils émigraient vers des cieux plus cléments. Mais Wendy apercevait les habitués dans leurs lieux de prédilection. Jack-Papier était parti, mais la dame aux pigeons nourrissait toujours ses oiseaux quotidiennement, le cow-boy allemand continuait ses monologues emphatiques... mais sur les quais du métro, en général. Elle voyait aussi l'invocateur, mais jamais d'assez près pour aller lui parler.

Au printemps, la pousse verte dans le pot à fleurs était devenue un petit arbre de près de trente centimètres de haut. Lorsque l'après-midi était assez chaud, Wendy le plaçait sur les marches de derrière, là où il pouvait savourer l'air et absorber la chaleur croissante du soleil. Elle ne savait toujours pas ce qu'elle en ferait quand il serait trop gros pour le pot.

Mais elle avait bien une ou deux idées. Une partie du parc Fitzhenry baptisée les jardins de Silène était dédiée au poète Joshua Stanhold. Elle avait l'impression qu'il serait approprié de planter le petit arbre en ce lieu.

***

Un jour de fin avril, elle était appuyée sur le guidon de son dix-vitesses devant la bibliothèque publique de Lower Crowsea et admirait les flaques jaunes de jonquilles contre les murs de pierre grise quand elle perçut plutôt qu'elle ne vit une bicyclette rouge qui s'avançait derrière elle sur le trottoir. Elle se retourna et contempla les traits joyeux de l'invocateur.

— C'est le printemps, n'est-ce pas ? fit-il. Le moment

d'oublier enfin le froid, les rafales et de songer à l'été. John sent les bourgeons qui s'agitent, les fleurs qui s'épanouissent. Un sourire grandiose règne dans l'air devant tout ce qui est en train de pousser.

Wendy caressa Pain-d'Épice avant de faire remonter son regard vers l'impact bleu des yeux de l'homme.

— Et l'Arbre aux Contes ? demanda-t-elle. Vous la sentez pousser ?

L'invocateur lui lança un large sourire.

— Elle surtout. (Il marqua un temps d'arrêt pour ajuster le rebord de son chapeau, puis il lui adressa un regard rusé.) Votre Stanhold, ajouta-t-il, voilà un bon poète... et un bon conteur.

Wendy ne se donna pas la peine de demander comment il était au courant de ses plans. Elle se contenta de lui retourner son sourire, puis elle demanda :

— Avez-vous une histoire à me raconter ?

L'invocateur fit briller l'un des boutons de sa veste bleu roi.

— Je crois. (Il tapota la sacoche marron accrochée au porte-bagages.) John a un thermos rempli du meilleur des thés à l'intérieur de cette sacoche. Pourquoi ne pas trouver un endroit confortable pour s'asseoir, et, tout en buvant une bonne tasse de thé, il vous dira comment il a hérité de cette bicyclette.

Il se mit à pédaler en direction de la rue, sans attendre sa réponse. Wendy le suivit du regard, les yeux fixés sur le petit terrier toujours assis bien droit dans son panier et qui ne la quittait pas des yeux.

Une vibration sembla parcourir l'air et éveilla dans sa poitrine une sorte de chanson. Le vent s'éleva, capta ses cheveux et les lui fourra joyeusement dans les yeux. Comme elle les repoussait de la main, elle songea au petit arbre dans un pot, sur les marches, elle songea au vent et sut que les histoires étaient déjà moissonnées sans qu'elle eût à les lui transmettre directement.

Mais elle voulait quand même les entendre.

Elle se remit en selle et se hâta de rattraper l'invocateur.

En hommage à J.R.R. Tolkien ; puisse sa propre branche de l'Arbre survivre à tout jamais.

TABLE DES MATIÈRES

Achevé d'imprimer en avril 1994
sur les presses de l'Imprimerie Bussière
à Saint-Amand (Cher)

POCKET - 12, avenue d'Italie - 75627 Paris Cedex 13
Tél. : 44-16-05-00

— N° d'imp. 1161. —
Dépôt légal : mai 1994.

Imprimé en France